〔宋〕嚴粲撰
李輝點校

詩緝

上册

中華書局

圖書在版編目(CIP)數據

詩緝/(宋)嚴粲撰;李輝點校. —北京:中華書局,
2020.12(2023.10 重印)
ISBN 978-7-101-14913-5

Ⅰ.詩… Ⅱ.①嚴…②李… Ⅲ.《詩經》-詩歌研究
Ⅳ.I207.222

中國版本圖書館 CIP 數據核字(2020)第 225987 號

責任編輯:許慶江
責任印製:陳麗娜

詩　緝
(全三册)
〔宋〕嚴　粲 撰
李　輝 點校
*
中華書局出版發行
(北京市豐臺區太平橋西里 38 號　100073)
http://www.zhbc.com.cn
E-mail:zhbc@zhbc.com.cn
三河市鑫金馬印裝有限公司印刷
*
850×1168 毫米 1/32 · 36⅜印張 · 8 插頁 · 660 千字
2020 年 12 月第 1 版　2023 年 10 月第 2 次印刷
印數:2501-3700 册　定價:128.00 元

ISBN 978-7-101-14913-5

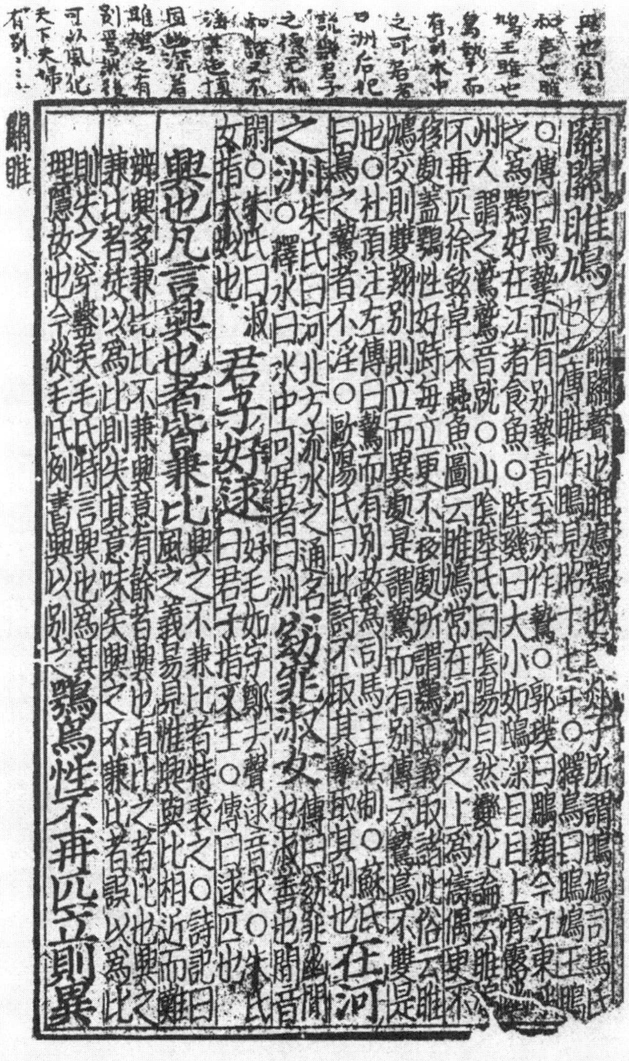
關關雎鳩關關聲也雎鳩鶚也莊子所謂鴟鳩司馬氏傳雎作鵙見昭十七年○釋鳥曰鴡鳩王鴡
○傳曰鳥摯而有別摯音至亦作鷙○郭璞曰鵰類今江東呼
之爲鶚好在江渚食魚○陸璣曰大小如鴟深目目上骨露
州人謂之鶚鷲音就○山陰陸氏曰陰陽自然變化論云雎
不再匹徐鉉草木蟲魚圖云雎鳩常在河洲之上爲儔偶更不
移處蓋鶚性好跱每立更不移處所謂鶚立義取諸此俗云雎
鳩交則雙翔別則立而異處是謂鷙而有別傳云鷙鳥不雙是
也○杜預注左傳曰鷙而有別故爲司馬主法制○蘇氏
曰鳥之鷙者不淫○歐陽氏曰此詩不取其鷙取其別也在河
之洲朱氏曰河北方流水之通名○釋水曰水中可居者曰洲窈窕淑女傳曰窈窕幽閒也淑善也閒音
閒○朱氏曰淑女指大姒也君子好逑好毛如字鄭去聲逑音求○朱氏曰君子指文王○傳曰逑匹也
興也凡言興也者皆兼比興之不兼比者特表之○詩記曰風之義易見惟興與比相近而難
辨興多兼比比不兼興意有餘者興也直比之者比也興之兼比者徒以爲比則失其意味矣興之不兼比者誤以爲比
則失之穿鑿矣毛氏特言興也爲其理隱故也今從毛氏例書興以別之鶚鳥性不再匹立則異

關雎

日本宫内廳書陵部藏元勤有堂本嚴粲《詩緝》書影

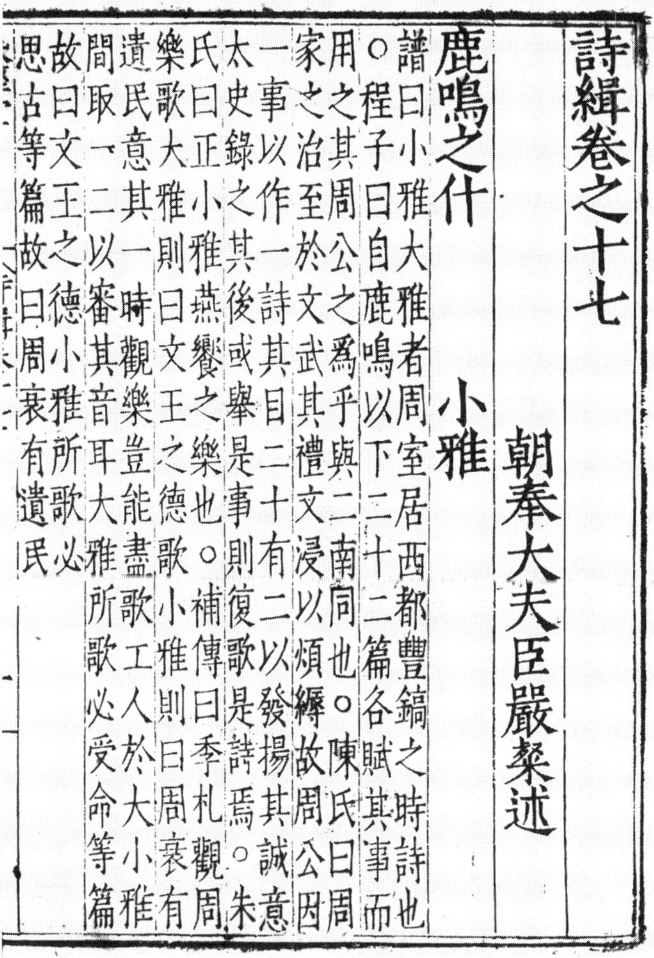

詩緝卷之十七

朝奉大夫臣嚴粲述

鹿鳴之什　小雅

譜曰小雅大雅者周室居西都豐鎬之時詩也○程子曰自鹿鳴以下二十二篇各賦其事而用之其周公之爲乎與二南同也○陳氏曰周家之治至於文武其禮文浸以煩縟故周公因一事以作一詩其目二十有二以發揚其誠意太史録之其後或舉是事則復歌是詩焉○朱氏曰正小雅燕饗之樂也○補傳曰季札觀周樂歌大雅則曰文王之德歌小雅則曰周衰有遺民意其一時觀樂豈能盡歌工人於大小雅間取一二以審其音耳大雅所歌必受命等篇故曰文王之德小雅所歌必思古等篇故曰周衰有遺民

明嘉靖年間味經堂本《詩緝》書影

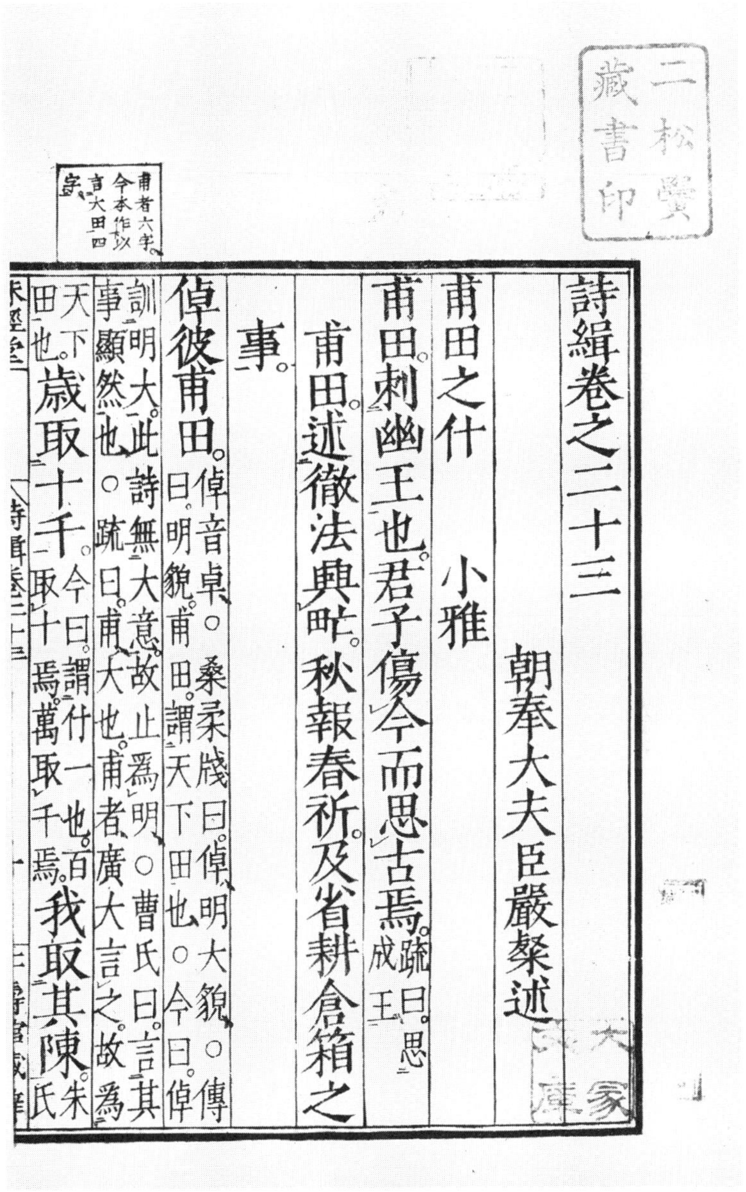

甫者六字，今本作以言大田四字

詩緝卷之二十三

朝奉大夫臣嚴粲述

甫田之什　小雅

甫田，刺幽王也。君子傷今而思古焉。疏曰：思成王。

甫田，述徹法興廢。秋報春祈及省耕倉箱之事。

倬彼甫田。倬音卓。○桑柔箋曰：倬，明大貌。○傳曰：明貌。甫田，謂天下田也。○今曰：倬訓明大。此詩無大意，故止爲明。○曹氏曰：言其事顯然也。○疏曰：甫，大也。甫者，廣大言之，故爲天下田也。歲取十千。今曰：謂什一也。百取十焉，萬取千焉。我取其陳。朱氏

日本天保十五年姬路藩仁壽館本嚴粲《詩緝》書影

詩緝卷之二十七
宋　嚴粲　撰
生民之什　大雅
生民尊祖也疏曰周公成王致太平制禮以王功起於后稷故推舉之以配天禮記稱萬物本於天人本於祖俱爲其本可以相配是故王者皆以祖配天是同祖於天故爲尊也　今曰孝經云郊祀后稷以配天祭法云周人禘嚳而郊稷祖文王而宗武王
后稷生於姜嫄音原　釋文曰姜姓嫄名有邰氏之女后稷母也邰音台文武之功起於后稷故推以配天焉
厥初生民時維姜嫄箋曰時是也姜姓炎帝之後有女名嫄爲高辛氏之世妃　疏曰毛以稷爲嚳之子鄭以爲帝嚳傳十世堯非嚳子姜嫄不得爲帝嚳之妃謂爲其後世子孫之妃生民如
何克禋克祀禋音因　疏曰外傳云精意以享曰禋以弗無子傳曰弗去也去無子
詩緝卷二十七　復性書院校刊

民國三十六年復性書院本《詩緝》書影

目録

上册

卷之一

國風

周南

卷之二

國風

召南

卷之三

國風

邶

卷之四

卷之五

國風

鄘

卷之六

國風

衛

卷之七

國風

王

卷之八

國風

鄭

卷之九

國風

齊

卷之十

國風

魏

卷之十一

國風

唐

中册

卷之十二

國風

秦

卷之十三

國風

陳

卷之十四

國風

檜

卷之十五

國風

曹

卷之十六

國風

豳

卷之十七

卷之十八

卷之十九

小雅

鴻鴈之什

卷之二十

小雅

節南山之什

卷之二十一

卷之二十二

卷之二十三

下册

卷之二十四

小雅

魚藻之什

卷之二十五

大雅

文王之什

卷之二十六

大雅

文王之什

卷之二十七

大雅

生民之什

卷之二十八

大雅

生民之什

卷之二十九

卷之三十

卷之三十一

卷之三十二

卷之三十三

周頌

臣工之什

卷之三十四

周頌

閔予小子之什

前言

《詩緝》三十六卷，南宋嚴粲撰。嚴粲（一一九七—？），字坦叔，一字明卿，號華谷，福建邵武呂溪人。早年從謝堯仁游，及謝氏移家建昌軍南城（今江西南城），嚴粲隨至江西，樽酒論文爲樂，如是者十載。嚴粲「抱負才業，有志當世」（袁甫《贈嚴坦叔序》），於寧宗嘉定十六年（一二二三）登蔣重珍榜進士第，曾任徽州掾、饒州掾、耒陽令、雩都令、清湘令、横浦令、浙東提舉等，官至中書舍人。嚴粲工於詩，有《華谷集》一卷，與嚴羽爲族兄弟，而宗族中獨嚴粲能以經學著稱，熟諳《詩經》，著有《詩緝》。《宋史·藝文志·經部·詩類》著録爲「嚴粲《詩集》一部」，「詩集」當是「詩緝」之誤。明焦竑《國史經籍志》始著録《詩緝》三十六卷。

嚴粲撰《詩緝》，用力有年，至淳祐四年甲辰（一二四四）全書已成，請序於林希逸。是書始刻于南宋淳祐八年戊申（一二四八）夏五月，時粲官清湘令，在其《發清湘》詩中有「詩從就柱刊」「餘俸刊詩卷」語，可爲印證。而是書之卷端結銜「朝奉大夫臣粲述」，可知《詩緝》刻成時，嚴粲任朝奉大夫。據寶慶《會稽續志》卷二，淳祐九年八月嚴粲以朝請郎任浙東提舉。依宋代官階叙遷之制，朝奉大夫當在朝請郎二年後，因此，嚴粲爲朝散大夫最早應在淳祐十一年（一二五一）。可知《詩緝》之刊刻不易，至少歷時四年以上。

嚴粲《詩緝自序》稱此書之著，緣於教授子弟，「便童習耳」，但《詩緝》在《詩經》學史上實有十分重要的地位。林希逸《嚴氏詩緝序》評價此書能「度越諸子」，「《詩》於是乎盡之矣」。清人萬斯同《羣書疑辨》稱嚴氏《詩緝》爲「千古卓絶之書」。姚際恒《詩經通論》謂《詩緝》爲「宋人説《詩》第一」。曹庭棟《宋百家詩存》稱嚴粲《詩緝》「與朱晦庵《詩傳》相表裡，學者宗之」。《四庫總目提要》稱其書於「宋代説《詩》之家，與吕祖謙並稱善本」。周中孚《鄭堂讀書記》謂「南宋諸家中，惟嚴與吕氏可以匹敵，他人莫能及也」。近人張舜徽《清人筆記條辨》亦稱贊説：「宋人治《詩》之集其成者，無逾嚴粲《詩緝》。」諸家所言，足見《詩緝》爲人所推重的程度。下文我們將從四個方面具體介紹《詩緝》一書的研究路徑和學術價值。

一、尊信《首序》，闡發《詩》教

宋代疑辨思潮勃興，《詩經》研究中最大的分歧即在於廢《序》與尊《序》之争，其中主張廢《序》的有歐陽脩、鄭樵、朱熹、王質等，而尊《序》派則有程頤、范處義、吕祖謙等，嚴粲亦屬於尊《序》派，更具體地説，是尊《首序》。這一立場與蘇轍《詩集傳》相近。蘇轍認爲《詩序》「其言時有反復煩重，類非一人之辭者」，故僅采《詩序》首句，而盡去其餘。嚴粲與之相同，亦嚴格區分《首序》與《後序》，認爲：「《後序》附益講師之説，時有失詩之意者，一斷之以經，可也。《首序》之傳，源流甚遠。……或欲併《首序》盡去之，不可也。」（《東門之枌》）各篇題解中，嚴粲常駁斥《後序》「支離」（《卷耳》《伐木》）、「其辭衍」（《山有樞》）、「衍説」（《魚麗》）、「其辭贅」（《旱麓》），而《首序》則言簡意賅，辭旨深遠，嚴粲認爲乃是「經聖人之手」，例同「《春秋》書法」（參《芄蘭》《叔于田》《有女同車》《狡童》《鵖鴞》等詩題解），寓有褒貶微言大義，故而嚴粲著力申説《首序》之旨。如，《叔于田》之《首序》曰：「刺莊公也。」嚴氏認爲與《春秋》書「鄭伯克段」譏失教之意同：「《首序》經聖人之手矣，説《詩》不用《首序》，則二《叔于田》皆爲美叔段，《椒聊》爲美桓叔，叔段、桓叔可美也乎哉？」同理，嚴粲以《君子偕老》刺衛宣姜，而非美其服飾、容貌之盛尊；以《碩人》爲閔莊姜，而非美莊姜族類之貴、容貌之美、禮儀之備。諸如此類，皆能不囿於表面的詩辭文本，而以《首序》説爲歸依，鉤隱抉微，闡發詩人微言大義。

嚴氏對《首序》的尊從，在所謂「淫詩」的辯題上體現得最爲突出。這是宋代《詩經》研究因爲存《序》、廢《序》之争而引發的一個重要辯題。廢《序》派如朱熹將諸多風詩解釋成民間男女戲謔淫悦之辭，吕祖謙則信守《詩序》美刺之説，二人就此曾往還辯論。在這一問題上，嚴粲與吕祖謙相一致，從美刺的立場上審視此類風詩的創作及教化功能。嚴粲認爲：「故凡刺詩，皆作者刺淫者，非淫者自作也。」（《東門之枌》）又曰：「聖人存之以立教，使後世知爲不善於隱微之地，人得而知之，惡名播於無窮，而不可湔洗，欲其戒謹恐懼也。讀《詩》者，能無邪爾思，則凛然見聖人立教之嚴矣。」（《澤陂》）從中可看出，嚴粲尊《序》立場的出發點和歸結點，皆在發揚聖人《詩》教之旨。

嚴粲在具體闡釋詩旨時，也能不失《詩》教精神。如，不以「狡童」「狂童」目鄭太子忽；不以「碩鼠」斥呼其君，而指爲聚斂之臣，皆能得《詩》教「温柔敦厚」之訓。這一點在分析詩歌作者與創作視角時也有體現。如,《新臺》,舊説皆謂衛人諷宣公納伋之妻,而嚴氏則審乎辭氣,斷爲齊人恚怒之辭,謂:「燕婉之求,自齊人言之,故以籧篨、戚施醜詆衛君而無嫌,非衛人之辭也。」又,論《齊風·南山》《敝笱》《猗嗟》皆刺魯桓公、魯莊公,謂:「皆歸咎於他人,蓋不忍斥言其君之惡者,齊臣子之情也。」諸如此類,皆能妥帖人情。

二、「味詩人言外之意」與「逆求性情」

《詩序》「美刺」的闡釋傳統,有其特定的經學背景。而以宋儒「據文求義」的思路看來,「美刺」説罔顧詩辭文本,常引申到政治道德教化上,難免穿鑿。因此朱熹即主張:「讀《詩》正在於吟詠諷誦,觀其委曲折旋之意。」又曰:「今欲觀《詩》,不若且置《小序》及舊説,只將元詩虛心熟看,徐徐玩味。」(《朱子語類》卷八十)此是廢《序》派的讀《詩》法,《詩經》研究也由此另闢出新境。

作爲對新説的回應,尊《序》派的嚴粲對《序》説與詩辭之間依違離合的關係,也應有所申説、推衍。通觀全書,「涵詠浸漬」「吟詠」「玩味」「默會」「體會」等語隨處習見,其意在於「涵詠三百篇之性情，則悠然見詩人言外之趣」(《詩緝後序》)。其實，所謂「言外之趣」，已表明一方面需玩味辭章文脈，另一方面又應該不囿於文辭本身，須探得言外深旨。因此，「涵詠」與「言外之趣」間的虛實分寸，又全以《詩序》爲提掇，方能綱舉目張，本末不亂。如嚴氏在《君子偕老》題下所論：

此詩惟述夫人服飾之盛，容貌之尊，不及淫亂之事，但中間有「子之不淑」一語，而譏刺之意盡見；《碩人》惟述莊姜之美，不言莊公不見答，但中間有「大夫夙退」二語；《猗嗟》惟述魯莊之美，不言不能防閑其母，但中間有「展我甥兮」一語。三詩體同，皆中間冷下一二語，而首尾不露其意也。

此「中間冷下一二語」，正是詩旨點題處，不可輕易放過，需仔細涵詠，方能體會詩中優柔委曲之意。詩辭詭譎，不便直言，這一詩意表達在諷諫變詩中體現得更爲突出，如嚴氏所言，「或託物，或陳古，言在於此，意寓於彼，詭辭以諫，而不斥言其失，言之者所以無罪，聞之者亦足自戒」。因此可以説，「意在言外」不僅體現了「温柔敦厚」的《詩》教精神，也是一種諷諫的修辭策略。嚴粲在《頍弁》中對「意在言外」的形態有更具體的論述：

《國風》《小雅》多寓意於言外，或意雖形於言，而優柔紆餘，讀者不覺也。有言古不言時，而意在刺時者，如《甫田》《采菽》之類。有言乙不言甲，而意在刺甲者，如《叔于田》全述叔段之事，而實刺鄭莊；《椒聊》全述沃之盛强，而實刺晉昭。有首章便見意，餘章變韻成歌者，此類甚多。有前數章皆含蓄，而末章乃見意者，如《載驅》之類。有首尾全不露本意，但中間冷下一二語，使人默會者，如《碩人》《猗嗟》之類。有言輕而意重者，如《凱風》言母氏勞苦，而不言欲嫁。有先從輕處説起，漸漸説得重者，如《四月》憂世亂，而先歎征役之勞；《頍弁》刺危亡，而先説不宴樂同姓。讀《詩》與他書别，唯涵泳浸漬乃得之。

嚴氏所歸納的七種類型，在《詩經》中有相當廣泛的代表性。而從嚴氏的訓解中，我們也可以發現，「言外之意」的揭櫫都是以《首序》爲圭臬，在「美刺」的範疇之下以意逆志，揣味弦外之音。因此，嚴粲所主張的「涵詠」「玩味」等讀《詩》法，雖然與朱熹所主張不無二致，但在出發點和歸依點上却有明顯的不同。當然，反過來，這也不能不説是嚴粲在遵守經學傳統的同時，對宋學解《詩》新風向的一種適應。

嚴粲主張「涵詠三百篇之性情」，從詩藝表達的特性出發，探求詩人吟詠之性情，揣摩詩人微妙的表達意圖與效果。顯然，這已經逸出經學的傳統。張舜徽先生説：「治《詩》貴能以情度情，而超出於名物、度數、訓詁之外，慎思以通其意。」以此評價《詩緝》，可謂的當。在《詩大序》的疏解中，嚴粲説：「詩出於人情之真。……蓋詩由所感而作，不能自已，出於人情之真而非僞也。」又曰：「詩出於情之真，其感也深。」以「情之真」作爲詩歌評解的鍵鑰，與經師講章之習氣有鮮明的不同，故常能妥帖人情，言人所未言，時出新意，探得詩人性情表達之微妙。如嚴氏於《東山》詩中云：

今以前三章皆爲述歸士在途思家之情，後山詩所謂「住遠猶相忘，歸近不可忍」。蓋别家之情，於久住之處，猶或相忘，至於歸心已動，行而未至，則思家之情最切。故序其在途之情，以慰勞之。《采薇》《出車》言「今我來思」，皆言在途之事，與此正同。

征夫在途，思家之情最切，嚴氏這一析論，十分熨帖人心，深諳風人之旨，可謂詩人千古知音。林希逸《序》云：「逆求性情於數千載之上，而興寄所在，若見其人而得之。」「逆求性情」，誠乃嚴氏解《詩》之秘鑰。

三、「以詩言《詩》」

嚴氏「逆求性情」，還有一個重要的門竅就是「以詩言《詩》」，上舉《東山》詩引陳師道詩即是一例。綜核全書，嚴粲共引後代詩歌辭賦五十二次，上至屈原《離騷》，下至北宋黄庭堅、陳師道，所引最多者爲杜甫，計十二次。雖然在嚴粲之前，王質《詩總聞》、范處義《詩補傳》、李樗《毛詩集解》、吕祖謙《吕氏家塾讀詩記》等也偶見「以詩言《詩》」之例，但嚴粲《詩緝》在引詩的規模、解《詩》的深度以及理論闡釋上都更爲突出，具有相當的學術史意義，對宋以下文學評解《詩經》之風起到重要的開導作用。

嚴粲「以詩言《詩》」的内在原因，林希逸在《序》中有所論及，其曰：「余嘗得其舊藁，五七言幽深夭矯，意具言外，蓋嘗窮諸家閫奥，而獨得風雅餘味，故能以詩言《詩》，此《箋》《傳》所以瞠若乎其後也。」清人姚際恒《詩經通論》亦言：「嚴坦叔《詩緝》，其才長于詩，故其運辭宛轉曲折，能肖詩人之意，亦能時出别解。」二氏皆認爲這與嚴粲自身負有詩才、深諳詩法有關。誠然，嚴粲頗負詩名，與嚴羽、戴復古、葉紹翁、林希逸等皆爲南宋著名江湖派詩人，曹庭棟《宋百家詩存》評：「其詩清迥，脱去季宋翕膩之習。」嚴粲詩人的身份及才性，固然對其「逆求性情於數千載之上」「獨能深得詩人優柔之意」有所助益，但這並不必然推導出「以詩言《詩》」的研究路徑，《詩經》研究史上富有詩才的學者何止嚴粲。

對此，嚴粲在自序中道出了原因，其言：「《詩》之興，幾千年於此矣，古今性情一也。」認爲古今詩人性情相通，在言志抒情、吟詠寄興上並無二致。正是基於此，「以詩解《詩》」的研究路徑才有其合理性：一方面，後代詩歌在體裁、詩意、技法諸方面都受到《詩經》傳統的影響，如林希逸所言，《詩經》「其流既爲《騷》，爲《選》，爲唐古律」，因此，「以詩言《詩》」，鉤沉其中的源流關係，可以突顯《詩經》在中國詩史上的經典地位；另一方面，古今時空懸隔，詩意理解容有晦澀難通之處，後代詩歌既受《詩經》傳統影響，以今況古、以今證古，正可藉以揣味古人詩情。具體來説，嚴粲「以詩言《詩》」有以下幾種類型：（一）古今詩意相通，藉之可以幫助理解《詩》旨。如《東山》三章引白居易詩「想得家中夜深坐，還應説著遠行人」，以證此章爲征夫懸想思婦在家嘆望之辭。（二）借後代之詩，以考知《詩經》禮俗人情之流衍。如《燕燕》詩，嚴粲謂「燕鴻往來靡定，别離者多以燕鴻起興」，引魏文帝《燕歌行》「羣燕辭歸鴈南翔，念君客遊思斷腸」、謝宣遠《送孔令詩》「巢幕無留燕」、杜詩「秋燕已如客」爲佐，可見寄興之情，千古相通。又，《斯干》八章「其泣喤喤」，嚴粲引蘇軾賀人生子詩「試教啼看定何如」，謂以啼聲長大爲福壽之象之意，可見古今禮俗類同。（三）明辨詩體之源流。如《斯干》篇謂：「《西京賦》言長安，於前則終南、太一，猶此詩言幽幽南山；於後則據渭踞涇，猶此詩言秩秩斯干，《西京賦》祖述《斯干》也。」

以上幾種類型多有交融，綜合體現了《詩經》在詩史上的濫觴地位，更見出古今詩人寄興之情相通，「以詩言《詩》」，正可「逆求性情於數千載之上」，探得風人深致。顯然，這一研究路徑已經逸出經學的範疇，别開生面。也正因此，從傳統的經學立場來看，嚴氏難免遭到後人詆薄。對此，《帶經堂詩話》張宗柟附識中評述道：

> 近退谷孫公則謂嚴氏太巧，只似詩人伎倆，非解經身分。竊謂《詩》學自爲一宗，視他經稍别，唯虚與委蛇，妙協情事，如林氏序言「會其旨於數章，發其微於一字」，亦以意逆志之法也，巧何有焉？必繩以解經身分，是又艾軒先生所云：「鄭康成以三禮之學箋傳古詩，難與論言外之旨矣。」又按，嚴氏解《詩》，間引唐宋之作，退谷所訾，此或其一端。董子云《詩》無達詁，如其與經旨比附，即以凡情證聖

解也可。矧漢魏已來稱《詩》者，類皆鼓吹風雅性情一也，顧可晝古今而二之耶？〔一〕

孫退谷繩之以解經身分，誚其太巧，自然難識嚴粲「逆求性情」「以詩言《詩》」的真正價值。張宗枏謂「《詩》學自爲一宗」，抓住千古風雅流衍、性情相通的特徵，可謂嚴氏知音。明清時期，「以詩言《詩》」蔚然成風，如戴君恩《讀風臆補》、黄佐《詩傳通解》、牛運震《詩志》等，都是嚴氏《詩緝》之流裔，足見嚴書及其解《詩》之法在《詩經》學史上的地位。

四、會通《詩經》，疏析詩辭語例

戴復古稱「粲也苦吟身」（《祝二嚴》），「苦吟非草草，妙趣若平平」（《讀嚴粲詩風撼瀟湘覆江空雪月明以其一聯隱括爲對》），袁甫也曾説「坦叔有詩名，寓意推敲細入毫髮」（《贈嚴坦叔序》），可知嚴粲作詩精於推敲，頗廢經營，深諳詩辭音節之妙。因

〔一〕王士禛著，張宗枏纂集：《帶經堂詩話》，北京：人民文學出版社，一九六二年，第二一四頁。

此，嚴粲主張「涵詠」「玩味」「默會」等讀《詩》法，對詩篇辭章之法、文脈意旨也尤加關注。嚴氏這一解《詩》取徑的邏輯，在《緑衣》一篇中體現得十分清晰：

讀《詩》不可鹵莽，如讀「緑兮衣兮」，不可但言是緑色之衣，當玩味兩「兮」字，《詩》有《黄鳥》《白華》，不言「黄兮鳥兮」「白兮華兮」，唯《緑衣》曰「緑兮衣兮」，蓋「緑」字、「衣」字皆有意義，緑以喻妾，衣以喻上僭，故以二「兮」字點掇而丁寧之。

「讀《詩》不可鹵莽」，即是需熟讀涵詠，徐徐玩味。嚴粲認爲「緑」「衣」二字各有喻義，不可合而觀之，并引《黄鳥》《白華》不言「黄兮鳥兮」「白兮華兮」爲反證。嚴粲玩味詩辭，會通整部《詩經》，疏析詩辭語例的思路，於此可見一斑。

嚴粲這一思路的前提在於，認爲《詩經》經過聖人筆削删定，作爲一個完備的文本整體，其詩辭在體例和義類上有着高度的統一性。因此，嚴粲慣於運用歸納、分析、類比、對比等方法，進行推理和判斷，提煉《詩經》之章法、句法、字法。如謂「詩中凡一句各指一物者，興也」「凡一句疊言二物者，皆賦也」（《終南》）；「《詩》多以風雨喻暴亂」（《邶風·谷風》）；「凡『既見君子』之下，其接句皆述喜之之情，謂見之者喜，非所見者喜也」(《菁菁者莪》);「詩人取義多在首章,至次章則變韻以成歌」(《蓼莪》);「凡《詩》中以『士』對『女』者,皆謂男子耳」(《都人士》),等等,皆能融治貫通,自抒心得,糾正舊説。在詩辭方面,嚴粲也盡可能將其置於整部《詩經》中梳析辭例,辨析異同。如,「罔極」「彭彭」「祁祁」「騤騤」「業業」「潰」「寧」等等,在《詩經》多首詩中有互見,嚴氏疏析辭例,或是諸家訓釋小異,而勾聯其意義關係,或是此處無釋,而據彼處之訓釋觸類旁通,假一推十。當然,嚴粲也注意結合語境辨析異同,避免以文害辭、以辭害志。如「德音」一詞,嚴氏曰:

音,聲也。德音,有德之聲音也。言語、教令、聲名,皆可稱德音。此詩「德音秩秩」,可以爲言語、教令,不可以爲聲名。《皇矣》「貊其德音」,可以爲教令、聲名,不可以爲言語;《南山有臺》「德音不已」「德音是茂」及《有女同車》「德音不忘」,《車舝》「德音來括」,皆聲名也;《小戎》「秩秩德音」,《鹿鳴》「德音孔昭」,《日月》「德音無良」,《邶·谷風》「德音莫違」,皆言語也。(《假樂》)

可見,嚴氏亦非必求其統一,而是能體察上下文脈,隨文解之。如其所自謂,「詩人之言,不必盡同」(《雄雉》),「不可執一,今隨文解之」(《雲漢》)。

嚴粲會通《詩經》，精於詩辭語例分析，正如林希逸所評：「鉤貫根葉，疏析條緒，或會其旨於數章，或發其微於一字，出入窮其機綜，排布截其幅尺，辭錯而理，意曲而通。」這種重視《詩經》內部互文、以本經解本經的思路，推進了《詩經》詩法、詩旨的研究，其對詩歌章法、句法、字法的析論，與宋代文章學的理論也多有吻合，明清時期從文學角度評解《詩》的著作甚夥，都可謂《詩緝》之亞流。

《詩緝》一書篇帙宏大，體系嚴密，守正出新，獨辟蹊徑，以上所述四方面乃貫穿《詩緝》全書之大要者，綜合體現了嚴粲解《詩》的主要立場、思路和特色，足以見出《詩緝》一書在宋代及宋以下《詩經》研究史中的位置和影響。至於「音訓疑似，名物異同，時代之後前，制度之纖悉」，嚴氏在詳徵博引、細密考訂中，往往能條理通貫，新意迭出，卓然成一家之言。爲免文贅，不再一一枚舉。

下面介紹一下《詩緝》的歷代版本及本書的整理情況。據嚴粲自序，《詩緝》一書最早刊刻於淳祐戊申（一二四八），然宋本今已不可得見，今存最早的本子是元余志安勤有堂本，其後各代皆有抄刻，今將可見《詩緝》諸版本列述如下：

一、元建安余志安勤有堂本。此爲現存最早的《詩緝》刻本，然此書已非全璧，上海圖書館存卷一至卷八，臺灣「中央圖書館」和南京圖書館藏卷八、卷九，唯日本宫内廳書陵部所藏較爲完好，然仍缺卷十九、二十六、二十七，且卷十一、十七、十八、二十五有數頁缺脱，卷十二、十六、二十一亦有不同程度殘泐。上海古籍出版社《日本宫内廳書陵部藏宋元版漢籍選刊》有影印此本。

二、明嘉靖年間河南彰德趙藩康王朱厚煜所刊味經堂本（簡稱味本），又稱居敬堂本。此本卷帙齊全，後代諸本皆以此爲底本重刻。然味經堂本刊刻不精，邵懿辰《增訂四庫簡明目録標注》曰：「《詩緝》三十六卷，宋嚴粲撰，明趙府居敬堂刊本，明味經堂刊本。近年刊本甚劣，錯誤極多。」王懿榮附録曰：「味經堂即趙府本。」

三、明祁佳彪淡生堂抄本（簡稱淡本），一卷。國家圖書館藏。據《澹生堂藏書目》載作《詩緝略》一卷，署「嚴粲著，楊慎略，見《升庵雜録》」，可知此本經楊慎節略，其所節抄主要是嚴氏自家論説之語，多有諸本皆闕而此本獨有者，異文亦有不少與諸本皆殊，大有可供參校的價值。

四、李盛鐸藏清順治康熙間抄本（簡稱李本）。北京大學圖書館藏。此本卷帙完全，抄工精良，是現存最早的全抄本，具有較高的校勘價值。

五、清康熙庚戌（一六七〇）慈溪姜宸英抄本（簡稱姜本）。寧波天一閣藏。此本卷帙完全，年代較早，有一定的校勘價值。

六、清顧棟高傳抄本（簡稱顧本），三十六卷（今存卷一、四、五、八至十三、十七至二一、二三至三一、三十六）並附圖一卷。浙江省圖書館藏。此本書眉有華學泉所録諸家評語，間附華氏及顧氏案語。至於卷末附圖，則未見於諸本，勵乃驥謂此係抄居敬堂刊本，蓋出自宋槧，然居敬堂本實即味經堂本，今存味經堂本不見附圖，可知勵説無據，附圖當非宋本之舊，或是顧氏據别書抄備，此類圖於元代以下《詩》類著述中多見。此本於嚴書原誤及味經堂本誤刻多所修訂，部分異文與李盛鐸藏清抄本相近，具有較高的校勘價值。

七、清畲經書屋抄本（簡稱畲本），三十五卷。浙江省圖書館藏。此本卷帙齊全，而合卷三、卷四《邶風》爲一卷，故卷數較他本少一卷。此本書眉録有宋以下諸家評語，間自下案語。此本於音注小字，有所節略，亦有諸本皆無而此本獨有的内容，或有所本，可備參校。

八、清摛藻堂四庫全書薈要本（簡稱薈本）及文淵閣四庫全書本（簡稱淵本）。此二本皆以味經堂本爲底本，對《詩緝》原書及味經堂本刊刻之誤，薈要本於卷末附有校勘記，富有參考價值，本書整理多所資取。

九、慈谿授經堂本（簡稱授本）。寧夏大學圖書館藏。此本據味經堂本翻刻，對味經堂本之訛謬有所修訂。

一〇、清嘉慶十五年（一八一〇）谿上聽彝堂本（簡稱聽本）。此本據味經堂本翻刻，對味經堂本之訛謬有所修訂。

一一、日本天保二年（一八三一）海保元備據江户昌平坂學問所藏鈔本重鈔，八册不分卷。日本東京大學南葵文庫藏。因條件所限，此本未見，不及參校。

一二、日本天保十五年（一八四四）姬路藩仁壽館本（簡稱仁本）。此本亦據味經堂本翻刻，然於書眉附有校記，對嚴氏原書及明刊本之誤，多所勘正，用力甚勤，可資參鑒。仁壽館本對味經堂本系統《詩緝》多有廓清之功，故後世據其傳抄、覆刻者多見，如日本二松學舍那智左典先生惇齋文庫藏《詩緝》鈔本（存卷十八至三六）、日本二松學舍藏弘化二年（一八四五）大阪河内屋喜兵衛刊本（闕卷首、卷一、二七、二八），以及清光緒三年（一八七七）嶺南述古堂本、清光緒十六年（一八九〇）雖園本，均是以仁壽館本爲底本，而於其校記則有所取捨。

一三、中華民國三十六年（一九四七）復性書院本（簡稱復本）。此爲復性書院《羣經統類》叢書之一種，此本據慈谿授經堂本重刊。書末附有葉渭清《嚴氏詩緝校勘記》一卷，考校條目甚夥，使復性本成爲味經堂本系統最精良之本。

又，清人劉燦撰有《嚴氏詩緝補義》八卷，有嘉慶十六年（一八一一）劉氏墨莊刻本。是書多采摭宋、元、明、清諸儒《詩》説，以補嚴書「所未備，或申其説」。然其書「所列諸説亦意在取盈卷帙，不免於濫」，「類多空言耳」（《續修四庫全書總目提要》），可采以校勘者尠。

綜上可知，明代以下《詩緝》諸本皆以味經堂本爲祖本。味經堂本錯訛百出，後代翻刻時逕改、校改者不知凡幾，但將味經堂系統之諸本與勤有堂本對校可發現，似乎諸本都未見過勤有堂本。因此，諸本所校改者，雖與勤有堂本有偶合，但已屬無謂，至於錯改者，更是徒滋歧擾，其他一仍味經堂之誤未改者，更不在少數。元勤有堂本的版本價值，由此可見一斑。

因此，本次《詩緝》整理，我們以勤有堂本爲底本，其殘缺部分則以復性書院本補足。全書通校了味本、淡本、李本、顧本、畲本、薈本、仁本、復本，參校姜本、淵本、授本、聽本等，在借鑒已有校勘成果的基礎上，對校諸本，核查諸籍，力求整理出嚴粲《詩緝》的精善之本。

本書之整理，前後閲四年，幾易其稿，校記亦多次修訂，今終畢其役矣。整理過程中，整理者就底本擇取及具體校勘問題，向李山、郭英德、趙敏俐、黄靈庚、吴國武幾位先生多次請教，中華書局朱兆虎、李若彬、許慶江三位編輯亦就編校問題數與討論，在此向各位師友謹致謝忱。校書如掃落葉，時掃時有，整理者雖黽勉爲之，但限於個人學養與識斷，不當之處仍在所不免，祈請讀者方家指正。

李　輝

庚子孟夏於北京七賢村

校勘凡例

一、本書以元勤有堂本爲底本；

一、底本所缺十九、二十六、二十七三卷，及他卷有缺頁者，均以復性書院本配補，並於適當位置出校説明；

一、底本某部分殘泐嚴重者，亦以復性書院本替换配補，於適當位置出校説明；底本殘存文字可資校勘者，亦據以參校；

一、底本小有殘泐處，亦據復性書院本補，並一一出校；

一、凡底本有訛、脱、衍、倒而校本不誤者，據改，出校記；

一、底本不誤而校本誤者，不改，亦不出校；

一、底本與校本文異而兩通者，不改底本，酌情出異同校；

一、古今字、通假字、異體字、俗體字，不校諸本之異，一依底本所從，較爲冷僻的異體字及不合規範的俗體字，逕改作通行繁體字，亦不出校；

一、顯著的版刻錯誤，可斷定是非者，逕改不出校；

一、校文力求簡明，校記中「諸本」指底本外所有對校本，「他本」指已列校本外其他各本；

一、嚴書中避本朝諱，如「桓」諱作「威」或缺末筆、「讓」諱作「遜」等，一律回改，不出校；

一、卷首《十五國風地理圖》，其圖一仍底本原貌，圖中文字因有殘泐及數處訛誤，今皆重植，校改處亦出校説明；

一、引文儘可能核對原書，以明起訖，嚴氏隱栝其意者，亦置於引號之内；

一、嚴氏引書與通行本不同，文義小異者，不改底本，不出校；文異而關涉宏旨者，爲存嚴氏引書之舊，不改底本，而出校説明；引文有顯訛者，則據改底本，並出校記；

一、書末附嚴粲生平、序跋題識、書目著録及歷代評述等資料，以供讀者參閲。

嚴氏詩緝序

叙曰：六經皆厄於傳疏，《詩》爲甚。我朝歐、蘇、王、劉諸鉅儒，雖擺落毛、鄭舊説，争出新意，而得失互有之。東萊呂氏始集百家所長，極意條理，頗見詩人趣味，然疏缺涣散，要未爲全書。蓋《詩》於文字〔一〕，自爲一宗，筆墨蹊徑，或不可尋逐〔二〕，非若他經然。其流既爲《騷》，爲《選》，爲唐古律，而吾聖人所謂可以興觀羣怨，《孟子》所謂「以意逆志」者，悉付之明經家。艾軒林先生嘗曰：「鄭康成以三禮之學箋傳古詩，難與論言外之旨矣。」艾軒終身不著書，遺言間得於前一輩鄉長老。客游二十年，未有印此語者，華谷嚴君坦叔，早有詩名江湖間。甲辰余抵京，以同舍生見，時出《詩緝》語我，其説大抵與老艾合，且曰：「吾用力於此有年〔三〕，非敢盡以臆决〔四〕，摭諸家而求其

〔一〕「文字」，畬本作「學」，他本作「人學」。
〔二〕「逐」，畬本作「迹」。
〔三〕「力」，畬本、姜本同，他本無。
〔四〕「盡」，諸本作「有」。

是，要以發昔人優柔温厚之意而已。」余既竦然起敬，遂就求全書而讀之，乃知其鈎貫根葉，疏析條緒，或會其旨於數章，或發其微於一字，出入窮其機綜，排布截其幅尺，辭錯而理，意曲而通，逆求性情於數千載之上，而興寄所在，若見其人而得之。至於音訓疑似，名物異同，時代之後前，制度之纖悉，訂證精密，開卷瞭然。嗚呼，《詩》於是乎盡之矣！《易》盡於伊川，《春秋》盡於文定，《中庸》《大學》《語》《孟》盡於攷亭，繼自今，吾知此書與並行也。然則華谷何以度越諸子若是哉？余嘗得其舊藁五七言，幽深夭矯，意具言外，蓋嘗窮諸家閫奥，而獨得風雅餘味，故能以詩言《詩》，此《箋》《傳》所以瞠若乎其後也。余曰：「艾軒惜不見子。」君曰：「子又豈容遺艾軒之言。」故不自揆而爲之叙云爾。是年十有二月竹溪鬳齋林希逸書。

詩緝後序〔一〕

二兒初爲《周南》《召南》，受東萊義誦之，不能習。余爲緝諸家説，句析其訓，章括其旨，使之瞭然易見。既而友朋訓其子若弟者，競傳寫之。困于筆札，胥命鋟之木。此書便童習耳。《詩》之興，幾千年於此矣，古今性情一也，人能會孟氏説《詩》之法，涵詠三百篇之性情，則悠然見詩人言外之趣。毛、鄭以下，且束之高閣，此書覆瓿可也。淳祐戊申夏五月華谷嚴粲序。

〔一〕「詩緝後序」四字，原無，據元勤有堂本版心文字補。按，日本宫内廳書陵部藏元勤有堂本《詩緝》，「詩緝後序」在「蒙齋袁先生手帖」之後，今從上海圖書館藏元勤有堂本之順序，諸本與之同。

蒙齋袁先生手帖

《黍離》《中谷有蓷》《葛藟》，不用舊説，獨能深得詩人優柔之意，其他一章一句，時出新意，大抵宛轉有旨趣，再三玩味，實獲我心。坦叔可與言《詩》也已矣。初還〔一〕，别换一册，幸無我靳。

甫再拜上啓。

〔一〕葉校云：「『初還』，義未詳，疑有脱字。」

詩緝條例

朝奉大夫臣嚴粲述

集諸家之説爲《詩緝》，舊説已善者，不必求異，有所未安，乃參以己説。要在以意逆志，優而柔之，以求吟詠之情性而已。字訓句義，插注經文之下，以著所從，乃錯綜新舊説以爲章指，順經文而點掇之。使詩人紓餘涵詠之趣，一見可了，以便家之童習耳。

經文及章指並作大字。

字訓句義及有所發明，並作小注，以經文爲先後，説雖異而可取者，附注焉。

小注，毛氏稱《傳》，鄭氏稱《箋》。《序》注元不著姓氏者，皆鄭氏説，今併稱《箋》。鄭氏《詩譜》稱《譜》。孔氏稱疏。《爾雅》稱其篇第。如《釋鳥》《釋草》之類。《爾雅疏》稱釋，諸家稱氏。

凡草木蟲魚之類，舊一説分明者，先著之，其辭繁及説不一者，稱「曰」以斷之。所引諸家諸書，皆稱「曰」。其諸家諸書所引，則稱「云」。

經文音釋，注本句之下；諸説音釋，附本説之下。

直音多假借，以便初學，不拘本韻，其切字以温公《切韻指掌圖》正之。

凡上聲濁音，讀如去聲，俗讀作上聲清音，非。四聲皆有清濁，唯上聲濁音與去聲相近，如兕字乃上聲，與去聲寺字音相近，雖係上聲，只讀如寺，不必讀作死。蓋兕乃徐履反，徐字屬斜字母，用錫涎切，係半濁半清。按温公圖，其四聲平爲詞，上爲兕，去爲寺，此是重道。如讀作死，乃屬心字母，用新先切，係全清，誤矣。凡上聲濁音及半清半濁音，皆與去聲相近，讀者多作上聲，則以濁爲清矣。

《釋文》有音切不和者，今以韻書爲定。

凡音不言下同，省文也。一詩内皆同。下文音不同者，別出。

古注音義不同者，先著所從，其不從者，附見之。

題下一句，國史所題，爲首序；其下説《詩》者之辭，爲後序。

別詩及他書字訓與本詩字訓同者，直引以相證，不復著語。如「蓼蓼者莪」，直引「蓼彼蕭斯」。

清濁音圖 辨音上濁者，讀如去聲

全清、次清、全濁、不清不濁爲清濁四音

全清	東弓包居逋鳩金顛邊賓知
次清	通穹胞胠鋪丘欽天篇繽癡
全濁	同窮庖渠酺求琴田駢頻持
不清不濁	農顒茅魚模牛吟年眠珉尼

平上去入四聲，其平聲爲全清者，其上去入皆爲全清，其次清、全濁、不清不濁者亦然。

全清、次清、全濁、不清不濁

平	東	通	同	農
上	董	桶	動讀如去聲	䝒
去	涷	痛	洞	齈
入	督	禿	獨	○有聲無字

四聲唯上聲全濁者，讀如去聲，謂之重道。如同、動、洞、獨，動、洞是重道，蓋四

聲皆全濁也。動字雖是上聲，以其爲上聲濁音，只讀如洞字。今人調四聲者，誤云同、桶、痛、禿，不知同爲全濁，其桶、痛、禿皆爲次清，清濁不倫矣。

動、奉、棒、是、兕、婢、被、否、市、恃、士、仕、祀、俟、涘、似、巳、祀、耜、汜、姒、巨、秬、虡、距、炬、叙、緒、嶼、鱮、芧、萸、佇、苧、杼、紵、羜、輔、父、腐、柱、薄、部、杜、户、怙、祜、岵、扈、陛、蟹、亥、待、逮、殆、怠、倍、在、牝、混、但、緩、踐、俴、善、趙、肇、兆、旐、紹、皓、昊、顥、鎬、浩、皞、抱、道、稻、阜、造、坐、象、丈、蕩、杏、荇、静、靖、迥、泂、舅、婦、阜、厚、後、甚、儉、芡、簟、檻、范、範、犯、軓。

以上之類，並是上聲全濁，讀如去聲。

温公《指掌圖》又有蹤、樅、從、嵩、松五音，内嵩爲全清，松爲半清半濁，今圖止爲辯上聲全濁，故但取四音言之。

十五國風地理圖〔一〕

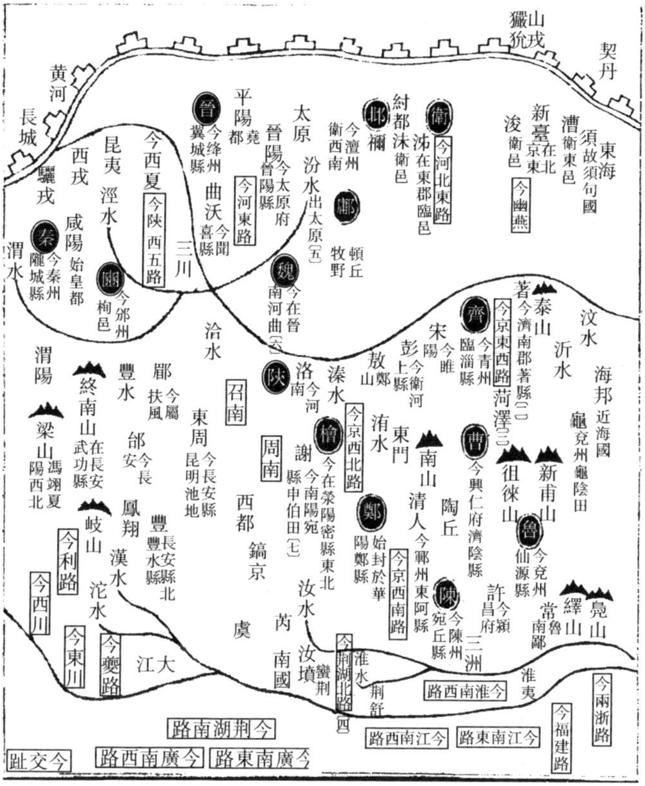
山戎
玁狁
契丹
黄河
長城
驪戎
西戎
昆夷
今西夏
今陝西五路
涇水
咸陽
始皇都
秦
今秦州
隴城縣
渭水
豳
今邠州
栒邑
三川
晉
今絳州
翼城縣
平陽
堯都
曲沃
今聞
喜縣
今河東路
晉陽
今太原府
晉陽縣
太原
汾水
出太原〔五〕
魏
今在晉
南河曲〔六〕
邶
今澶州
衛西南
鄘
頓丘
牧野
紂都
沬
衛邑
鄘
衛
沬
在東郡臨邑
今河北東路
新臺
在北京東
浚
衛邑
漕
衛東邑
須
故須句國
東海
今幽燕
齊
今青州
臨淄縣
今京東西路
著
今濟南郡著縣〔一〕
泰山
汶水
沂水
海邦
近海國
龜
兗州龜陰田
宋
今睢陽
彭
今衛河上縣
敖
鄭山
菏澤〔三〕
曹
今興仁府濟陰縣
徂徠山
新甫山
魯
今兗州仙源縣
繹山
鳧山
常
魯南鄙
許
今潁昌府
陳
今陳州宛丘縣
二洲
淮夷
淮水
今兩浙路
今福建路
今淮南西路
今江南東路
今江南西路
洛
今河南
溱水
洧水
東門
南山
清人
今鄆州東阿縣
陶丘
鄭
始封於華陽鄭縣
今京西南路
檜
今在滎陽密縣東北
今京西北路
謝
今南陽宛縣申伯田〔七〕
汝水
汝墳
蠻荊
今荊湖北路〔四〕
荊舒
芮
南國
虞
西都
鎬京
召南
周南
洽水
東周
今長安縣
昆明池地
郿
今屬扶風
部
今長安
豐水
終南山
在長安武功縣
渭陽
梁山
馮翊夏陽西北
岐山
鳳翔
豐
長安縣北
豐水縣
漢水
沱水
今利路
今西川
今東川
今夔路
大江
今荊湖南路
今廣南西路
今廣南東路
今交趾

〔一〕此部分，姜本無，仁本在「毛詩綱目」後。「圖」下，畲本有小字「周南、召南、邶、鄘、衛、王、鄭、齊、魏、唐、秦、陳、檜、曹、豳」十七字。

〔二〕「濟」，原作「汝」；「著縣」，原作「鄭縣」，按，葉校謂嚴氏於《齊風・著》釋「著」用《毛傳》「門屏之間曰著」之義，此釋「著」爲地名，用《漢書・地理志》顏師古注：「著，地名，即濟南郡著縣也。」據改。

〔三〕「菏」，原作「荷」，葉校云：「『荷』，『菏』之誤。」據改。

〔四〕「今」，原無，葉校云：「『荆湖』上，蓋奪去『今』字，下之左有『今荆湖南路』，可證北路亦有『今』字。」據補。

〔五〕「太原」，原作「大通」，據仁本、復本改。按，嚴氏於《魏風・汾沮洳》注引《説文》：「汾水出太原晉陽山，西南入河。」可證。

〔六〕「南河曲」，原作「河南縣」，葉校云：「《前漢・地理志序》云：『魏國，亦姬姓也，在晉之南河曲。』此正用之，『河南縣』當是『南河曲』之誤。」據改。

〔七〕「南陽」，原作「河西」，按，葉校云：「本書《崧高》『于邑于謝』，注云：『《西漢・地理志》申國在南陽宛縣。《後漢・地理志》謝城在南陽棘陽縣東北百里，申、謝其地相近。』今按，此『河西』當為『南陽』之誤。」據改。

周南召南地在雍州之域，岐山之陽，於漢屬扶風美陽縣，皆周之舊土。文王受命後，以賜二公爲采地。邶鄘衛河内地，本殷舊都，周分其畿内爲三國也。王國東都洛陽，今之河南西京。鄭今河南新鄭、成皋、滎陽、潁川之東〔一〕，高陽之地。齊青州岱山之陰，濰淄之野。魏自高陵以東，盡河東、河内，南有陳留。晉冀州太行常山之西，太原、大岳之野。陳古豫州之界，今陳州宛丘縣。秦自弘農故關而西，京兆、扶風、馮翊、北地、上郡、西河、安定、天水、隴西，南有巴蜀、廣漢、犍爲、武都〔二〕，西北有金城、武威、張掖、酒泉、燉煌，西南有牂柯、越嶲及益州〔三〕。檜豫州外方之北，滎波之南，溱、洧間，今滎陽密縣東北。曹兖州陶丘之北，菏澤之野〔四〕，今興仁府濟陰縣。豳今之邠州栒邑。魯兖州仙源縣，《禹貢》徐州大野、蒙羽之野。

〔一〕「鄭」，原無，據復本補。葉校云：「『新』下奪『鄭』字，此用《漢·地理志序説》。」「成皋」，諸本作「城皇」，誤，復本作「城皋」。
〔二〕「南」，原作「西」，葉校云：「『西』，『南』之誤，《前漢·地理志》可證。」據改。
〔三〕「柯」，諸本作「牁」。
〔四〕「菏」，原作「荷」，據李本、仁本、復本改。葉校云：「『荷』，『菏』之誤。」

毛詩綱目

周南十一篇

一卷

《關雎》后妃之德。

《葛覃》后妃之本。

《卷耳》后妃之志。

《樛木》后妃逮下。

《螽斯》后妃子孫衆多。

《桃夭》后妃之所致。

《兔罝》后妃之化。

《芣苢》后妃之美。

《漢廣》德廣所及。

《汝墳》道化行。

《麟之趾》關雎之應。

召南十四篇

二卷

《鵲巢》夫人之德。

《采蘩》夫人不失職。

《草蟲》大夫妻能以禮自防。

《采蘋》大夫妻能循法度。

《甘棠》美召伯。

《行露》召伯聽訟。

《羔羊》鵲巢之功致。

《殷其靁》勸以義。

《摽有梅》男女及時。

《小星》惠及下。　《江有汜》美媵。　《野有死麕》惡無禮。

《何彼襛矣》美王姬[一]。　《騶虞》鵲巢之應。

自《關雎》至《騶虞》二十五篇謂之正風

邶國風十九篇

三卷

《柏舟》言仁而不遇。　《緑衣》衛莊姜傷己。　《燕燕》衛莊姜送歸妾。

《日月》衛莊姜傷己。　《終風》衛莊姜傷己。　《擊鼓》怨州吁[二]。

《凱風》美孝子。　《雄雉》刺衛宣公。　《匏有苦葉》刺衛宣公。

四卷

《谷風》刺夫婦失道。　《式微》黎侯寓于衛，其臣勸以歸。　《旄丘》責衛伯。

[一]「襛」，原作「穠」，據薈本、仁本及《詩經》定本改，《詩緝》卷二正文即作「襛」。

[二]「州」，原作「舟」，據李本、姜本、顧本、薈本、仁本、復本及《毛詩正義》卷二之一改，《詩緝》卷三正文即作「州」。

《簡兮》刺不用賢。　《泉水》衛女思歸。　《北門》刺仕不得志。

《北風》刺虐。　《静女》刺時。　《新臺》刺衛宣公。

《二子乘舟》思伋、壽。

鄘國風十篇

五卷

《柏舟》共姜自誓。　《牆有茨》衛人刺其上。　《君子偕老》刺衛夫人。

《桑中》刺奔。　《鶉之奔奔》刺衛宣姜。　《定之方中》美衛文公。

《蝃蝀》止奔。　《相鼠》刺無禮。　《干旄》美好善。

《載馳》許穆夫人閔衛之亡。

衛國風十篇

六卷

《淇奥》美武公之德。　《考槃》刺莊公。　《碩人》閔莊姜。

《氓》刺宣公之時〔一〕。《竹竿》衛女思歸。《芄蘭》刺惠公。

《河廣》宋襄公母歸于衛思宋。《伯兮》刺時，言君子行役。《有狐》刺男女失時。

《木瓜》美齊桓公。

王國風十篇

七卷

《黍離》閔宗周。《君子于役》刺平王。《君子陽陽》閔周。

《揚之水》刺平王。《中谷有蓷》閔周。《兔爰》閔周。

《葛藟》王族刺平王。《采葛》懼讒。《大車》刺周大夫。

《丘中有麻》思賢人。

鄭國風二十一篇

〔一〕「公」，原作「王」，據仁本、復本改。

八卷

《緇衣》美武公。　《將仲子》刺莊公〔一〕。　《叔于田》刺莊公。
《大叔于田》刺莊公。　《清人》刺文公。　《羔裘》刺朝。
《遵大路》思君子。　《女曰雞鳴》刺不説德。　《有女同車》刺忽。
《山有扶蘇》刺忽。　《蘀兮》刺忽。　《狡童》刺忽。
《褰裳》思見正。　《丰》刺亂。　《東門之墠》刺亂。
《風雨》思君子。　《子衿》刺學校廢。　《揚之水》閔無臣。
《出其東門》閔亂。　《野有蔓草》思遇時。　《溱洧》刺亂。

齊國風十一篇

九卷

《雞鳴》思賢妃。　《還》刺荒。　《著》刺時。

〔一〕此條原在「大叔于田」條下，據仁本、復本改。

《東方之日》刺衰。

《東方未明》刺無節。

《南山》刺襄公。

《甫田》大夫刺襄公。

《盧令》刺荒。

《敝笱》刺文姜。

《載驅》齊人刺襄公。

《猗嗟》刺魯莊公。

魏國風七篇

十卷

《葛屨》刺褊。

《汾沮洳》刺儉。

《園有桃》刺時。

《陟岵》孝子行役，思念父母。

《十畝之間》刺時。

《伐檀》刺貪。

《碩鼠》刺重斂。

唐國風十二篇

十一卷

《蟋蟀》刺晉僖公。

《山有樞》刺晉昭公。

《揚之水》刺晉昭公。

《椒聊》刺晉昭公。

《綢繆》刺晉亂。

《杕杜》刺時。

《羔裘》刺時。 《鴇羽》刺時。 《無衣》美晉武公。

《有杕之杜》刺晉武公。 《葛生》刺晉獻公。 《采苓》刺晉獻公。

秦國風十篇

十二卷

《車鄰》美秦仲。 《駟驖》美襄公。 《小戎》美襄公。

《蒹葭》刺襄公。 《終南》戒襄公。 《黄鳥》哀三良。

《晨風》刺康公。 《無衣》刺用兵。 《渭陽》康公念母。

《權輿》刺康公。

陳國風十篇

十三卷

《宛丘》刺幽公。 《東門之枌》疾亂。 《衡門》誘僖公。

《東門之池》刺時。 《東門之楊》刺時。 《墓門》刺陳佗。

《防有鵲巢》憂讒賊。　《月出》刺好色。　《株林》刺靈公。
《澤陂》刺時。

檜國風四篇
十四卷

《羔裘》大夫以道去其君。　《素冠》刺不能三年。　《隰有萇楚》疾恣。
《匪風》思周道。

曹國風四篇
十五卷

《蜉蝣》刺奢。　《候人》刺近小人。　《鳲鳩》刺不壹。
《下泉》思治。

豳國風七篇

十六卷

《七月》周公陳王業。

《鴟鴞》周公救亂。

《東山》周公東征。

《破斧》美周公。

《伐柯》美周公。

《九罭》美周公。

《狼跋》美周公。

小雅八十篇

十七卷

《鹿鳴》燕羣臣嘉賓。

《四牡》勞使臣之來。

《皇皇者華》君遣使臣。

《常棣》燕兄弟。

《伐木》燕朋友故舊。

《天保》下報上。

《采薇》遣戍役。

《出車》勞還率。

《杕杜》勞還役。

《魚麗》美萬物盛多，能備禮。

《南陔》孝子相戒以養。

《白華》孝子潔白。

《華黍》時和歲豐，宜黍稷。

十八卷

《南有嘉魚》樂與賢。

《南山有臺》樂得賢。

《由庚》萬物得由其道。

《崇丘》萬物得極其高大。

《由儀》萬物之生，各得其宜。

《蓼蕭》澤及四海。

《湛露》天子燕諸侯。

《彤弓》天子錫有功諸侯。

《菁菁者莪》樂育材。

《六月》宣王北伐。

《采芑》宣王南征。

《車攻》宣王復古。

《吉日》美宣王田。

十九卷

《鴻鴈》美宣王。

《庭燎》美宣王。

《沔水》規宣王。

《鶴鳴》誨宣王。

《祈父》刺宣王。

《白駒》大夫刺宣王。

《黃鳥》刺宣王。

《我行其野》刺宣王。

《斯干》宣王考室。

《無羊》宣王考牧。

二十卷

《節南山》家父刺幽王。　《正月》大夫刺幽王。　《十月之交》大夫刺幽王。
《雨無正》大夫刺幽王。

二十一卷

《小旻》大夫刺幽王。　《小宛》大夫刺幽王。　《小弁》太子之傅刺幽王。
《巧言》刺幽王。　《何人斯》蘇公刺暴公。　《巷伯》寺人刺幽王。

二十二卷

《谷風》刺幽王。　《蓼莪》刺幽王。　《大東》刺亂。
《四月》大夫刺幽王。　《北山》大夫刺幽王。　《無將大車》大夫悔將小人。
《小明》大夫悔仕於亂世。　《鼓鐘》刺幽王。　《楚茨》刺幽王。
《信南山》刺幽王。

二十三卷

《甫田》刺幽王。　《大田》刺幽王。　《瞻彼洛矣》刺幽王。

《裳裳者華》刺幽王。　《桑扈》刺幽王。　《鴛鴦》刺幽王。

《頍弁》諸公刺幽王。　《車舝》大夫刺幽王。　《青蠅》大夫刺幽王。

《賓之初筵》衛武公刺時。

二十四卷

《魚藻》刺幽王。　《采菽》刺幽王。　《角弓》父兄刺幽王。

《菀柳》刺幽王。　《都人士》刺衣服無常。　《采綠》刺怨曠。

《黍苗》刺幽王。　《隰桑》刺幽王。　《白華》周人刺幽后〔一〕。

《緜蠻》微臣刺亂。　《瓠葉》大夫刺幽王。　《漸漸之石》下國刺幽王。

《苕之華》大夫閔時。　《何草不黃》下國刺幽王。

〔一〕「后」，原作「王」，據仁本、復本及《毛詩正義》卷十五之二改，《詩緝》卷二十四正文即作「后」。

大雅三十一篇

二十五卷

《文王》文王受命作周。《大明》文王有明德。《緜》文王之興，本由大王〔二〕。

《棫樸》文王能官人。《旱麓》受祖。

二十六卷

《思齊》文王所以聖。《皇矣》美周。《靈臺》民始附。

《下武》繼文。《文王有聲》繼伐。

二十七卷

《生民》尊祖。《行葦》忠厚。《既醉》大平。

《鳧鷖》守成。《假樂》嘉成王。

〔二〕「大」，原作「文」，據李本、姜本、顧本、薈本、授本、聽本、仁本、復本及《毛詩正義》卷十六之二改，《詩緝》卷二十五正文即作「大」。

二十八卷

《公劉》召康公戒成王。《泂酌》召康公戒成王。《卷阿》召康公戒成王。

《民勞》召穆公戒厲王。《板》凡伯刺厲王。

二十九卷

《蕩》召穆公傷周室大壞。《抑》衛武公刺厲王，亦以自警。《桑柔》芮伯刺幽王。

三十卷

《雲漢》仍叔美宣王。《崧高》尹吉甫美宣王。《烝民》尹吉甫美宣王。

三十一卷

《韓奕》尹吉甫美宣王。《江漢》尹吉甫美宣王。《常武》召穆公美宣王。

《瞻卬》凡伯刺幽王大壞。《召旻》凡伯刺幽王大壞。

周頌三十一篇

三十二卷

《清廟》祀文王。《維天之命》太平告文王。《維清》奏象舞。

《烈文》成王即政，諸侯助祭。《天作》祀先王先公。《昊天有成命》郊祀天地。

《我將》祀文王於明堂。《時邁》巡狩告祭柴望。《執競》祀武王。

《思文》后稷配天。

三十三卷

《臣工》諸侯助祭，遣於廟。《噫嘻》春夏祈穀于上帝。《振鷺》二王之後來助祭。

《豐年》秋冬報。《有瞽》始作樂而合乎祖。《潛》季冬薦魚〔一〕，春獻鮪〔二〕。

《雝》禘大祖。《載見》諸侯始見乎武王廟。《有客》微子來見祖廟。

《武》奏大武。

〔一〕「薦」，原作「獻」，據仁本、復本及《毛詩正義》卷十五九之三改，《詩緝》卷三十二正文即作「薦」。

〔二〕「獻」，原作「薦」，據仁本、復本及《毛詩正義》卷十五九之三改，《詩緝》卷三十二正文即作「獻」。

三十四卷

《閔予小子》嗣王朝於廟〔一〕。　《訪落》嗣王謀於廟。　《敬之》羣臣進戒嗣王。

《小毖》嗣王求助。　《載芟》春籍田祈社稷。　《良耜》秋報社稷。

《絲衣》繹賓尸〔二〕。　《酌》告成大武。　《桓》講武類禡。

《賚》大封於廟。　《般》巡守祀四嶽河海。

魯頌四篇

三十五卷

《駉》頌僖公。　《有駜》頌僖公君臣有道。　《泮水》頌僖公脩泮宮。

《閟宮》頌僖公能復周公之宇。

〔一〕「乎」，原作「于」，據仁本、復本及《毛詩正義》卷十九之三改，《詩緝》卷三十一正文即作「乎」。

〔二〕「賓尸」，原作「尸賓」，據仁本、復本及《毛詩正義》卷十九之四改。

商頌五篇

三十六卷

《那》祀成湯。

《烈祖》祀中宗。

《玄鳥》祀高宗。

《長發》大禘。

《殷武》祀高宗。

右三百五篇逸詩六篇。

詩緝卷之一

朝奉大夫臣嚴粲述

周南　國風

《譜》曰：「周、召者，《禹貢》雍州岐山之陽地名，今屬右扶風美陽縣。大王避狄難，自豳始遷焉。商王帝乙之初，命其子王季爲西伯。至紂，又命文王典治南國江、漢、汝旁之諸侯。文王作邑於豐，乃命岐邦周、召之地爲周公旦、召公奭之采地〔一〕。武王定天下，巡狩述職，陳誦諸國之詩，以觀民風俗，得二公之德教尤純〔二〕，屬之太師，分而國之，謂之《周南》《召南》。周公作樂，用之鄉人焉，用之邦國焉。或謂之房中之樂者，后妃夫人侍御於其君子，女史歌之。周公封魯，召公封燕，元子世之，其次子亦世守采地，在王官，春秋時周公、召公是也。」采音菜。○疏曰：「《緜》言大王遷於周原，召是周内之別名也。春秋時，周公、召公別於東都受采，存本周、召之名也。」○朱氏曰：「國者，諸侯所封之域，而風者，民俗歌謠之詩也。謂之風者，以其被上之化以有言，而其言又足以感人，是以諸侯采之，以貢於天子，天子受之而列於樂官，於以考其俗尚之美惡，而知其政治之得失焉。舊説二南爲正風，所以用之閨門、鄉黨、邦國而化天下也；十三國爲變風，則亦領在樂官，以時存肄，備觀省而垂監戒耳。」○又曰：「周，國名。南，南方諸侯之國也。岐周，在今鳳翔

〔一〕「命」，李本、薈本及鄭玄《詩譜》作「分」。

〔二〕薈本校云：「《詩譜》『得』字上有『六州者』三字，疑此脱。」

府岐山縣。豐，在今京兆府鄠縣終南山北。南方之國，即今興元府、京西、湖北等路諸州。鎬，在豐東二十五里。其言文王之化者，繫之周公，以周公主内治故也；其言諸侯之國被文王之化以成德者，繫之召公，以召公長諸侯故也。」鄠音户。○《補傳》曰：「國風終於美周公，二雅終於思召公，則聖人删詩之際，蓋傷衰亂之極，非周、召不能救也。」

《關雎》，音趨。○臣粲曰：「雎，七胥反。以温公《切韻圖》正之，七字在第十八圖，屬清字母。胥字在第三圖平聲第四等，横尋清字得疽字，其上聲爲取，去聲爲覷，則平聲正音趨也。雎、疽、砠、苴皆同音，俗讀爲沮之平聲，非也。后皆類此。」**后妃之德也。**李氏曰：「后妃，大姒也。」○朱氏曰：「大姒未嘗稱后，此追稱之云耳。此詩當時人所作，以美大姒之德。周公取以爲《周南》之首篇，以教天下後世，以明凡爲后妃者，其德皆當如是也。故《序》者不曰『美大姒之德』，而特言『后妃之德』。」**風之始也。**朱氏曰：「謂國風篇章之始，亦風教之所由始。」**所以風天下而正夫婦也。**疏曰：「所以風化天下之民，而使之皆正其夫婦焉。」**故用之鄉人焉。**疏曰：「令鄉大夫以之教其民也。《儀禮》鄉飲酒禮者，鄉大夫三年賓興賢能之禮〔一〕，其經云：『乃合樂《周南·關雎》。』是用之鄉人也。」

〔一〕「興」，《毛詩正義》卷一之一無。

○《補傳》曰：「近而用以化六鄉之人。」**用之邦國焉。**疏曰：「令諸侯以之教其臣也。燕禮者，諸侯飲燕其臣子，其經云：『遂歌鄉樂《周南·關雎》。』是用之邦國也。」○《補傳》曰：「遠而用以化六服之國。」

右第一節，論《關雎》之化。

美后妃之德，所以見文王之德也。故又言此文王風化之始，所以風天下而正夫婦，皆主文王言之，非專美后妃也。治天下自齊家始，善則天下陰蒙其福而人不知，否則國家潛受其蠹而主不悟。夷攷千載理亂之故，常必由之，《詩》首《關雎》，淵乎哉！《釋文》曰：「舊説云『后妃之德也』至『用之邦國焉』，名《關雎序》，謂之《小序》。自『風，風也』訖末，名《大序》。沈重云：『案鄭《詩譜》意，《大序》是子夏作，《小序》是子夏、毛公合作。卜商意有不盡，毛更足成之。』或云《小序》是東海衛敬仲所作。今謂此序止是《關雎》之序，總論詩之綱領，無大小之異。」○蘇氏曰：「《大序》其文反覆煩重，類非一人之辭者，凡此皆毛氏之學，而衛宏之所集録也。《東漢·儒林傳》云〔一〕：『衛宏從謝曼卿受學，作《毛詩序》，善得風雅之旨，至今傳于世。』《隋·經籍志》云：『先儒相承謂《詩序》子夏所創，毛公及衛敬仲又加潤

〔一〕「儒林傳」，原作「經籍志」，據薈本、復本及蘇轍《詩集傳》卷一改。

益。』」〇董氏曰：「宏固不能及此，或以師授之言論著於書耳。」

風，風也，風並如字，徐上如字，下去聲。**教也。風以動之，教以化之。**

右第二節，論名風之義。

風有二義：風之優柔，以感動其善心；教之諄勤，以變化其氣習。朱氏曰：「如風之著物，鼓舞震盪，物無不化而不知爲之者。」

詩者，志之所之也。疏曰：「之，適也。」**在心爲志，發言爲詩。情動於中而形於言，言之不足，故嗟歎之，**歎，本亦作嘆。**嗟歎之不足，故永歌之，永歌之不足，不知手之舞之、足之蹈之也。**

右第三節，論詩出於人情之真。

此更端泛説詩也。詩者，志之所適，特藴藏在心則爲志，發見於言則爲詩耳，名二而實一也。蓋詩由所感而作，不能自已，出於人情之真而非僞也。舉手而舞，動足而蹈，身爲心使，不自覺也。虚一而静者，心也。言心之所主，則謂之志；言心之感於物，而有喜怒哀樂之殊，則謂之情。

情發於聲，聲成文謂之音。疏曰：「《樂記》注云：『雜比曰音，單出曰聲。哀樂之情，發見於言語之聲，於時雖言哀樂之事，未有宮商之調，唯是聲耳。至於作詩之時，則次序清濁，節奏高下，使五聲爲曲，似五色成文，即是爲音。此音被諸絃管，乃名爲樂。審聲以知音，審音以知樂，對文則別，散則通。』」比音備。**治世之音安以樂，**音洛。**其政和；亂世之音怨以怒，其政乖；亡國之音哀以思，**音四。**其民困。**

右第四節，論聲音與政通。

音由人心生也，心有感而聲自形，聲相應而音自備。所感不同，政使然也。黄氏曰：「凡此不可專以言辭求之。若徒觀其言辭而不達其聲音，則《大田》《楚茨》之詩不言周政之衰，而言先王之盛，亦可謂治世之音乎？」

故正得失，動天地，感鬼神。疏曰：「鬼神與天地相對，則唯謂人鬼耳。」**莫近於詩。**

右第五節，論詩貫幽明。

詩出於情之真，其感也深。故正人事之得失，使人捨非而從是。與夫動天地，感鬼神，無有近於詩者。吾心有此理，在人在天地在鬼神，亦同此理。以此理之同者，正之動之感之，何遠之有。正得失，通上下言之。朱氏曰：「和平怨怒之極，又足以達陰陽之氣，而致災召祥，蓋出於自然。」

先王以是經夫婦，朱氏曰：「先王，指文、武、周公、成王。」〇疏曰：「經，常也。」**成孝敬，**朱氏曰：「孝者，子之所以事父；敬者，臣之所以事君。詩之始作，多發於男女之間，而達於父子君臣之際。」**厚人倫，美教化，移風俗。**

右第六節，論先王用詩以化天下。

詩首《二南》，故先言經夫婦。夫婦之道，貴乎有常，以詩經之，子事父以孝，臣事君以敬，秉彝之心，欲其勿虧；以詩成之，三綱正則人倫厚，故教化美而風俗移，詩教皆爲人倫設也。

故詩有六義焉：一曰風，二曰賦，三曰比，四曰興，去聲。**五曰雅，六曰頌。**

右第七節，論六義。

詩之名三，曰：風、雅、頌。此以風、雅、頌偕賦、比、興言之，謂三百篇之中有此六義，非指詩名之風、雅、頌也。○孔氏謂風、雅、頌皆以賦、比、興爲之，非也。《大序》之六義，即《周官》之六詩，如孔氏説，是風、雅、頌三詩之中，有賦、比、興之三義耳。何名六義、六詩哉？凡風動之者皆風也，正言之者皆雅也，稱美之者皆頌也。故得與敷陳之賦、直比之比、感物之興並而爲六也。吕氏言得風之體多者爲國風，得雅之體多者爲二雅，得頌之體多者爲頌，風非無雅，雅非無頌，其説是也。若謂三詩之中，止有三義，則比、興之外，餘皆爲賦。然「不忮不求，何用不臧」，此於六義爲雅，不當謂之賦。「稱彼兕觥，萬壽無疆」，此於六義爲頌，亦不當謂之賦。程子曰：「國風、二雅、三頌，詩之名也；六義，詩之義也。風者謂風動之也，賦者謂鋪陳其事也，比者直比之，興者因物而起，雅者正言之，頌者稱美之。六義隨篇求之，有兼備者，有偏得其一二者。」○張子曰：「一詩之中，有兼見風、雅、頌之意，賦、比、興亦然。」○《補傳》曰：「國風、雅、頌，蓋於六義之中取其體之大者而名之。」

上以風化下，下以風刺上，風音諷。**主文而譎諫，**譎音決。○臣粲曰：「譎，詭也。」**言之者無罪，聞之者足以戒，故曰風。**

右第八節，論風之正變。

上之人用此以風化其下，謂正風也；下之人用此以諷刺其上，謂變風也。主文者，謂主於文辭，成章可歌，使人玩其辭而樂之。蓋《詩》主文，而《春秋》主事也。既使人玩其辭而樂之，因以寓其諷諫，或託物，或陳古，言在於此，意寓於彼，詭辭以諫，而不斥言其失，言之者所以無罪，聞之者亦足自戒。上之化下，下之諷上，皆有優游巽入之義。故正風、變風，皆名爲風。

至于王道衰，禮義廢，政教失，國異政，家殊俗，而變風、變雅作矣。疏曰：「以其變改正法，故謂之變焉。」**國史明乎得失之迹，**疏曰：「國史者，《周官》大史、小史、外史、御史之等皆是也。」○曹氏曰：「小史掌邦國之志，外史掌四方之志。說者云：志，記也。國史既掌邦國四方之圖籍，則舊章民風，無不通習。詩采得之後，屬之國史，故楚左史倚相問《祈招》之詩而不知，則右尹子革非之。」招音韶。**傷人倫之廢，哀刑政之苛，吟詠情性，**疏曰：「吟詠己之情性者，詩人也，非史官。」**以風其上，**風音諷。**達於事變，而懷其舊俗者也。**

右第九節，論變風、變雅之所以作。

王道以禮義爲大端，而政教之所自出也。自文、武、成、康之道衰，禮義既廢，政教遂失，王政不行，不能一道德而同風俗，於是變風、變雅始作矣。古者有采詩之官，其巡守也，命太師陳詩，以觀民風。采得之後，屬之國史，國史明得失之迹，謂知詩人所言之意也。知其意在於哀傷人倫刑政之失，發於情性而吟詠之，以風刺其上，蓋通達古今之變，而思其先王之舊也。此皆詩人之意，唯國史能明之，故題其事迹於篇端也。程子曰：「國史知得失之迹，載其事於篇端，然後其義可知。今《小序》之首是已。其下乃說詩者之辭，而後人所附，或有失詩之意者。或謂國史自作詩，亦或有如此者，不必盡是自作。要之，詩皆國史主之也。」○朱氏曰：「舊說正風、正雅，皆文、武、成王時詩，周公所定樂歌之辭；變風、變雅，皆康、昭以後所作。然正變之說，經無明文可考，今姑從之。」○臣粲曰：「懿王風始變，厲王雅始變，今無康、昭變詩。」

故變風發乎情，止乎禮義。發乎情，民之性也；朱氏曰：「情者，性之動；而禮義者，性之德也；性，則天命之在我者也。」**止乎禮義，先王之澤也。**

右第十節，又獨論變風。

此申説「吟詠情性」之意。變風發乎喜怒哀樂之情，以風刺其上，出於性也，言性動而之情也。其言止乎禮義而不失其性之德，則由於先王教化之澤，淪浹於人心者，未泯也。夫人之怨怒哀思，易爲血氣所亂，往往流於情之過，而失其性之正〔一〕，非教化入人者深，何以能止於禮義邪？

是以一國之事，繫一人之本，謂之風；言天下之事，形四方之風，謂之雅。朱氏曰：「形者，體而象之之謂。」**雅者，正也，言王政之所由廢興也。**

右第十一節，論風雅之別。

諸侯之詩爲風，天子之詩爲雅。風言國俗所漸，各不同也；雅言天子所以齊正

〔一〕「性」，諸本作「情」。

萬方，使歸於一也。正之之道有得失，故廢興異焉。《補傳》曰：「風者，由其下之俗而知其君；雅者，由其上之政而知其民。」○永嘉陳氏曰：「風詩由下以觀上，多作於小夫賤隸，皆因民俗厚薄，推本於一人之善惡也；雅詩由上以知下，多作於公卿大臣，皆以朝政臧否，推廣而達之四方之理亂也。」

政有小大，故有小雅焉，有大雅焉。

右第十二節，論大小雅之别。

以政之小大爲二雅之别，驗之經而不合。李氏以爲《大序》者，經師次輯其所傳授之辭，不能無附益之失。其説是也。然二雅之别，先儒亦皆未有至當之説。竊謂雅之小大，特以其體之不同耳。蓋優柔委曲，意在言外者，風之體也；明白正大，直言其事者，雅之體也。純乎雅之體者爲雅之大，雜乎風之體者爲雅之小。今考小雅正經，存者十六篇，大抵寂寥短篇〔一〕，其首篇多寄興之辭，次章以下則申複詠之，以寓不盡之意，蓋兼有風之體。大雅正經十八篇，皆舂容大篇，其辭旨正大，氣象開闊，不唯與國風敻然不同，而比之小雅，亦自不侔矣。至於變雅亦然，

〔一〕「篇」，淡本同，他本作「簡」。又，楊慎《升庵集》卷四十二引嚴説作「章」。

其變小雅中，固有雅體多而風體少者，然終有風體，不得爲大雅也。《離騷》出於國風，其文約，其辭微，世以風、騷並稱，謂其體之同也。太史公稱《離騷》曰：「國風好色而不淫，小雅怨誹而不亂，若《離騷》者，可謂兼之。」言《離騷》兼國風、小雅，而不言其兼大雅，見小雅與風、騷相類，而大雅不可與風、騷並言也。詠「呦呦鹿鳴，食野之苹」，便會得小雅興趣；誦「文王在上，於昭于天」，便識得大雅氣象。小雅、大雅之别，昭昭矣〔一〕。臣考《菁莪》育材、《棫樸》官人，所言之事同也，然《菁莪》之詩，惟反覆吟詠於「菁菁之莪」，是有風體而不純乎雅，故爲小雅；至《棫樸》之詩，言「左右奉璋」「髦士攸宜」「周王于邁，六師及之」「周王壽考，遐不作人」「勉勉我王，綱紀四方」，皆正言其事〔二〕，其辭旨氣象，與《菁莪》大有間矣，故爲大雅。此小雅、大雅正經之别，其餘皆可類推也。以變雅言之，《六月》《采芑》《常武》《江漢》皆述宣王征伐之事，而《六月》《采芑》，其體與《采薇》《出車》《杕杜》不甚相遠，比之《江漢》言「江漢浮浮，武夫滔滔，匪安匪遊，淮夷來求」，《常武》言「赫赫明明，王命卿士，南仲大祖，大師皇父」，氣象小大，自是不同。季札觀樂，至歌小雅，曰「怨而不言」；至歌大雅，曰「廣哉熙熙

〔一〕「昭昭」上，諸本有「則」字。
〔二〕「其事」，畲本作「國事」，他本作「其國」。

乎」，此善言二雅之氣象者也。至以大雅爲曲而有直體，却正説著小雅，小雅兼有風體，故曲而有直體，若大雅之體，安有所謂曲？杜預知其説之不通，乃曰「此論其聲」，蓋謂非論其體也。

頌者，美盛德之形容，疏曰：「謂形狀容貌也。」**以其成功告於神明者也。**告音梏。○臣粲曰：「鬼神之理隱而顯，故曰神明。」

右第十三節，論頌。

盛德，先王先公之德也。成功，先王先公所以創業垂統而授之子孫者也。今也德積而至於配天，功積而至於太平，作頌者美盛德之形狀，歌其成功，偏告神明，所以報神恩也。此解《周頌》也。詩三百篇皆周詩也，《魯》《商頌》附焉耳。疏曰：「商、魯之頌，則異於是，《商頌》雖是祭祀之歌，祭其先王之廟，述其生時之功，正是死後頌德，非以成功告神，其體異於《周頌》也；《魯頌》詠僖公功德，纔如變風之美者耳，又與《商頌》異也。」

是謂四始，李氏曰：「《關雎》者，風之始也；《鹿鳴》者，小雅之始也；《文王》者，大雅之始也；《清廟》者，頌之始也。」**詩之至也。**曹氏曰：「四者皆始於文王，故謂之四始，以其德之不可以復加矣。孔子云：『周之德，其可謂至德也已！』」

右第十四節，論四始。

詩之至也，猶曰「《易》其至矣乎」，贊美不盡之意。文王之德雖甚盛，蔑加矣。

然則《關雎》《麟趾》之化，朱氏曰：「言化者，化之所自出也。」**王者之風，**陳氏曰：「岐東之地，宗周在焉，故爲王者之風。」**故繫之周公。**曹氏曰：「周即美陽之周原，大王之舊都也。」**南，言化自北而南也。**疏曰：「文王之國，在於岐周，東北近於紂都，西北迫於戎狄，故其風化南行也。《漢廣序》云：『美化行乎江漢之域。』是從岐周被江漢之域也。」○朱氏解見《周南》之下。**《鵲巢》《騶虞》之德，**朱氏曰：「言德者，蒙化以成德也。」**諸侯之風也，**陳氏曰：「岐西之地，爲召公專主諸侯之國，故爲諸侯之風。」**先王之所以教，**朱氏曰：「先王，文王也。」**故繫之召公。**召音邵。○曹氏曰：「召，即雍縣之召亭。」○李氏曰：「周、召之分陝，在武王既得天下之後。周南、召南雖皆文王之風化，不可繫之於文王，故周公所居之地所得之詩，謂之《周南》；召公所居之地所得之詩，謂之《召南》。周公所得之詩，多爲文王而作，故言王者之風；召公所得之詩，多爲諸侯而作，故謂之諸侯之風。雖曰諸侯之風，其實文王教化之所及，故言先王之所以教。分陝以東，如江、漢、汝墳，即陝之東也；分陝以西，如江、沱，即陝之西也。」○疏曰：「體實是風，不得謂之爲雅，又不可以國風之詩繫之[一]。詩不可棄，因二公爲王行化，是以繫之二公。」**《周南》《召南》，**《補傳》曰：「文王分岐以爲二公采邑，至武王克商，又分二公爲左右。」**正始之道，王化之基。**

[一]「繫之」下，《毛詩正義》卷一之一有「王身」二字。

右第十五節，論二南分繫。

《詩經》首《二南》，見夫婦之倫焉，見王道之端焉；《二南》繫周、召，見君臣之倫焉，見文王心術之微、盛德之至焉。

是以《關雎》樂得淑女樂音洛。**以配君子，憂在進賢，不淫其色，哀窈窕，**窈音杳。窕，迢之上濁。**思賢才，而無傷善之心焉。是《關雎》之義也。**

右第十六節，論《關雎》之義。

孔子言《關雎》「樂而不淫，哀而不傷」，謂過於樂則淫，過於哀則傷。后妃求嬪妾之賢而未得，則憂而至於輾轉反側，哀而不傷也；既得之，則樂之以琴瑟鐘鼓，樂而不淫也。此《序》「樂得淑女」以下，經師因孔子之言而增益之耳。所謂「不淫其色，哀窈窕」，皆非詩之旨也。

關關雎鳩，曰：關關，聲也。雎鳩，鶚也。即郯子所謂「鴡鳩氏〔一〕，司馬也」。《左傳》雎作鴡，見昭十七

〔一〕「氏」，原在「司馬」下，據薈本、仁本、復本改。薈本校云：「刊本『氏』訛在『司馬』下，據昭十七年《左傳》改。」

年。○《釋鳥》曰：「鴡鳩，王鴡。」○《傳》曰：「鳥摯而有别。」摯音至，亦作鷙。○郭璞曰：「鵰類，今江東呼之爲鶚，好在江渚食魚。」○陸璣曰：「大小如鴟，深目，目上骨露，幽州人謂之鷲。」鷲音就。○山陰陸氏曰：「《陰陽自然變化論》云：『雎鳩不再匹。』徐鉉《草木蟲魚圖》云〔一〕：『雎鳩常在河洲之上爲儔偶，更不移處。蓋鶚性好跱，每立更不移處。所謂鶚立，義取諸此。俗云雎鳩交則雙翔，别則立而異處，是謂「鷙而有别」。《傳》云「鷙鳥不雙」，是也。』」○杜預注《左傳》曰：「鷙而有别，爲司馬，主法制。」○蘇氏曰：「鳥之鷙者不淫〔二〕。」○歐陽氏曰：「此詩不取其鷙，取其别也。」**在河之洲。**朱氏曰：「河，北方流水之通名。」○《釋水》曰：「水中可居者曰洲。」**窈窕淑女，**《傳》曰：「窈窕，幽閒也。淑，善也。」閒音閑。○朱氏曰：「淑女，指大姒也。」**君子好逑。**好，毛如字，鄭去聲。逑音求。○朱氏曰：「君子，指文王。」○《傳》曰：「逑，匹也。」

興也。凡言「興也」者皆兼比。興之不兼比者，特表之。○《詩記》曰：「風之義易見，惟興與比相近而難辨，興多兼比，比不兼興。意有餘者興也，直比之者比也。興之兼比者，徒以爲比，則失其意味矣；興之不兼比者，誤以爲比，則失之穿鑿矣。毛氏特言興也，爲其理隱故也。今從毛氏例，書興以别

〔一〕「圖」下，諸本有「書」字。

〔二〕葉校云：「蘇氏《詩集傳》云：『雎鳩，王雎，鳥之摯者也。物之摯者不淫。』此節成一句，又改物爲鳥，於義未周，殆非也。」

之。」鶚鳥性不再匹，立則異處，是有别而不淫也。又性好跱，每立更不移處，有幽閒正静之象焉，故以興后妃也。雎鳩有關關然之聲，在河中之洲，遠人之處，興后妃德音聞於外，而身居深宫之中也。太姒有徽音，故以關關興之。此窈窕幽閒之善女，足以爲君子之良匹也。言大姒之賢，而文王齊家之道可見矣。○《車舝》思得賢女以配君子，亦曰「德音來括」；《白華》刺褒姒，以爲「鼓鐘于宫，聲聞于外」，蓋宫庭雖奥，而善惡流傳於外，皆不可掩。言「關關雎鳩，在河之洲」，猶「鶴鳴九皋，聲聞于野」之意也。○《爾雅》家祖郭，郭以雎鳩爲鶚〔一〕，又云鵰類。是雎鳩即鶚也。《釋文》於鵰曰鶚屬，於鶚曰鵰屬，鶚屬即是鵰，鵰屬即是鶚，無别鶚也。鵰、鶚皆搏擊之鳥，故曰鷙。或見經有河洲之言，遂以爲疑。山陰陸氏云：「今大鵰翱翔水上，扇魚令出，沸波攫而食之，一名沸河。《淮南子》所謂『鳥有沸波』是也。」以此言之，不可謂鷙鳥不近河洲也。○郯子五鳩，備見《詩經》。鴡鳩氏司馬，此詩是也；祝鳩氏司徒，鵻鳩也，《四牡》《嘉魚》之鵻是也；鳲鳩氏司空，布穀也，《曹風》之《鳲鳩》是也；爽鳩氏司寇，《大明》之鷹揚是也；鶻鳩氏司事，鶻音骨，又如字。鷽鳩也，非斑鳩。鷽音學。《小宛》之鳴鳩，與《氓》詩食桑葚之鳩是也。歐陽氏以居鵲巢之鳩非鳲鳩，則又在五鳩之外也。

〔一〕本句「郭」字，仁本作「璞」，則從上讀。

參差荇菜，參，初金反。差音雌。荇音杏，亦作莕，行之上濁，解見《條例》。○《傳》曰：「后妃共荇菜，以事宗廟。」共音恭。○疏曰：「參差然不齊也。《天官》醢人陳四豆之實，無荇菜，或殷禮也。」○《釋草》曰：「荇，接余。」○郭璞曰：「叢生水中，葉圓在莖端，長短隨水深淺，江東食之。」○陸璣曰：「莖白，葉紫赤色，正圓，徑寸餘，浮生水上〔一〕，根在水底，大如釵股，上青下白，鬻其白莖，以苦酒浸之，脆美〔二〕。」鬻音煮。○臣粲曰：「參差訓不齊，凡菜皆不齊，何獨荇也？今池州人稱荇爲莕公鬚，蓋細莖亂生〔三〕，有若鬚然。詩人之辭不苟矣。」**左右流之。**疏曰：「左右，嬪妾也。」○《箋》曰：「后妃共荇菹，必有助之者。」○臣粲曰：「流，流水也。流之，謂於流水以潔之也。水流則清，故潔之必於流水。《釋言》以流爲求，今不用。」**窈窕淑女，寤寐求之。求之不得，寤寐思服。**《傳》曰：「寤，覺也；寐，寢也。」覺音教。○朱氏曰：「服，猶懷也。」○臣粲曰：「猶人言佩服不忘之義。」**悠哉悠哉，**王氏曰：「悠者，思之長也。」**輾轉反側。**輾音展。○《箋》曰：「卧而不周曰輾。」○疏曰：「輾轉俱是迴動，《箋》獨以輾爲不周者，辨其難明。反側，卧而不正。」

賦也。唯《二南》舉賦、比以見例，餘無疑者不書。后妃共俎豆，以事宗廟。言參差不齊之荇

〔一〕「生」，仁本、復本及《毛詩正義》卷一之一作「在」。
〔二〕「脆」，《毛詩正義》卷一之一作「肥」。
〔三〕「莖」，諸本作「荇」。

菜，必得左右嬪妾於流水潔之以爲葅，故此幽閒之后妃，或寤而覺，或寐而寢，惟欲求左右之賢也。嬪妾不必親潔荇，託言求内政之助，以見其不妬忌也。方其未得，則寤寐思懷之。此其所思悠長，故終夜不寐，其身輾轉而不安，反側而不正也。○楚莊王夫人樊共姬曰：「妾備掃除，十有一年矣。私捐衣食，求美人而進於王。妾所進九人，今賢於妾者二人，與妾同列者七人，妾豈不欲擅愛專寵哉？不敢以私廢公也。」樊姬之求美人，即大姒求左右之意。説者多謂詩人思得淑女以配君子，如《車舝》之意，非也。《車舝》惡褒姒，故思得賢女以代之，太姒已爲文王妃，何待詩人思得之乎？

參差荇菜，左右采之。《芣苢·傳》曰：「采，取也。」**窈窕淑女，琴瑟友之。**《釋樂》釋曰：「《廣雅》云：『琴長三尺六寸六分，五絃，後加文武二絃。』」○又曰：「《禮圖》舊云：『雅瑟長八尺一寸，廣一尺八寸，二十三絃，其常用者十九絃。頌瑟長七尺二寸，廣一尺八寸，二十五絃，盡用之。』」○臣粲曰：「友之，親之如朋友也。」**參差荇菜，左右芼之。**芼音帽。○董氏曰：「芼則以熟而薦也。」○臣粲曰：「芼之，謂爲羹也。《内則》云：『芼羹。』注云：『菜也。』疏云：『用菜雜肉爲羹。』又《昬義》：『芼之以蘋藻。』毛以芼爲擇，今不從。」**窈窕淑女，鐘鼓樂之。**樂音洛。○臣粲曰：「金旁從童之鐘，樂器也；金旁從重之鍾，酒器也，聚也。古字鐘通作鍾，監本《毛詩》皆作鐘。」

求而得之，則以琴瑟親友之，以鐘鼓歡樂之，亦謂不妬也。

《關雎》三章，一章四句，二章章八句〔一〕。鄭作五章，章四句，今從毛。

《葛覃》，后妃之本也。《補傳》曰：「王業之本在稼穡，后妃之本在女功。」后妃在父母家，則志在於女功之事。躬儉節用，服澣濯之衣，澣音緩，胡管反。尊敬師傅，則可以歸安父母，化天下以婦道也。

本者，務本也。國史所題，此一語而已，其下則説詩者之辭，如言「在父母家，則志在女功之事」，非詩意也。《詩記》曰：「講師以爲在父母家，殊不知是詩皆述既爲后妃之事，貴而勤儉，乃爲可稱，若在室而服女功，固其常耳。」

葛之覃兮，《傳》曰：「葛所以爲絺綌，女工之事煩辱者〔二〕。覃，延也。」施于中谷，施音異。○《傳》曰：「施，移也。中谷，谷中也。」○疏曰：「施，言引蔓移去其根也。中谷，倒其言者，古語皆然。」維葉萋萋。《傳》曰：「萋萋，茂盛貌。」黄鳥于飛，曰：黄鳥，黄鸝也。○《傳》曰：「摶黍也。」摶音團。○《釋

〔一〕下「章」，原無，據仁本、復本補。

〔二〕「工」，味本、薈本及《毛詩正義》卷一之二作「功」。

鳥》曰：「皇，黄鳥。」○郭璞曰：「俗呼黄離留。」○陸璣曰：「或謂之黄栗留，幽州人謂之黄鶯。一名倉庚，一名鶖黄，一名楚雀。常以葚熟時，來在桑間。關西謂之鸝黄，郭云其色黧黑而黄，因名之。」**集于灌木**，《傳》曰：「灌木，叢木也。」○《釋木》曰：「木族生爲灌。」**其鳴喈喈**。喈音皆。○《傳》曰：「喈喈，和聲之遠聞也。」

興之不兼比者也。述后妃之意，若曰：葛生覃延，而施移於谷中，其葉萋萋然茂盛，當是之時，有黄鳥飛集於叢生之木，聞其鳴聲之和喈喈然，我女工之事將興矣。黄鳥飛鳴，乃春葛初生之時，未可刈也，而已動女工之思，見念念不忘也。先時感事，乃豳民艱難之俗，今以后妃之貴而志念如此，豈復有一毫貴驕之習邪？味詩人言外之意，可以見文王齊家之道矣。

葛之覃兮，施于中谷，維葉莫莫。朱氏曰：「莫莫，茂密也。」○張子曰：「秋時也。」**是刈是濩**，刈音乂[一]。濩音穫。○《釋文》曰：「《韓詩》云：『刈，取也。』」○臣粲曰：「刈，從刂[二]，刀也，謂斬而取之。」○《傳》曰：「濩，煮之也。」**爲絺爲綌**，絺音笞。綌音隙。○《傳》曰：「精曰絺，麤曰綌。」**服之無斁**。音亦。○《傳》曰：「斁，厭也。」

[一]「乂」，原作「刈」，據諸本改。

[二]「刂」，薈本同，味本、李本、姜本、顧本、授本、聽本誤作「小」，仁本、復本作「乂」。

又述后妃之意，若曰：至葛葉莫莫然茂密之時，我則刈取之，濩煮之，又緝績以爲絺綌，而服之無有厭斁之心。躬親其事，知女工勤勞，故服之無厭心也。○婦人驕侈之情，何有紀極，苟萌一厭心，雖窮極靡麗，耳目日新，猶以爲不足也。味「服之無斁」一語，可見后妃之德性。後世妃后以驕奢禍其族者〔一〕，皆一厭心爲之也。詩人辭簡而旨深矣。《補傳》曰：「后妃之善，莫先於不妬忌，其次則能節儉也。」

言告師氏，蘇氏曰：「言，辭也。《春秋傳》云：『言歸于好。』」○《傳》曰：「師，女師也。古者女師教以婦德、婦言、婦容、婦功。」○疏曰：「《昏禮》云：『姆纚笄綃衣在其右。』注云：『姆，婦人五十無子，出而不復嫁，能以婦道教人者。』」姆，亡候反。纚，顋之上聲，山買反。笄音雞。綃音消。**言告言歸。**張子曰：「言告言歸，猶曰告曰歸也。」**薄汙我私，**汙音烏。○《芣苢·傳》曰：「薄，辭也。」○《傳》曰：「汙，煩也。私，燕服也。」○《箋》曰：「煩，撋之用功深。」撋，而緣反。○《釋文》曰：「煩撋，猶挼莏也。」○臣粲曰：「治汙曰汙，猶治亂曰亂也。」**薄澣我衣。**《箋》曰：「澣，謂濯之耳。衣，謂褘衣以下至褖衣。」褘音揮。褖音象。○疏曰：「澣，其用功淺也。」**害澣害否，**害音曷。否音缶。○《傳》曰：「害，何也。」**歸寧父母。**

此章乃説后妃將歸寧之事。后妃若曰：我告于師氏，其告之者，爲歸寧也。於是汙

〔一〕「族」，仁本、復本同，他本作「俗」。

煩其褻服，澣濯其禮服。又有不澣者，問其何者當澣，而何者可以未澣乎？我將歸而問安於父母也，舉動必告於師氏，澣衣猶爲之斟酌，觀此氣象，其賢可見矣。朱氏曰：「此詩見后妃已貴而能勤，已富而能儉，已長而敬不弛於師傅，已嫁而孝不衰於父母，是皆德之厚而人所難也。」

《葛覃》三章，章六句。

《卷耳》，卷音捲。**后妃之志也。又當輔佐君子，求賢審官，知臣下之勤勞，內有進賢之志，而無險詖私謁之心，**詖音祕。**朝夕思念，至於憂勤也。**言后妃之志者，謂因備酒漿，念及臣下之勤勞耳。《後序》以詩之「周行」爲列位，遂支離其説，非詩之旨也。求賢審官，婦人何預？果若《序》言，開妃后與政之漸矣。朝夕思念，至于憂勤，於義爲衍。

采采卷耳，《芣苢·傳》曰：「采，取也。」〇朱氏曰：「采采，非一采也。據《本草》〔一〕，即今蒼耳，今人麯蘗中多用之。」〇《釋草》曰：「菤耳，苓耳。」〇郭璞曰：「《廣雅》云：『枲耳也。』亦云胡枲。江東呼常枲，形

〔一〕仁本校云：「『本草』下恐脱『卷耳』二字。」

似鼠耳，叢生似盤。」枲，西之上。○陸璣曰：「葉青白色，似胡荽，白華細莖，蔓生，可煮爲茹。四月中生子，如婦人耳璫，或謂之耳璫草。」**不盈頃筐。**頃音傾。○《韓詩》曰：「頃筐，欹筐也〔一〕。」○錢氏曰：「箱之小而偏者。」○《荀子》曰：「卷耳易得也，頃筐易盈也。」**嗟我懷人，**臣粲曰：「懷，矜念也。」**寘彼周行。**今從毛，《鹿鳴》音如字，舊音航。○《傳》曰：「寘，置也。」○吕氏曰：「周行，周道也。」○朱氏曰：「周行，大道也。」○《詩記》曰：「毛氏以爲周之列位，自左氏以來，其傳舊矣，然以經解經，則不若吕氏之説也。」

興之不兼比者也。此言使臣在途，歸必勞之。后妃主酒漿之事，豫采卷耳以爲麯糵，故因見采卷耳者，而念使臣之勞。謂卷耳易得之草，頃筐易盈之器，今采卷耳者，非難且勞之事也，采之又采，尚不盈頃筐，嗟乎我矜念使臣，今在道路，其跋涉之勞，當如何邪？張子詩云：「閨閫忱難與國防，默嗟徒御困高岡。觥罍欲解痡瘏恨，采耳元因備酒漿。」○經有三「周行」，《卷耳》《鹿鳴》《大東》也。鄭皆以爲周之列位，唯《卷耳》可通；《鹿鳴》「示我周行」，破示爲寘，自不安矣；《大東》「行彼周行」，又爲發幣於列位，其義尤迂。毛以《卷耳》爲列位，《鹿鳴》爲至道，《大東》無傳。今取毛《鹿鳴》音義，皆爲

〔一〕「筐」，原作「箱」，據薈本及《經典釋文》卷五引《韓詩》改。葉校云：「案，《釋文》引作欹筐也。嚴《摽有梅》章指云『今以欹筐就地取之』，正用《韓詩》語，不作欹箱，知嚴當時所見《韓詩》本是欹筐，非欹箱也。當據改。」

道也。但《卷耳》《大東》爲道路，《鹿鳴》爲道義。

陟彼崔嵬，音摧桅。○《傳》曰：「陟，升也。崔嵬，土山之戴石者。」○《釋山》曰：「石戴土謂之崔嵬。」○疏曰：「《傳》與《爾雅》正反者，或傳寫誤也，下解砠同。」**我馬虺隤。**虺音灰。隤，徒回反。○《傳》曰：「虺隤，病也。」**我姑酌彼金罍，**音雷。○《傳》曰：「姑，且也。」○《釋文》曰：「罍，酒罇也，容一斛。」○疏曰：「人君以黄金飾尊，刻爲雲雷之象，言刻則用木矣。」**維以不永懷。**今曰：「懷，即上文『懷人』之懷。」后妃念使臣升崔嵬之山，其馬亦虺隤而病矣。馬勞且病，人勞可知。永懷謂念之不忘也。使臣他日竣事而歸，我酌酒以勞之，乃可以釋我此念。今方在途，則我矜念之而不忘也。后妃不親酌酒，以主酒漿，故以我言之。《周南》著文王之化，后妃居深宫之中，而能念及臣下之勞者，由其君子能體羣臣，故夫婦之志同也。《解頤新語》曰：「《周官》酒人之奚爲世婦役，有女酒、女漿，則知周家酒漿之用，亦内治所當察也。注：『奚，今之侍史官婢。』」

陟彼高岡，《傳》曰：「山脊曰岡。」**我馬玄黄。**《傳》曰：「玄，馬病則黄。」**我姑酌彼兕觥，**兕，詞之上濁。觥音肱。○《傳》曰：「兕觥，角爵也。」○疏曰：「兕一角，青色，重千斤。以兕角爲觥，古者宴饗之禮，必有兕觥。成十四年《左傳》衛侯饗苦成叔，甯惠子曰：『兕觥其觩，旨酒思柔。』故知饗有兕觥也。昭元年，鄭人宴趙孟，穆叔、子皮及曹大夫興拜，舉兕爵，曰：『小國賴子，知免於戾矣。』故知宴有兕觥也。」○朱氏曰：「兕，野牛也。《周禮》有觵罰之事。又云『觵其不敬者』，但謂以觵罰之耳，不必專爲罰爵也。」**維以不永傷。**臣粲曰：「傷，亦懷也。」

陟彼砠矣，砠音趨，與雎音同。○《傳》曰：「石山戴土曰砠。」○《釋山》曰：「土戴石爲砠。」**我馬瘏矣。**瘏音塗。○《傳》曰：「瘏，病也。」**我僕痡矣，**痡音敷，又鋪之平。○《傳》曰：「痡，亦病也。」**云何吁矣。**

僕馬皆病，而今云何乎？長歎而已，念其勞也。

《卷耳》四章，章四句。

《樛木》，樛音鳩。**后妃逮下也。**疏曰：「言以恩意接及其下衆妾，使俱進御於王也。」**言能逮下而無嫉妬之心焉。**嫉音疾。妬，都之去。

讀此詩想見文王宮庭之雝穆矣。

南有樛木，《傳》曰：「南，南土也。木下曲曰樛。」○《箋》曰：「南土，謂荆、揚之域。」○疏曰：「揚州厥木惟喬。」○臣粲曰：「《左傳》聲子云：『如杞梓皮革，自楚往也。』見南方木美。」**葛藟纍之。**藟音壘。纍音縲。○《釋文》曰：「藟似葛。纍，纏繞也。」**樂只君子，**樂只，音洛止。○臣粲曰：「只，語已辭也。如『仲氏任只』『母也天只』、《楚詞》『白日昭只』是也〔一〕。樂只君子，蓋曰『樂哉君子』也。」福履綏之。臣粲曰：「『視履考祥』之履。」○《傳》曰：「綏，安也。」

興也。南土木美，葛藟亦茂。故以南言之，木之喬竦者，物不得附託而俱升，南土有下曲之木，故其下葛也、藟也，皆得纍而纏繞之，喻后妃能以惠下逮衆妾，無妒忌之心，則衆妾得以攀附而上進。后妃如此，樂哉其夫君子，可謂福履安之矣。動罔不吉，謂之福履。《詩記》曰：「漢之二趙，隋之獨孤，唐之武后，其禍至於亡國，則樛木之后妃，詩人安得不深嘉而屢歎之乎？」

南有樛木，葛藟荒之。《傳》曰：「荒，奄也。」○吕氏曰：「芘覆也。」樂只君子，福履將之。《箋》曰：「將，猶扶助也。」

南有樛木，葛藟縈之。縈，烏營反。○《傳》曰：「縈，旋也。」○錢氏曰：「繞也。」樂只君子，福履成之。《傳》曰：「成，就也。」

《樛木》三章，章四句。

〔一〕「只」，原作「止」，據仁本及《楚辭·大招》改。

《螽斯》，螽音終。**后妃子孫衆多也。言若螽斯不妬忌，則子孫衆多也。**

《螽斯》次《樛木》，義相成也。《後序》謂「若螽斯不妬忌」，非也。螽斯微蟲，何由知其不妬忌乎？

螽斯羽，曰：螽斯，蝗也，蠜也。斯，語助也。即阜螽也，非《七月》所謂斯螽也。蠜音煩。**詵詵兮。**詵音莘。○《傳》曰：「詵詵，衆多也。」**宜爾子孫，振振兮。**振音真。○杜氏《左傳注》曰：「振振，盛也。」○臣粲曰：「『振振』有二訓，盛也，信厚也。《詩》言『振振』者三，此詩當如『均服振振』之訓爲盛，《麟趾》《殷靁》當爲信厚。」

比也。螽蝗生子最多，信宿即羣飛，因飛而見其多，故以羽言之，喻子孫之衆多也。歸其自於后妃，曰：宜乎爾后妃之子孫，振振然而盛也。此詩之意全在「宜爾」二字，風人意在言外，見后妃子孫衆多，但言宜其如此，使人自思其所以宜者何故，而不明言之，謂由不妬忌而致此也。○今考《爾雅》云：「阜螽，蠜。」李氏、陸璣、許氏、蔡邕之說，阜螽即蝗也，蠜也，螣也，螣音特。同是一物。《爾雅》又云：「蜤螽，蚣蝑。」蜤音斯。蚣蝑音嵩須。此別是一物，蝗之類也。螽斯即阜螽，非蜤螽也。毛氏誤以此螽斯爲蚣蝑，孔氏因之，遂以螽斯、斯螽爲一物。錢氏云：「阜螽羣飛齊一，故以爲比。

斯，語助，猶鸒斯、鹿斯也。言羽，見其飛也。《春秋》書螽，即蝗也。」蘇氏謂螽斯一生八十一子。朱氏云：「一生九十九子。」今俗言蝗一生百子，不必以定數言之，但以生子多者莫如蝗耳。

螽斯羽，薨薨兮。薨音轟。○朱氏曰：「薨薨，羣飛聲。」**宜爾子孫，繩繩兮。**蘇氏《抑》解曰：「繩繩，不絶也。」○臣粲曰：「如繩之牽連不絶。」

螽斯羽，揖揖兮。揖，子立反，又音戢。○《傳》曰：「揖揖，會聚也。」○呂氏曰：「螽斯始化，其羽詵詵然比次而起；已化則齊飛，薨薨然有聲；既飛復斂羽，揖揖然而聚。」**宜爾子孫，蟄蟄兮。**蟄，尺十反，徐直立反。○《傳》曰：「蟄蟄，和集也。」

《螽斯》三章，章四句。

《桃夭》，音腰。**后妃之所致也。不妬忌則男女以正，昏姻以時。**疏曰：「《摽有梅・傳》云：『三十之男，二十之女，不待禮而行之。』則『男女以正』，謂男未三十、女未二十，女自十五至十九，男自二十至二十九也。《東門之楊・傳》云：『男女失時，不逮秋冬。』則秋冬嫁娶正時也。鄭以三十之男、二十之女，仲春之月爲昏，是禮之正法也。」○臣粲曰：「昏姻之時，當從毛氏解，見《東門之楊》。此《序》『男女以正』，止謂以禮嫁娶；『昏姻以時』，謂及盛年耳。」**國無鰥民也。**

鰥音關。

經但言男女以正，昏姻以時，而《序》者推原於后妃之不妬忌，蓋知風之自矣。廣漢張氏曰：「乖争之風，始于閨門，至於使萬物不得其所，而況昏姻之能以時乎？此意蓋深遠矣。」

桃之夭夭，《傳》曰：「夭夭，其少壯也。」○臣粲曰：「『棘心夭夭』與《書》『厥草惟夭』，皆少長之意。物少則長而未已。」**灼灼其華。**曹氏曰：「灼灼，鮮明貌。」○臣粲曰：「毛以爲『華之盛』，謂盛故鮮明，非訓灼灼字爲盛也。」**之子于歸，**《傳》曰：「之子，嫁子也。于，往也。」○《釋文》曰：「婦人謂嫁曰歸。」**宜其室家。**

興也。夭夭以桃言，指桃之木也；灼灼以華言，指桃之華也。桃之夭夭，灼灼其華，取相錯成文也。言桃之少壯，故其華鮮明；木少壯，則其華盛。譬婦人盛年，則容色麗也。此行嫁之子，往歸于夫家，則男有室，女有家，夫婦皆得宜也。

桃之夭夭，有蕡其實。蕡音焚。○《傳》曰：「蕡，實貌。」○李氏曰：「桃之少壯，則結實必大，其葉亦蓁蓁然盛；若非少壯，則雖結實，不復大，雖有葉，不復蓁蓁矣。此言婦人得盛時而嫁也。」○臣粲曰：「蕡，大也。墳爲大防，鼖鼓爲大鼓，『有頒其首』『用宏兹賁』，皆訓爲大。凡蕡同音之字皆爲大義，則蕡亦桃實之大貌。」**之子于歸，宜其家室。**

桃之夭夭，其葉蓁蓁。音臻。○《傳》曰：「蓁蓁，至盛貌。」**之子于歸，宜其家人。**

不特夫婦相宜，而一家之人盡以爲宜。言其能協和而使無間言也。閨門雍穆，風俗淳美，豈非后妃之化歟？《詩記》曰：「既詠其華，又詠其實，又詠其葉，非有他義，蓋餘興未已，而反覆歌詠之耳。」

《桃夭》三章，章四句。

《兔罝》，音嗟。**后妃之化也。《關雎》之化行，則莫不好德，**好去聲。**賢人衆多也。**

詩人因見兔罝之人，處賤事而能敬，便知其材之可用。序者因詩人美兔罝之賢，便知當時多好德之賢，又便知其爲《關雎》之化。非知類通達者，未可與言《詩》也。能敬即是好德。廣漢張氏曰：「和平之風，至於使兔罝之人亦興其好德之彝性，則固有不言而信，不疾而速者，其要特在於脩身以齊家而已。」

肅肅兔罝，《傳》曰：「肅肅，敬也。兔罝，兔罟也。」罟者，罔也〔一〕。**椓之丁丁。**椓音卓。丁，陟耕反，音近争。○《傳》曰：「丁丁，椓杙聲也。」杙音弋，橛也。橛音掘。○疏曰：「此丁丁，連椓之。」○今曰：「《伐木》丁丁，爲聲之相應；此丁丁，亦爲連椓也。」**赳赳武夫，**赳音九。○《傳》曰：「赳赳，武貌。」**公侯**

〔一〕「罔」上，原有「罟」字，衍，據李本、薈本删。「罟者罟」，仁本、復本作「罟音古」。

干城。干如字，舊音扞。○朱氏曰：「此文王時周人之詩，極其尊稱，不過曰公侯而已，亦文王未嘗稱王之一驗也。凡雅、頌稱王者，皆追王後所作耳。」○《箋》曰：「干也、城也，皆以禦難也。」○孫炎曰：「干楯，所以自蔽扞也。」○楯，食允反。○疏曰：「扞蔽如盾，防守如城然。」

賦也。詩人偶見有肅肅然恭敬者，乃作罝捕兔之人。椓伐杙橛，其連椓之聲丁丁然，爲賤事而能敬，可以知其賢矣，遂美此兔罝之人，赳赳然甚武，可爲公侯之干與城。言勇而忠也。李氏曰：「冀缺耕於野，夫婦相敬如賓，胥臣薦之於文公。茅容避雨危坐，郭林宗見而異之。」

肅肅兔罝，施于中逵。施如字。逵音葵。○《傳》曰：「逵，九達之道。」**赳赳武夫，公侯好仇。**好，朱如字[一]，鄭去聲。○朱氏曰：「好仇，善匹也。」○錢氏曰：「仇與逑通。」○臣粲曰：「公侯好仇，與『君子好逑』句法同。善匹，猶『率由羣匹』之匹。」

此赳赳之夫，可爲公侯之善匹。言勇而良也。

肅肅兔罝，施于中林。《傳》曰：「中林，林中。」**赳赳武夫，公侯腹心。**

中逵人所見之地，肅肅可也，以中林無人之地，猶且恭敬，則其賢可知也。此赳赳之

[一]「朱」，仁本、復本作「毛」。按，《毛傳》無傳，朱熹《詩集傳》卷一曰：「好仇，善匹也。」故應作「朱」爲是。

夫，可爲公侯之腹心，謂機密之事，可與之謀慮。言勇而智也。《詩記》曰：「其辭浸重，亦歎美無已之意爾。」

《兔罝》三章，章四句。

《芣苢》，音浮以。**后妃之美也。和平則婦人樂有子矣。**樂音洛。○楊氏曰：「后妃無嫉妬之心，則和平矣。惟其和平，故天下化而和平，則婦人以有子爲樂矣。」

天下和平，爲后妃之美，家齊而國治，國治而天下平也。

采采芣苢，《傳》曰：「采，取也。」○朱氏《卷耳》解曰：「采采，非一采也。」○《釋草》曰：「芣苢，馬舄。馬舄，車前。」○郭璞曰：「今車前草，大葉，長穗，好生道邊。江東呼爲蝦蟆衣。」○陸璣曰：「其子治婦人難産。」○山陰陸氏曰：「《神仙服食法》云：『令人有子，亦謂之陵舄。』《列子》云：『生於陵屯，則爲陵舄。』屯，阜也。」**薄言采之。**程子曰：「薄言，發語辭。」○臣粲曰：「『薄言震之』『薄言追之』『薄言采芑』，凡『薄言』二字，皆辭也。」**采采芣苢，薄言有之。**

賦也。芣苢宜懷姙，故婦人有子則采之。采采，非一采矣，而又采之，喜樂之深也。有，言采而得之，爲己所有也。此詩無形容譬喻之辭，讀之自見喜意。

采采芣苢，薄言掇之。掇，端之入。○《傳》曰：「掇，拾也。」**采采芣苢，薄言捋之。**捋，鑾之入。

○朱氏曰：「捋，取其子也。」采而聚之於地，既爲己有，於是就地掇拾之。既掇拾之，則捋取其子。

采采芣苢，薄言袺之。袺音結。○《傳》曰：「袺，執衽也。」○李巡曰：「衽者，裳之下也。」**采采芣苢，薄言襭之。**襭音頡。○《傳》曰：「扱衽曰襭。」扱音插。

既捋取其子，則以衣貯之而執其衽，謂之袺；既執其衽，又扱其衽於帶中〔一〕，謂之襭。自采至襭，言之序也。

《**芣苢**》三章，章四句。

《**漢廣**》，**德廣所及也。文王之道，被于南國，美化行乎江漢之域，無思犯禮，求而不可得也。**

道，謂脩身齊家之道也。男子見游女，自無犯禮之思。《後序》言「求而不可得」，非也。

〔一〕「又」，原作「反」，李本、姜本、顧本、薈本、授本、聽本作「及」，畬本作「乃」，據仁本、復本改。

南有喬木，南，解見《樛木》。○《傳》曰：「喬，上竦也。」**不可休息。漢有游女，**李氏曰：「漢水出興元府嶓冢山，至漢陽軍大別山入江。」○又漢入江，解見《江漢》。○曹氏曰：「漢上之游女，非深居於重闉之中者。」**不可求思。**《傳》曰：「思，辭也。」○項氏曰：「思，語辭。或用之句末，如『不可求思』；或用之句首，如『思齊大任』。」**漢之廣矣，不可泳思。**《釋水》曰：「潛行爲泳。」○郭璞曰：「水底行也。」**江之永矣，**朱氏曰：「江水出永康軍岷山。」**不可方思。**《釋言》曰：「方，泭。」泭音孚，亦作桴。○孫炎曰：「方〔一〕，水中爲泭筏〔二〕。」《論語》注云：「編竹木曰筏〔三〕，小曰桴。」○今曰：「江水尤深闊於漢，故漢止言不可泳，而江言不可方。」

興也。南方之木美，故以南言之。木下蟠則陰廣，上竦則陰少。南有喬竦之木，其陰不下及，故不可休息，興女之高潔而不可求也。漢水之上，有游行之女，非士君子之族，深居闉閣之中者也。以小家女而在曠僻可動之地，見者自無狎暱之心，於是陳其不可得之辭。如漢水之廣，不可潛行而泳之，江水之長，不可乘泭而方之，見其正潔

〔一〕「方」，《爾雅注疏》卷三《釋言》作「舫」。

〔二〕「泭」，原作「簰」，據薈本改。薈本校云：「刊本『泭』訛『簰』，據《毛詩》《爾雅》疏引孫炎説改。」

〔三〕葉校云：「《爾雅》疏云：『桴，編竹木，大曰筏，小曰桴。』此無大字，疑奪之。」

之意，使人望之而暴慢之志不作矣。詩人偶見漢上游女，人無陵犯之心，知紂之淫風已變，由文王風化所及，故假此游女以起義耳。

翹翹錯薪，翹音喬。○錢氏曰：「翹翹，高竦貌。」○《傳》曰：「錯，雜也。」言刈其楚。疏曰：「楚，木名。故《學記》注以楚爲荆。《王風》《鄭風》皆云『不流束楚』，是也。楚在雜薪中尤翹翹。」**之子于歸，言秣其馬。**秣音末。○《傳》曰：「秣，養也。六尺以上曰馬。」○《説文》曰：「秣，食馬穀也。」**漢之廣矣，不可泳思。江之永矣，不可方思。**

翹翹然而高者，錯雜之薪也，其中之楚木，尤翹翹然，人所先刈也，喻衆女之中，尤高潔者，人所先取也。故言此游女之嫁人，將有秣馬以禮親迎之者，豈可以非禮犯之哉？於是復陳其不可得之辭。○或謂秣馬，如所謂「雖爲執鞭，猶忻慕焉」，如此則「敢請子珮」，已有狎暱之想矣。

翹翹錯薪，言刈其蔞。音閭。○郭璞曰：「蔞，蔞蒿也。生下田，初生可啖。江東用羹魚也。」○陸璣曰：「其葉似艾，白色，長數寸，高丈餘，好生水邊及澤中。正月根芽生旁，莖正白，食之香而脆美，其葉又可蒸爲茹。」○《釋草》曰：「購，蔏蔞。」購音構。蔏音商。○舍人曰：「購，一名蔏蔞。」**之子于歸，言秣其駒。**《傳》曰：「五尺以上曰駒。」○《説文》曰：「馬二歲曰駒。」**漢之廣矣，不可泳思。江之永矣，**

不可方思。

《漢廣》三章，章八句。

《汝墳》，音汾。道化行也。文王之化，行乎汝墳之國，婦人能閔其君子，猶勉之以正也。

文王三分有二，不替事殷之小心，故當時化之，雖汝墳婦人，亦勉其夫以從王事。此文王道化之盛也。

遵彼汝墳，《傳》曰：「遵，循也。汝，水名也。」○李氏曰：「汝水出汝州魯山，東南至蔡州褒信入淮，周南之水也。」○《釋丘》曰：「墳，大防。」○疏曰：「謂崖岸狀如墳墓。」伐其條枚。《傳》曰：「枝曰條，幹曰枚。」未見君子，惄如調飢。惄音溺。調音周。○《傳》曰：「惄，飢意也。調，朝也。」○《箋》曰：「惄，思也。」

賦也。君子從役於外，其妻爲樵薪之事，遵循汝水之墳岸，伐其枝條枚幹，念其君子之未見，惄然如朝飢之切也。親伐薪，則庶人之妻也。

遵彼汝墳，伐其條肄。音異。○《傳》曰：「肄，餘也。斬而復生曰肄。」○程子曰：「伐肄見踰年矣。」

既見君子，不我遐棄。

前伐其條枚，今生肄而復伐之，見行役之久也。他日已見君子，庶幾不遠棄我也。

魴魚赬尾，魴音房。赬音稱。○曰：魴，鯿也。鯿音鞭，解見《陳·衡門》。○《傳》曰：「赬，赤也。魚勞則尾赤。」○張子曰：「謂水淺，魚摇尾多，則血流注尾，故尾赤也。」○吕氏曰：「鯉尾赤，魴尾白。今魴尾亦赤，則勞甚矣。」**王室如燬。**音毁。○曰：王室，商室也。○《傳》曰：「燬，火也。」**雖則如燬，父母孔邇。**臣粲曰：「婦人指其夫之父母，從《箋》疏義也。或以爲指文王，今不從。」○《傳》曰：「孔，甚也。邇，近也。」

魴尾本白，以勞故赤，婦人喻其君子勞苦而容瘁，由王室之事，其急如火，不可緩也〔一〕。是時商王尚存，西伯之事，皆幹蠱王室也。婦人從而勉其君子曰：王室之事雖急如火，不得少休，然父母相去不遠，不必念家而怠王事也。魴魚赬尾，閔之也。父母孔邇，勉以正也。子于役而念父母，情之至切，其妻乃復權恩義之輕重，欲其國爾忘家，可謂正矣。○舊説以如燬喻紂之酷，以父母喻文王之仁，刻畫如此，固非以服事殷者所敢安，而亦烏在其爲勉以正也？《韓詩》以爲思親，《列女傳》以爲其妻恐其懈於王事，蓋近之矣。

〔一〕「緩」，畬本作「救」。

《汝墳》三章，章四句。

《麟之趾》，《關雎》之應也。《關雎》之化行，則天下無犯非禮，雖衰世之公子，皆信厚，句。**如麟趾之時也。**

應，效應也。公子，指周南國君之子。公子生長富貴，未嘗憂懼，況當殷末俗流世敗之時，宜其驕淫輕佻也。今乃信厚，豈非《關雎》風化之效歟？公子猶信厚，則他人可知。程子曰：「麟趾不成辭，言之時謬矣。」

麟之趾，曰〔一〕：麟者，仁獸也，瑞獸也。○陸璣曰：「麕身，牛尾，馬足，黄色，圓蹄，一角，角端有肉，不履生蟲，不踐生草，不羣居，不侶行，不經陷穽，不罹羅網。王者至仁乃出。今并州界有麟，大小如鹿，非瑞應之麟。故司馬相如《子虚賦》曰『射麋脚麟』，謂此麟也。注：『脚，謂持其脚也。』」○曹氏曰：「《説文》云：『麒，仁獸也。麐，牝麒也。麟，大牝鹿也。』則字當作麐，音同。」○《傳》曰：「趾，足也。」**振振公子。**振音真。○《傳》曰：「振振，信厚也。」○振振，有考，見《螽斯》。**于嗟麟兮。**于音吁。○臣粲曰：「于，古注無音，今考韻，于字通作吁，注云：『《詩》于嗟用此。』知當音吁也。」

〔一〕「曰」字，諸本無。

興也。有足者宜踶，音第，蹋也。《莊子》云：「馬相怒則分背相踶。」唯麟之足，可以踶而不踶，是其仁也。今振振然信厚之公子，有貴勢而不恃，遂歎美此公子即麟也。此詩之辭，寂寥簡短，三歎而有餘音也。麟之趾，指麟言也；于嗟麟兮，指公子言也，猶楚狂接輿稱孔子爲鳳兮也。

麟之定，丁之去。○《傳》曰：「定，題也。」○《説文》曰：「題，額也。」**振振公姓。**王氏曰：「公姓，公孫也。孫，傳姓者也。」**于嗟麟兮。**

有額者宜抵，唯麟之額，可以抵而不抵也。公室子孫，其傳彌遠，而信厚不替也。

麟之角，振振公族。《傳》曰：「公族，公同祖也。」**于嗟麟兮。**

有角者宜觸，唯麟之角，可以觸而不觸。朱氏曰：「《關雎》《葛覃》《卷耳》《樛木》《螽斯》，其詞雖主於后妃，其實則皆所以著明文王身脩家齊之效也。至於《桃夭》《兔罝》《芣苢》，則家齊而國治之效。《漢廣》《汝墳》，則以南國之詩附焉，而見天下已有可平之漸矣。」

《麟之趾》三章，章三句。

詩緝卷之二

嚴粲述

召南　國風

説已見《周南》。《釋文》曰：「召，在岐山之陽，扶風雍縣南有召亭。」○朱氏曰：「今雍縣析爲岐山、天興二縣，未知召亭的在何縣。」

或謂《召南》諸侯之風，爲太王、王季之化，故曰先王之所以教，然《摽梅》《野麕》《騶虞》，《序》皆言被文王之化，當從朱氏以爲文王也。

《鵲巢》，夫人之德也。朱氏曰：「文王之時，《關雎》《麟趾》之化行於内，諸侯蒙化以成其德，而其道亦始於家人，故其夫人之德如是。當時之人詠歌而美之，當必爲一人而作。然周公取以爲法，明夫人之德，皆當如是，則其義不主於所指之人。故《序》者特曰『夫人之德』而已。」**國君積行累功，以致爵位，**行去聲。**夫人起家而居有之，**疏曰：「起自父母之家。」**德如鳲鳩，**歐陽氏曰：「非鳲鳩。」**乃可以配焉。**

言夫人之德，亦以見文王齊家之化行於諸侯，非專美夫人也。

維鵲有巢，《箋》曰：「鵲之作巢，冬至架之，至春乃成。」○疏曰：「《月令》：十二月，鵲始巢。」○山陰陸氏曰：「鵲作巢，取在木杪枝，不取墮地者，故一曰乾鵲。《淮南子》云：『太陰所建，蟄蟲首穴而處，鵲巢向而爲户。』又曰：『蟄蟲、鵲巢皆向太一。』蓋鵲巢開户，嚮太一而背歲，故《博物志》云：『鵲背太歲也。』先儒以爲鵲巢居而知風，蟻穴居而知雨。鵲歲多風，則去喬木巢旁枝，故能高而不危也。俗説鵲巢中必有梁，見鵲上梁者必貴，今二鵲共銜一木置巢中，謂之上梁。」**維鳩居之。**曰：鳩，拙鳥也，直謂之鳩者也。舊説以爲鳲鳩、秸鞠、布穀、戴勝，非也。秸鞠音戛菊。鳲鳩，别解見《曹風·鳲鳩》。○歐陽氏曰：「今所謂布穀、戴勝者，與鳩絶異。惟今人直謂之鳩者，拙鳥也。不能作巢，多在屋瓦間，或於木上架結木枝，初不成窠，便以生子，往往墜雛。今鵲作巢甚堅，既生雛散飛，則棄而去，容有鳩來處彼空巢。」**之子于歸，**朱氏曰：「之子，指夫人。」○歸，解見《桃夭》。**百兩御之。**兩音亮。御音迓。○《傳》曰：「百兩，百乘也。諸侯之子嫁於諸侯，送御皆百乘。」○〔一〕疏曰：「車有兩輪，故稱兩。御，大家迎之也。」

興也。鵲巢冬架春成，用力勞矣，而鳩乃居之，譬國君之致爵位，非一日之故，其積累難矣，而是子之嫁，乃以車百乘迎之，安然來居夫人之位。風人意在言外，凡言人之賢，但稱其服飾之美，此言夫人之德，亦但稱其坐享成業，是其有德以稱之，自見於言

〔一〕「○」，原無，據畲本補。

外矣。非文王齊家之化，何以致此？《詩記》曰：「夫人坐享成業，非有婦德者，殆無以堪之也。」○朱氏曰：「南國諸侯被文王之化，能正心脩身，以齊其家，其女子亦被后妃之化，故嫁於諸侯，而其家人美之。」

維鵲有巢，維鳩方之。《解頤新語》曰：「方之，以爲其所也。」**之子于歸，百兩將之。**《傳》曰：「將，送也。」○疏曰：「父母家人送之也。」

維鵲有巢，維鳩盈之。《傳》曰：「盈，滿也。」○《箋》曰：「言衆媵姪娣之多也。」○疏曰：「《公羊傳》云：『諸侯一娶九女，二國往媵之，以姪娣從。』」○《補傳》曰：「味『盈之』之言，可見夫人不妬忌。」**之子于歸，百兩成之。**朱氏曰：「成，謂成其禮也。」

《鵲巢》三章，章四句。

《采蘩》，音煩。**夫人不失職也。夫人可以奉祭祀，則不失職矣。**

夫人之職，在於奉祭祀，言「可以」者，謂有夫人之德也。《左氏傳》云：「苟有明信，澗溪沼沚之毛，蘋蘩薀藻之菜，可薦於鬼神。」所謂可者，不在物而在人也。

于以采蘩？《傳》曰：「于，於也。」○《釋草》曰：「蘩，皤蒿。」皤音婆。○孫炎曰：「白蒿也。」○陸璣曰：「春始生，可鬻，香美，又可蒸。及秋，名曰蒿。」鬻、煮同。○山陰陸氏曰：「蒿青而高，蘩白而繁，白蒿葉麤於青蒿。從初生至枯，白於衆蒿。今俗謂之蓬蒿，可以爲葅。《七月》『采蘩祁祁』，所以生蠶也。」○《箋》曰：「以豆薦蘩菹。」○粲曰：「《祭統》云：『夫人薦豆。』」**于沼于沚。**音止。○《傳》曰：「沼，池也。」○《釋水》曰：「小洲曰陼，小陼曰沚。」陼、渚同。○疏曰：「蘩非水菜，言沼、沚者，謂於其傍采之也。」○曹氏曰：「采之必於沼沚山澗，就以潔之也。」**于以用之？公侯之事。**《傳》曰：「事，祭事也。」○長樂劉氏曰：「尊祭祀，故直謂之事，《春秋》『有事于太廟』是也。」

賦也。言於何處采蘩乎？或沼池，或沚渚，於其傍而采之也。於何處用之乎？於公侯祭祀之事而用之也。此言夫人之職，而可以奉宗廟之意自見矣。

于以采蘩？于澗之中。《傳》曰：「山夾水曰澗。」○疏曰：「澗之中，亦謂於曲内采之，非水中也。」

于以用之？公侯之宫。《傳》曰：「宫，廟也。」○曹氏曰：「莊二十三年，丹桓宫楹。明年，刻桓宫桷。注云：『宫，廟也。』」

被之僮僮，音同。○曰：被，首飾也。即《天官·追師》「副編次」之次也。副編次，解見《鄘·君子偕老》。追音堆。編音匾，又如字。○疏曰：「剔賤者或刑者之髮，以被婦人之紒爲飾，因名髲鬄焉。」紒音計。髲音避。鬄音第，亦作髢。○粲曰：「《天官·内司服》后六服：褘衣、揄翟、闕翟，謂之三翟，與鞠衣、展衣、褖衣爲六也。首飾則有副、編、次。三翟爲祭服，首皆服副；鞠衣，告桑之服；展衣，朝王及見賓客之服，首皆服編，褖衣，進朝於王之服，首則服次。凡諸侯夫人於其國，衣服與王后同。上公夫人得褘衣以下，侯伯夫人得揄翟以下。被，即次也。夫人祭祀，不應服次。曹以爲此在商時，故與周禮異。」褘音暉。揄音摇。鞠音菊。展音戰，《禮記》作襢。褖音彖。《周禮》翟作狄。○《傳》曰：「僮僮，竦敬也。」○長樂劉氏曰：「步雖移而被不動之貌〔一〕。」**夙夜在公。**朱氏曰：「公，公所也，謂宗廟之中，非私室也。」**被之祁祁，**《傳》曰：「祁祁，舒遲也，去事有儀也。」**薄言還歸。**還音旋。○粲曰：「還如字者，復也。音旋者，復返也。故還歸皆當音旋，字亦作旋。《釋文》於《邶·泉水》『還車言邁』云：『此字例音旋，更不重出。』」

夫人服首飾之被，僮僮然竦敬，夙夜在公所而助祭，及祭畢，則又服其被，祁祁然舒遲而旋歸，有餘敬也。此形容夫人孝敬宗廟，周旋中禮，其德可見矣。朱氏曰：「《祭義》云：『及祭之後，陶陶遂遂，如將復入然。』不欲遽去，愛敬之無已也。」陶音摇。

《采蘩》三章，章四句。

《草蟲》，大夫妻能以禮自防也。

自后妃及夫人，自夫人及大夫妻，皆文王齊家之化也。

〔一〕「被」，諸本作「服」。

喓喓草蟲，喓音腰。○《傳》曰：「喓喓，聲也。草蟲，常羊也。」○《釋蟲》曰：「草蟲，負蠜。」蠜音煩。○陸璣曰：「大小長短如蝗，奇音，青色，好在茅草中作聲。」○山陰陸氏曰：「蓋草蟲鳴，阜螽躍而從之，故阜螽曰蠜，草蟲謂之負蠜也。」**趯趯阜螽。**趯音剔。螽音終。○《傳》曰：「趯趯，躍也。」○曰：阜螽者，蝗也，蠜也，即螽斯也。解見《螽斯》。**未見君子，憂心忡忡。**音充。○《傳》曰：「忡忡，猶衝衝也。」○粲曰：「《擊鼓》『憂心有忡』，疏引《出車》『憂心忡忡』，爲憂之意。」**亦既見止，**《傳》曰：「止，辭也。」**亦既覯止**〔一〕**，**覯，溝之去。○《傳》曰：「覯，遇也。」**我心則降。**户江反。○《傳》曰：「降，下也。」

興也。召南之大夫行役在外，其妻獨居，聞草蟲喓喓然而鳴，見阜螽趯趯然躍而從之，感物類之相從，而思其君子。故言今未見君子，則我憂心忡忡然，他日亦既見矣，亦既遇矣，我心方降下，而息其念慮也。觸物感時，而謹身以待其歸，所謂「以禮自防」也。

陟彼南山，言采其蕨。音厥。○《釋草》曰：「蕨，虌。」虌音鼈。○郭璞曰：「初生無葉，可食。」○陸璣曰：「山菜也。周秦曰蕨，齊魯曰虌。」**未見君子，憂心惙惙。**音輟。○朱氏曰：「惙惙，憂也。」**亦既**

〔一〕「覯」，原作「遘」，據諸本及《詩經》定本改。下音注同。又，二章、三章作「覯」，是也。

見止，亦既覯止，我心則説。音悦。

言有升南山而采蕨者矣，感節物之新而思其君子也。

陟彼南山，言采其薇。音微。○陸璣曰：「亦山菜也。莖葉皆似小豆，蔓生，其味亦如小豆藿。可作羹，亦可生食。今官園種之，以供宗廟祭祀也。」○山陰陸氏曰：「《禮》：『芼豕以薇。』《記》云：『鉶芼、牛藿、羊苦、豕薇。』是也。」○項氏曰：「薇，今之野豌豆苗也。蜀人謂之巢菜，東坡改名爲元脩菜是也。」豌音剜。**未見君子，我心傷悲。亦既見止，亦既覯止，我心則夷。**《傳》曰：「夷，平也。」○粲曰：「《風雨·傳》云：『悦也。』人喜悦則心平夷，其意一也。《那》頌所謂『夷懌』也〔一〕。」

《草蟲》三章，章七句。

《采蘋》，音頻。**大夫妻能循法度也。能循法度則可以承先祖，共祭祀矣。**共音恭。

《采蘋》，《采蘩》之推也。王氏謂所薦之物、所采之處、所用之器、所奠之地，皆有常而不變，所謂「能循法度」。此猶未盡詩之意。蓋法度者，儀物也，能循者，

〔一〕「懌」，味本、李本、姜本、薈本、聽本、仁本、復本作「悦」。按，《商頌·那》「亦不夷懌」，《毛傳》：「夷，説也。」作「悦」者，蓋用《傳》義爲説，然嚴氏引「《那》頌」，自以用經文「夷懌」爲是。

敬也，非敬則儀物之常，何足爲美乎？

于以采蘋？《傳》曰：「蘋，大蓱也[一]。」蓱，本又作萍，一本作苹，音平。○《釋草》曰：「蓱，其大者蘋。」○項氏曰：「柳惲所謂『汀洲采白蘋』者，水生而似萍者也；宋玉所謂『起於青蘋之末』者，陸生而似莎者也。」**南澗之濱。**音賓。○《傳》曰：「濱，厓也。」**于以采藻？**音早。○曰：藻，水菜也。○《傳》曰：「聚藻也。」○疏曰：「《左傳》云：『蘋蘩薀藻之菜。』薀，聚也，故言聚藻。」○陸璣曰：「生水底有二種，其一種葉似雞蘇，莖大如筯，長四五尺；其一種莖大如釵股，葉似蓬蒿，謂之聚藻。藻聚生，故謂之聚藻也。此二藻皆可食，熟煮，挼去腥氣，米麵糝蒸爲茹，佳美。荆、揚人饑荒可以充食。」○山陰陸氏曰：「藻，水草之有文者，其字從澡，自絜如澡也。《書》云：『藻火粉米。』藻取其清，火取其明也。山節藻梲，蓋藻非特取其文，亦以禳火，今屋上覆橑謂之藻井。《風俗通》云：『殿堂宫室，象東井形，刻作荷菱水草也，所以厭火。』與此同義。」橑，僚、老二音。○今曰：「毛、鄭引《昏義》云：『古者婦人先嫁三月，教以婦德、婦言、婦容、婦功。教成祭之，牲用魚，芼之以蘋藻。』言蘋藻不特可以爲豆菹，亦可以芼羹也。」**于彼行潦。**音老。○《傳》曰：「行，流也。」○《説文》曰：「潦，雨水也。」

于以盛之？盛音成。**維筐及筥。**音舉。○《傳》曰：「方曰筐，圓曰筥。」○曹氏曰：「筐、筥皆竹器

[一]「蓱」，仁本、復本及《毛詩正義》卷一之三作「蓱」。下同。

也。」**于以湘之？**《傳》曰：「湘，亨也。」〇今曰：「韓退之《盤谷歌》云：『盤之泉，可濯可湘。』用此湘字。」**維錡及釜。**錡音蟻。釜音輔。〇《傳》曰：「錡，釜屬。有足曰錡，無足曰釜。」

于以奠之？《傳》曰：「奠，置也。」**宗室牖下。**《傳》曰：「宗室，謂大宗之廟也。」〇朱氏曰：「室前東户西牖，牖下則室中西南隅，所謂奥也。」〇曹氏曰：「正祭設於奥。」**誰其尸之？**《傳》曰：「尸，主也。」**有齊季女。**齊音齋。〇《傳》曰：「齊，敬也。季，少也。」〇朱氏曰：「少而能敬，尤見其質之美，而化之所從來者遠矣。」

賦也。此詩三章當通作一意看，言大夫之祭其宗廟也，采蘋於南澗之濱厓，采藻於流行之雨潦，所薦常物耳；盛此蘋藻於筐筥，又亨之於錡釜，所用常器耳；又奠之於宗廟牖下，所謂西南隅之奥，亦常儀耳。然誰其主此事乎？乃齋敬之大夫妻也，謂儀物特其常，而其人之能敬，所以可貴也。《左傳》云：「苟有明信，澗谿沼沚之毛，蘋蘩薀藻之菜，筐筥錡釜之器，潢汙行潦之水，可薦於鬼神。」言在誠而不在物，深得詩人之意也。《詩記》曰：「所爲者非一端，所歷者非一所矣。煩而不厭，久而不懈，循其序而有常，積其誠而益厚，然後祭祀成焉。季女之少，若未足以勝此，而實尸此者，以其有齊敬之心也。大夫之妻未必果少，特言苟持敬，則雖少女猶足以當大事云耳。」○今考《本草》水萍有三種〔一〕：其大者曰蘋，葉圓，闊寸許，季春始生，可糝蒸以爲茹；其中者曰荇菜；其小者曰水上浮萍〔二〕，江東謂之薸。毛氏以蘋爲大萍，是也。郭璞以蘋爲今水上浮萍，即江東謂之薸，是以小萍爲大萍，誤矣。蘋可茹而薸不可茹，豈有不可茹之薸，而乃用以祭祀乎？《左傳》云「蘋蘩薀藻之菜」，蘋藻皆菜，則可茹之物，非薸也。今薸止可養魚。薸音瓢。

《采蘋》三章，章四句。

《甘棠》，美召伯也。召音邵。○疏曰：「風雅正經，皆不言美，此云『美召伯』者，《二南》文王之風，唯不言美文王耳。」**召伯之教，明於南國。**《詩補傳》曰：「《甘棠》皆以爲武王之詩，謂文王雖分岐爲周、召采地，實未嘗往涖其國。至武王克商，始分陝。召伯聽訟，已非文王之世，而是詩又作於召伯既去之後，抑不知文王化被南國，而召伯聽訟之日，又能推明其教。《行露》既繫之文王，《甘棠》雖在召伯既去之後，亦未必作於武王之時，不若繫之文王。」

〔一〕「三」，原作「二」，據諸本改。
〔二〕「曰」，原無，據諸本補。

武王分周、召爲二伯，詩稱召伯，是作於武王之時也。作詩雖在後，明教前乎此矣。《二南》皆文王詩也。

蔽芾甘棠，芾音沸。○曹氏曰：「蔽芾，蔭翳茂盛也。」○曰：甘棠，白棠也。○《釋木》曰：「杜，赤棠。白者棠。」○樊光曰：「白者爲棠，赤者爲杜。」○郭璞曰：「甘棠，今之杜梨。」○陸璣曰：「小如指，酢味可食。」酢亦作醋，《説文》曰：「醶也。」醶，力減反。○山陰陸氏曰：「陸璣以爲赤棠與白棠同耳，但子有赤白美惡，白色爲棠，甘棠也，赤棠子澁而酢，無味，俗語曰『澁如杜』是也。」**勿翦勿伐，**今曰：「翦，謂齊斷其枝。《釋文》云：『伐，斬木也，謂斬伐其幹。』」**召伯所茇。**音跋。○《箋》曰：「茇，草舍也。」○朱氏曰：「止於其下以自蔽，猶草舍耳，非真作舍也。」

賦也。召公當文王爲西伯之時，奉命出使於召南之國，觀省風俗，布宣教令，嘗止於甘棠之下。至武王分陝之後，召公爲伯，召南之人思召公往日之教，因愛其所止之樹，故言白棠蔽芾然茂盛，勿翦斷其枝，勿斬伐其榦，此召伯嘗茇舍於其下，不可去之也。○召公所歷，不止一處，所憩亦不專在棠下，詩人偶因其嘗憩之木而起興耳。鄭氏謂不重煩勞百姓，止舍小棠之下而聽斷者，衍説也〔一〕。

〔一〕「説」，諸本作「文」。

蔽芾甘棠，勿翦勿敗，音拜，又如字。○粲曰：「敗，謂殘壞之。」**召伯所憩。**音器，徐音熙之去。○《傳》曰：「憩，息也。」

豈特不可伐去，亦不可殘壞之也。

蔽芾甘棠，勿翦勿拜，錢氏曰：「拜，謂攀下也，攀下其枝，如人之拜。」○粲曰：「謂低屈之，挽其枝以至地也。」**召伯所説。**音稅。○《傳》曰：「説，舍也。」

始則相戒，不可斬伐而去之；中則相戒，豈特不可斬伐，但殘壞之亦不可；終則相戒，豈特不可殘壞，但低屈之亦不可。愛之愈深，護之愈至也。

《甘棠》三章，章三句。

《行露》，召伯聽訟也。衰亂之俗微，貞信之教興，彊暴之男不能侵陵貞女也。

召公聽訟，尚有彊暴侵陵之事，是紂之舊染猶存，而文王之化猶未純被之日也。

厭浥行露，厭浥，音葉邑。○《傳》曰：「厭浥，濕意也。行，道也。」**豈不夙夜？謂行多露。**

興也。召南之國，有男侵陵於女而女不從，男遂誣女以有室家之約，而召伯聽其訟。此詩述女子自訴之辭。言厭浥然而濕者，行道之露也。我豈不欲早暮而行乎？以行道多露之濡己，故懼而不敢也，喻違禮而行，必有汙辱，我所以不從男子之侵陵也。

誰謂雀無角，何以穿我屋？誰謂女無家，女音汝。**何以速我獄？**《傳》曰：「速，召也。」**雖速我獄，室家不足。**

誰謂鼠無牙，楊氏曰：「牙，牡齒也。鼠無牡齒。」**何以穿我墉？**音容。○《傳》曰：「墉，牆也。」**誰謂女無家，何以速我訟？雖速我訟，亦不女從。**

此言女子被誣，非遇召伯，則不能自明也。謂，猶言也。雀有味而無角，味音晝。○《釋文》曰：「味，鳥口也。」鼠有齒而無牙，事有可疑而實不然者，唯明者能辨之。誰言雀之無角乎？雀若無角，何以能穿我屋也？然雀之穿屋，實以味，非以角也。誰言鼠之無牙乎？鼠若無牙，何以能穿我墉墻也？然鼠之穿墉，實以齒，非以牙也。人見男女之訟，孰不疑其有室家之事，猶見雀之穿屋而疑其有角，見鼠之穿墉而疑其有牙。故謂誰言汝男子於我無室家之事乎？若無室家之事，何以召我獄訟也？然雀實無角，鼠實無牙，男子乃是侵陵，實無室家之事。唯召公之明，能察其情而決其訟〔一〕，

〔一〕上「其」，原無，據味本、薈本補。

使正女之志得以自伸，故繼言汝男子雖召我獄，而室家之道終不足，謂誣我以訟，此非室家之道，不與女爲夫婦也。

《行露》三章，一章三句，二章章六句。

《羔羊》，《鵲巢》之功致也。朱氏曰：「在位節儉正直，本於國君夫人正身齊家以及其國之效。故曰『《鵲巢》之功致也』。」**召南之國，化文王之政，在位皆節儉正直，德如羔羊也。**呂氏曰：「德如羔羊，如《羔羊》之詩也。」○粲曰：「猶言『好賢如《緇衣》』。」

國君齊家而及國，其本由於《關雎》，故曰「化文王之政」。

羔羊之皮，《傳》曰：「小曰羔，大曰羊。」○疏曰：「大夫之裘，宜言羔而已，兼言羊者，協句也。《傳》以羔、羊並言，故以小大釋之。」**素絲五紽。**音駝。○曰：紽，縫也。縫音逢。○《傳》曰：「古者素絲以英裘。紽，數也。」又曰：「總，數也。」○疏曰：「謂紽總之數有五，非訓紽總爲數。紽亦縫也，織素絲爲組紃，以英飾裘之縫中，紃亦組之類，素絲非線也。」紃音旬。○曹氏曰：「一裘之功，必合衆皮而成，故其縫殺不一。」○《補傳》曰：「合五羊之皮爲一裘，循其合處，以素絲爲英飾也。百里奚衣五羊之皮，蓋倣古制。」○錢氏曰：「兩皮之縫不易合，故織白絲爲紃，施之縫中，連屬兩皮，因以爲飾。」○粲曰：「《疏》言韠與裳同色，衣與冠同色，黑冠朝服，冠黑則服亦黑，故用黑羔皮爲裘，而以緇布爲衣以裼之。祖而有衣曰裼，見美也〔一〕。以緇布衣覆之，使可裼也。必覆之者，裘，褻也，其上乃加朝服，此緇衣羔裘，諸侯日視朝之服，卿大夫朝服亦服之，其所異者，君則純色，臣則以他物飾其褎，所謂『羔裘豹褎』『羔裘豹袪』是也。」裼音錫。褎音袖。

退食自公，朱氏曰：「自，從也。公，公朝也。」**委蛇委蛇。**音威移。○《箋》曰：「委蛇，委曲自得之貌。」○廣漢張氏曰：「重言委蛇，舒泰而有餘裕也。」

賦也。言召南在位之臣，服此羔裘以趨朝，有素絲織爲組紃，於五處縫中，縫中之縫，音奉。紽縫而飾之。紽縫之縫，音逢。朝畢，自公朝退食於私家，委蛇然舒泰而自得。在公之謹飭，勉强可能也；退食而委蛇，則顯微無間也。服飾有常，俯仰無愧，節儉正直之意，隱然可見矣。

羔羊之革，《傳》曰：「革，猶皮也。」○疏曰：「《説文》謂獸皮治去其毛曰革，對文則異，散則通。」**素絲五緎。**音域。○《傳》曰：「緎，縫也。」縫音逢。**委蛇委蛇，自公退食。**

羔羊之縫，當音奉，舊亦音逢。**素絲五總。**音騣。○疏曰：「總，亦縫也。」縫音逢。**委蛇委蛇，退食自公。**

〔一〕「美」，原作「羔」，據薈本、畬本改。葉校云：「見羔，見美之誤。《記·玉藻》『裘之裼也，見美也』可證。」

羔羊之縫，言其縫中也。總縫，謂縫之也。

《羔羊》三章，章四句。

《殷其靁》，殷音隱。靁亦作雷。**勸以義也。召南之大夫，**李氏曰：「召南之大夫，謂陝西諸國之大夫也。」○黄氏曰：「文王之時，召公未分陝，曰召南之國，曰召南之大夫，皆後世作《序》者之辭，而非當時作詩者之辭也。」**遠行從政，不遑寧處，**音杵。**其室家能閔其勤勞，勸以義也。**

殷其靁，《傳》曰：「殷，靁聲也。」**在南山之陽。**《傳》曰：「山南曰陽。」**何斯違斯，**《傳》曰：「違，去也。」**莫敢或遑。**《傳》曰：「遑，暇也。」○粲曰：「或者，間或之義。不敢或遑，則無一時之暇矣。」**振振君子，**振音真。○《傳》曰：「振振，信厚也。」振振，有考，見《螽斯》。**歸哉歸哉。**錢氏曰：「哉，疑辭。」

興之不兼比者也。《傳》不言興，今從朱氏。召南大夫之妻，感風雨將作，而念其君子。言殷然之靁聲，在彼南山之南，何爲此時違去此所乎？蓋以公家之事而不敢遑暇也。所謂勸以義也，遂稱振振信厚之君子，歸哉歸哉，冀其畢事來歸，而不敢爲決辭，知其未可以歸也。從事獨賢而無怨，唯信厚者能之。

殷其靁，在南山之側。何斯違斯，莫敢遑息。振振君子，歸哉歸哉。

殷其靁，在南山之下。何斯違斯，莫或遑處。《傳》曰：「處，居也。」**振振君子，歸哉歸哉。**

《殷其靁》三章，章六句。

《摽有梅》，摽，飄之上。**男女及時也。**及時，解見《桃夭》。**召南之國，被文王之化，男女得以及時也。**

此詩述女子之情，欲得及時而嫁。蓋紂之淫風既微，而婚姻以正，女無異志，必待聘而後行，所謂「被文王之化」也。

摽有梅，《傳》曰：「摽，落也。」○粲曰：「摽本訓擊，《邶·柏舟》『寤辟有摽』是也。此詩謂擊而落之。」**其實七兮。求我庶士，**《箋》曰：「庶，衆也。」**迨其吉兮。**《箋》曰：「迨，及也。」

興也。述女子之情，言擊落之餘，尚有殘梅，其實之在木者惟七，則其零落者多矣。興女子盛年難久，當及時以嫁，無使華色之衰落，如彼梅也。於此衆士之中，求擇之以爲婚姻，當及此時日之吉，懼良辰之難得而易失也。《補傳》曰：「詩人但喜其得以及時耳。」

摽有梅，其實三兮。求我庶士，迨其今兮。《傳》曰：「今，急辭也。」在者三，則向之七又落其四。時過而不留，不可緩矣。故言及今可以成昏，不拘時日之吉也。

摽有梅，頃筐塈之。頃音傾。塈音餼。○頃筐〔一〕，解見《卷耳》。○《傳》曰：「塈，取也。」○粲曰：「塈字從土，本訓塗，今言取者，謂取之於地，需土濕也。」**求我庶士，迨其謂之。**歐陽氏曰：「謂，相語也。」摽落之後，有梅在地，今以攲筐就地取之。蓋盡落而無在木者，時愈過而女心切矣。男當先求於女，今反欲遣媒妁以語男家也。

《摽有梅》三章，章四句。

《小星》，惠及下也。夫人無妬忌之行，去聲。**惠及賤妾，進御於君，知其命有貴賤，能盡其心矣。**

〔一〕「筐」，原作「箱」，據味本、李本、姜本、薈本、聽本、仁本、復本改。

《小星》，《樛木》之化也。

嘒彼小星，嘒音諱。○《傳》曰：「嘒，微貌。」**三五在東。**《補傳》曰：「毛謂『三，心；五，噣』。噣即柳也。《天文志》《星經》以柳爲八星，又心以三月見於東，噣以正月見於東。詩人言一時所見，則五非噣明矣。或又以三、五喻夫人，然夫人一而已，不當有三、五。」噣音晝。○《箋》曰：「在東，在天也。」○粲曰：「《綢繆》『三星在天』，《傳》云：『在天，謂始見東方也。』列宿始見于天，則在東方。始見於東，喻始進御於君也。」**肅肅宵征，**《傳》曰：「肅肅，疾貌。宵，夜也。征，行也。」○粲曰：「《鴻鴈》『肅肅其羽』、《唐風》『肅肅鴇羽』，皆疾也。」**夙夜在公，**《箋》曰：「夙，早也。」○曰：公，君所也。**寔命不同。**寔音植。○《傳》曰：「寔，是也。」

興也。《傳》不言興，今從朱氏。言嘒然而微者，衆無名之小星也。或三或五，始見於東方，如我衆妾，肅肅然夜行之疾以進御，或早行，或夜往，以在公所而不敢當夕者，是命之貴賤，與夫人不同也。○《傳》以三五指心、柳，三非特心〔一〕，柳本非五，不必指

〔一〕「三非特心」，味本、李本、姜本、薈本、聽本、仁本、復本作「三作特三」，龠本作「三可指心」，誤。葉校云：「仁本校云：『三作特三，疑。』今按嚴意當爲『三非特心』，毛此《傳》詁三爲心，《綢繆·傳》云：『三星，參也。』則又以爲參矣，是即所謂『三非特心』也。」

心、柳也。朱氏曰：「衆妾進御於君，不敢當夕，見星而往，見星而還，故因其所見以起興。」

嘒彼小星，維參與昴。參音森。○《傳》曰：「參，伐也。昴，留也。」○疏曰：「參，白虎宿。三星直，下有三星，旒曰伐[一]。其外四星，左右肩股也。則參實三星，故《綢繆·傳》云：『三星，參也。』以伐與參連體，參爲列宿，統名之，若同一宿。然伐亦爲大星，與參互見，皆得相統，故《周禮》『熊旂六斿以象伐』，注云：『伐屬白虎宿，與參連體而六星。』故言『參，伐也』。昴，六星。留，言物成就繫留也。」○《補傳》曰：「參昴比小星爲大，蓋以喻娣媵也。」**肅肅宵征，抱衾與裯，**音儔。○《傳》曰：「衾，被也。裯，襌被也。」襌音單。○《詩記》曰：「《禮記·玉藻》注：『襌無裏。』」○《箋》曰：「抱衾裯，待進御。」**寔命不猶。**《傳》曰：「猶，若也。」

參昴雖大星，然其星非一，亦止可喻娣媵，夫人一而已。言小星之中，參昴爲大，小星不敢比參昴，猶我衆妾不敢比娣媵，貴賤有等級也。

《小星》二章，章五句。

〔一〕「旒」，味本作「疏」，李本、姜本、薈本、授本、聽本作「鋭」。按《毛詩正義》卷一之五正作「旒」字。然葉校云：「《史記·天官書》作兑，《前漢·天文志》作鋭，孟康曰：『在參間，上小下大，故曰鋭。』晉灼曰：『三星少邪列，無鋭形也。』此説鋭之義甚明顯。鋭與上直爲比，皆狀星在天之象，若用旒字，當別釋之。」則以「鋭」字爲是。

《江有汜》，音祀。**美媵也。**媵音孕。○疏曰：「媵，妾也。古者嫁必姪娣從，謂之媵。《士昏禮》云：『雖無娣，媵先。』言姪若無姪娣，猶先媵〔一〕。是士有娣，媵但不必備耳〔二〕。」**勤而無怨，嫡能悔過也。**嫡音的。○疏曰：「嫡，謂妻也。」**文王之時，江沱之間，**沱音駝。**有嫡不以其媵備數，媵遇勞而無怨，嫡亦自悔也。**程子曰：「不以媵備嫡妾之數而侍君〔三〕。」

江沱之間，以所見起興。董氏以《序》爲失詩旨，非也。

江有汜，《釋水》曰：「決復入爲汜。」○釋曰：「凡水決之歧流、復還本水者名汜。」**之子歸，不我以。**范氏曰：「『以』之爲言用也。」○《詩記》曰：「『不使大臣怨乎不以』之以。」**不我以，其後也悔。**

興也。江則有汜，興嫡妻則當有媵也。今之子嫡妻之嫁歸，始不我用，其後乃悔也。

江有渚，音煮。○《釋水》曰：「小洲曰渚〔四〕。」渚作陼。○《傳》曰：「水岐成渚。」**之子歸，不我與。**《詩記》曰：「『吾不與也』之與。」**不我與，其後也處。**音杵。○朱氏曰：「處，安也。」

〔一〕阮元《毛詩正義校勘記》：「『言姪若無姪娣，猶先媵』，閩本、明監本、毛本同。案，此當作『言若或無娣，猶先姪媵』，用鄭《士昏禮》注也。」

〔二〕「媵」，薈本、授本、聽本、仁本、復本及《毛詩正義》卷一之五作「娣」。

〔三〕「嫡」，仁本作「嬪」。按，《程氏經説》卷三《詩解》曰：「其嫡不使備嬪妾之數以侍君也。」

〔四〕「渚」，仁本及《爾雅注疏》卷七作「陼」。

江有沱，《傳》曰：「沱，江之別者。」○《釋水》曰：「水自河出爲灉，漢爲潛，江爲沱。」○釋曰：「皆大水分出，別爲小水之名也。」○疏曰：「《禹貢》梁州、荆州皆有沱潛者，蓋以水從江漢出者，皆曰沱潛，所以二州皆有也。」**之子歸，不我過。**音戈。○《詩記》曰：「言不我顧也。」**不我過，其嘯也歌。**《箋》曰：「嘯，蹙口而出聲。」○今考《王風》字作歗，此字作嘯。○《補傳》曰：「嘯，長吟也。」○朱氏曰：「嘯以舒憤懣之氣，言其悔時也歌，則得其所處而樂矣。《王風》云『條其歗矣』，《列女傳》云『倚柱而歗』，皆悲歎之聲也。」○《詩記》曰：「始則悔痞，中則相安，終則相歡，言之序也。」

《江有汜》三章，章五句。

《野有死麕》，音君。**惡無禮也。**惡，烏路反。**天下大亂，彊暴相陵，遂成淫風。被文王之化，雖當亂世，猶惡無禮也。**

野有死麕，《說文》曰：「麕，麞也。」○陸璣曰：「青州謂之麇。《春秋傳》云：『六麇興於前。』是也。」○山陰陸氏曰：「崔豹《古今注》云：『鹿有角而不能觸，麞有牙而不能噬。』麞如小鹿而美，語云『四足之美有麃』，麃即麞也〔一〕。」**白茅包之。**《傳》曰：「包，裹也。」**有女懷春，**《傳》曰：「懷，思也。」○粲曰：「春

〔一〕「麃」，諸本無。

者，天地交感、萬物孳生之時，聖人順天地萬物之情，令媒氏以中春會男女，故女之懷昏姻者，謂之懷春。」**吉士誘之。**曹氏曰：「吉，善良也。」

比也。俗有淫奔者，此詩述聞者惡之之辭。言野外有死麕，人欲取其肉而食之，猶以白茅包裹之，恐爲物所污。有女子懷春而欲嫁，善良之士何不以禮娶之，乃誘之乎？無禮者豈是吉士，但美其稱以責之，言汝本善良，何乃爲此？猶今責人者言謹厚者亦復爲之。

林有樸樕，二字音僕速，樸又音卜。**野有死鹿。白茅純束，**純音豚，又徒本反。○《釋文》曰：「純，聚也。」與屯音義同。○粲曰：「束，縛也。」**有女如玉。**

樸樕小木可以薪，野有死鹿可以食，人猶以白茅純聚而包束之，況有女如玉，乃不以禮娶之而誘之乎？

舒而脱脱兮，脱音退，駾音同。○《傳》曰：「舒，徐也。脱脱，舒遲也。」**無感我帨兮，**帨音税。○《傳》曰：「感，動也。帨，佩巾也。」○疏曰：「《内則》『子事父母，婦事舅姑，皆左佩紛帨』，注：『紛帨，拭物之巾

也。』」無使尨也吠〔一〕。尨音忙。○《說文》曰：「尨，犬之多毛者。」

此述惡無禮者語。淫奔之人，言汝宜舒徐脫脫然，無疾行以近我，無感動我之佩巾，無驚我之尨。其人相近，未必便動其帨，未必便使尨吠，但深惡而欲遠之，所謂「與惡人處，若將浼焉」者也。

《野有死麕》三章，二章章四句，一章三句。

《何彼襛矣》，襛音戎，韻又音濃。**美王姬也。雖則王姬，亦下嫁於諸侯，車服不繫其夫。**曹氏曰：「《春官》巾車掌王后之五路，自重翟以至輦車，凡五等。重翟之次，即厭翟也。內司服掌王后之六服，自褘翟以至褖衣，凡六等。褘翟之次，即揄翟也。凡婦人車服各繫其夫之尊卑，惟王姬貴盛，故特不繫其夫，而下王后一等，則車用厭翟〔二〕，服用揄翟矣。案侯伯夫人皆厭翟，《碩人》所謂『翟茀以朝』是也。今言『車服不繫其夫，下王后一等』，則所嫁非諸侯，故詩稱『齊侯之子』，明其非諸侯也。」厭音葉。褘音揮。褖音彖。揄音遥。**下王后一等，猶執婦道，以成肅雝之德也。**

〔一〕「尨」，原作「厖」，據薈本及《詩經》定本改。下同。

〔二〕「用」，味本、姜本、授本、聽本作「下」，仁本、復本作「乘」。

詩稱王姬之車，必非文王之女，當從毛氏以爲武王之女也。武王之詩，當爲雅而不當爲風，然此詩三章只是風體，又詩中專言女德，正與《二南》同科，非雅之類。當時採詩之官，得之於召南之地，以爲武王之女下嫁召南之國，能執婦道，成其肅雝之德，皆本於文王、大姒之化，故以其詩列於《召南》，而爲文王之風。《甘棠》之詩，亦作於武王之世，而爲文王之風，皆推本言之。

何彼襛矣？ 朱氏曰：「襛，盛也。」○《說文》曰：「衣厚貌。」**唐棣之華。** 棣音第。○曰：唐棣，薁李也，蘡薁也，即《七月》之薁也。蘡音嬰。○《釋木》曰：「唐棣，移。」移音移。○郭璞曰：「今白移也，似白楊。」○陸璣曰：「馬季云：『薁李也。』」○山陰陸氏曰：「其華反而後合，詩云『偏其反而』，凡木之華，先合而後開，惟此華先開而後合。《秦・晨風》云『山有苞棣』。」○粲曰：「《七月》疏：『鬱是車下李，薁是薁李。』陸璣以唐棣爲薁李，則薁李非車下李矣。璣又云：『薁李，一名爵梅，亦名車下李。』《本草》有郁李仁〔一〕，亦云：『一名爵李，一名車下李。』則薁李又有車下之名。蓋由二者相類，故名稱相亂也。鬱薁，解見《七月》。」**曷不肅雝？王姬之車。** 協韻尺奢反，又音居。

興也。 言何彼襛襛然而盛乎？乃唐棣之華也，興王姬下嫁，車服之盛美也。不繫其

〔一〕「仁」，原作「人」，據畬本、仁本、復本改。味本、薈本作「注」，從下讀。

夫，故以爲盛美而誇之。王姬雖車服之盛美，而不以貴盛自驕，故言豈不肅敬雝和乎？乃王姬之車也。王姬不可見，唯見其車，故指車以言車中之人。朱氏曰：「夫使人望其車，而知其敬且和也，則其根於中者深，而發於外者著矣。」

何彼襛矣？華如桃李。平王之孫，《傳》曰：「平，正也。」○疏曰：「平王，文王也，德能平正天下。」○曹氏曰：「猶《書》稱文王爲寧王。」**齊侯之子。**朱氏曰：「言齊一之侯，猶《易》之康侯、《禮》之寧侯也。」

何彼襛襛然而盛，如桃李之華乎？乃文王之孫，適齊一之侯之子也。桃李亦喻王姬車服之盛，故先言文王之孫。言文王之孫者，以見王姬肅雝之德，其源流有自來也。故此詩爲文王之風。

其釣維何？維絲伊緡。音民。○《傳》曰：「伊，維也。緡，綸也。」○朱氏曰：「絲合而爲綸。」**齊侯之子，平王之孫。**

言釣魚如何乎？維絲維綸也。釣者以絲綸而得魚，猶娶者以六禮而得妻。此齊侯之子，娶平王之孫也。釣喻娶者，故先言齊侯之子。

《何彼襛矣》三章，章四句。

《騶虞》，《鵲巢》之應也。鵲巢之化行，人倫既正，朝廷既治，天下純被文王之化，則庶類蕃殖。蒐田以時，仁如騶虞，則王道成也。朱氏曰：「文王之化，始於《關雎》，而至於《麟趾》，則其化之入人深矣。形於《鵲巢》，而及於《騶虞》，則其澤之及物廣矣。蓋意忱心正之功，不息而久，則其熏烝透徹，融液周徧，自有不能已者，非智力之私所能及也。故《序》以《騶虞》爲《鵲巢》之應，而見王道之成，其必有所傳矣。」

天下純被文王之化，以大較言之，謂所及者廣耳。其實商王猶在，未能純被也。

彼茁者葭，茁，則劣反。葭音加。○《傳》曰：「茁，出也。」○疏曰：「草生茁茁然出。」○曰：葭，蘆，葦，又名華，一物而四名。葭，葦之初生者。○葭，解見《七月》。蒹、葭、薍三物十一名，有考，見《秦·蒹葭》。**壹發五豝。**音巴。○粲曰：「《吉日》『發彼小豝』，謂發矢則中之。壹發，言殺一而已。」○《傳》曰：「豕牝曰豝。」**于嗟乎騶虞。**于音吁。○曰：騶虞者，騶御及虞人也。

賦也。言彼茁茁然而出者，初生之葭也。於彼草生之時，召南國君出而田獵，虞人翼五豝，以待公之發。翼，驅也。發矢則必中，然止於壹發，仁心之至，不忍盡殺故也。田獵則騶御及虞人咸在，作詩者呼騶虞之官而嗟歎之。言有盡而意無窮，蓋三歎國君之仁心，而知其爲文王之化也。《詩記》曰：「『彼茁者葭』『彼茁者蓬』，記蒐田之時。蓋曹子桓所謂『勾芒司節，和風扇物，草淺獸肥』之時也。『壹發五豝』『壹發五豵』，獸之多而取之少也。反三隅而觀之，則天壤之間，和風充塞〔一〕，庶類蕃殖，交於萬物有道，而恩足以及禽獸者，皆可見矣。」○《月令》：「季秋，天子乃教於田獵，命僕及七騶咸駕。」鄭氏云：「七騶，謂趣馬，主爲諸官駕説者也。」説音稅。成十八年《左傳》：「晉悼公使程鄭爲乘馬御，六騶屬焉，使訓羣騶知禮。」是騶爲騶御也。朱氏《孟子解》以虞人爲守囿之吏，故齊景公田，則招虞人，是虞爲虞人也。《禮記·射義》云：「天子以《騶虞》爲節，樂官備也。」謂騶御、虞人皆不乏人，則官備可知。毛氏以騶虞爲義獸，白虎黑文，不食生物，陸璣、山陰陸氏皆和之。司馬《封禪文》云：「囿騶虞於珍羣。」且謂「般般之獸」般、班同。白質黑章」。晉張華又謂「騶虞具五采〔二〕，乘之日行千里」，皆祖毛氏也，今不從。漢武帝時，建章宮後有異物出焉，其狀如麋，東方朔云：「此騶牙也。」或附會此騶虞即騶牙，非也。《爾雅》無騶虞。

彼茁者蓬，《傳》曰：「蓬，草名。」○山陰陸氏曰：「蓬，蒿屬，草之不理者也，其葉散生如蓬，末大於本，故遇風輒拔而旋。《説苑》云：『秋蓬惡於根本，而美於枝葉。秋風一起，根且拔矣。』是以君子務本也。《莊

〔一〕「風」，畬本及呂祖謙《呂氏家塾讀詩記》卷四作「氣」。葉校云：「『和風』，疑『和氣』之誤。」
〔二〕「具」，原作「且」，據諸本改。

子》云：『夫子猶有蓬之心也夫。』蓬善轉旋，非直達者也。《商子》云：『飛蓬遇飄風而行千里，乘風之勢也。』故古者觀浮木而知爲舟，觀轉蓬而知爲車。」○朱氏曰：「其華似柳絮，聚而飛，如亂髮也。」**壹發五豵。**音㚇。○《傳》曰：「豕一歲曰豵。」**于嗟乎騶虞。**朱氏曰：「《鵲巢》至《采蘋》，言夫人、大夫妻，以見當時國君、大夫被文王之化，而能脩身以正其家也。《甘棠》以下，又見由方伯能布文王之化，而國君能脩之家以及其國也。然文王明德新民之功，至是而其所施者溥矣。」

《騶虞》二章，章三句。

詩緝卷之三

嚴粲述

邶音倍　國風

《譜》曰：「邶、鄘、衛者，商紂畿内之地，其封域在《禹貢》冀州大行之東，北踰衡漳，東及兖州桑土之野。周武王伐紂，以其京師封子武庚爲殷後，乃三分其地，置三監，使管叔、蔡叔、霍叔尹而教之。自紂城而北謂之邶，南謂之鄘，東謂之衛。武王既喪，三監導武庚叛，成王既黜殷命，殺武庚，復伐三監，更於此三國建諸侯，以殷餘民封康叔於衛，使爲之長。後世子孫稍并彼二國，混而名之。七世至頃侯，當周夷王時，衛國政衰，變風始作。作者各有所傷，從其國本而異之，爲邶、鄘、衛之詩焉。」○疏曰：「《衛》云『至于頓丘』，頓丘，今爲縣名，在朝歌紂都之東也。紂都河北，而《鄘》云『在彼中河』，鄘境在南明矣。三國如此次者，以君世之首在前者爲先。頃公，三國詩之最先，故《邶》在前也。《鄘·柏舟》與《淇奧》雖同是武公之詩，共姜守義，事在武公入相之前，故《鄘》次之，《衛》爲後也。」○《周南》「國風」疏曰：「既以衛國爲首，邶、鄘則衛之所滅，故以《邶》《鄘》先《衛》也。」○程子曰：「諸侯擅相侵伐，衛首并邶、鄘之地，故爲變風之首。」○朱氏曰：「邶、鄘之詩皆主衛事，而必存其舊號者，豈其聲之異歟？」○《前漢·地理志》曰：「衛地有桑間、濮上之阻，男女亦亟聚會，聲色生焉。」亟音器。

夫婦之經，萬化之原，《關雎》《鵲巢》爲三百篇綱領，風之正也。反乎此者，變也。

《邶》《鄘》《衛》皆《衛風》也，衛禍基於衽席，覃及宗社，居變風之首，《二南》之變也。王道盛，則諸侯不得擅相并，存邶、鄘之名，不與衛之滅國也。《邶》列其右，《衛》後於《鄘》，世次也。《邶·柏舟》夷王時，《鄘·柏舟》宣王時，《衛·淇奧》幽王時。

《柏舟》，言仁而不遇也。衛頃公之時。頃音傾。○疏曰：「頃侯，貞伯子〔一〕。」○今考《世家》，頃侯不記名。**仁人不遇，小人在側。**曰：衛頃公詩，夷王時。

衛，衰世也，而有《柏舟》之仁人，非無賢也，不遇合耳。雖仕其朝，而不得行其志也。君子不遇合，則小人親近而得志矣，其勢相爲消長也。此詩皆憂國之言，身雖不遇，而惓惓於國。今誦其詩，猶想見其藹然仁人之氣象也。劉向《列女傳》以《邶·柏舟》爲衛宣夫人之詩，此《魯詩》説也。《孔叢子》載孔子讀《柏舟》，見匹夫執志之不可易，則非婦人之詩矣。

汎彼柏舟，汎通作泛。○今曰：「汎，浮也。」**亦汎其流。耿耿不寐，**耿音梗。○《傳》曰：「猶儆儆

〔一〕「貞」，原爲墨釘，葉校云：「此『柏子』原文當爲『貞伯子』，今本奪『貞』字。」據改。

也。」○錢氏曰：「耿耿，小明，心有所存，不能忘之貌。」**如有隱憂。**《傳》曰：「隱，痛也。」**微我無酒，**朱氏曰：「微，猶非也。」**以敖以遊。** 敖音遨，通作遨。

興也。柏，美材也。以柏爲舟，美言之也。《詩經》有柏舟、松舟、楊舟，皆言舟耳，義不在柏與松、楊也。汎謂浮於水，流謂聽其自流而無以制之。此仁人憂國之言，謂舟必有人以維楫之，而後能有所濟。今浮舟於水，而無其人以維楫之，則亦浮汎而流去耳，其將何所底泊乎？所謂渡江河亡維楫〔一〕，中流而遇風波，船必覆矣，喻衛國無賢人以維持之，則亦聽其自爲敗壞耳，其將何所底止乎？猶言譬彼舟流，不知所届也。此仁人所以憂國之將敗，而儆儆然不能寐，如有隱痛之憂也。我非無酒可以敖遊，而此憂非飲酒遨遊之所能釋也。○舊説柏木宜爲舟，而不用以載物，故汎汎然流於水中，喻仁人之不見用，非也。仁人憂在於國，不爲己之不用。今以柏舟自喻其材美，以汎汎喻己之不見用，即繼之以「耿耿不寐，如有隱憂」，則其辭傷於迫切，而非仁人之氣象矣。故舟以喻國，流於水中以喻國之靡所底止，爲此而不寐，爲此而隱

〔一〕「渡」，原作「度」，味本同，據他本改。

憂，然後見仁人之心也。《采菽》言「汎汎楊舟，紼纚維之」，《棫樸》言「淠彼涇舟，烝徒楫之」，皆言舟之有待於維楫也。《鄘・柏舟》言「汎彼柏舟，在彼中河」，止謂舟在河中，猶婦人在夫家耳。所謂柏木宜爲舟，與汎汎不載物，其説皆不通矣。二詩皆衞人所作，其言宜不甚相遠，故知詩人取義不在於柏，其用意皆在下句。《邶・柏舟》之意，在於「亦汎其流」；《鄘・柏舟》之意，在於「在彼中河」也。

我心匪鑒，不可以茹。 音孺。○朱氏曰：「茹，納也。」○曹氏曰：「茹者，容受之意，鑒應而不藏。」○歐陽氏曰：「鑒納影在内，凡物不擇妍醜，皆納其影，我心不能兼容善惡。」○曰：柔則茹之，爲吞納之意，此言鑒可茹，與下章言石可轉、席可卷意同，毛以茹爲度，今不從。 **亦有兄弟，不可以據。** **薄言往愬，** 曰：愬，告也。亦作訴。 **逢彼之怒。**

鑒雖明而不擇妍醜，皆納其影。我心知有善惡，善則從之，惡則拒之，不能混雜而容納之也。兄弟至親，亦不可據，蓋意嚮既殊，則言不相入。故往愬以情，而反逢其怒，謂己爲婞直而違衆，此女嬃申申詈予也。 嬃音須。

我心匪石，不可轉也；我心匪席，不可卷也。 卷音捲。 **威儀棣棣，** 音第。○錢氏曰：「棣棣，盛也。」○曰：常棣華鄂相承，其華繁盛，故以棣棣形容威儀之盛。 **不可選也。** 選上聲。○《詩記》曰：「選，擇也。」

兄弟見怒，欲己改行以趨時，仁人於是自誓，而言石雖堅，尚可轉，我心非石之比，不可轉也，言其堅之至也；席雖平，尚可卷，我心非席之比，不可卷也，言其平之至也。此不以兄弟之沮，而易其守也，威儀棣棣然盛，自有常度，不可有所選擇，而自貶以苟合也。此處羣小之間，而雍容不失其常度也。

憂心悄悄，鍬之上。○《傳》曰：「悄悄，憂貌。」**慍于羣小。**《傳》曰：「慍，怒也。」**覯閔既多，**覯，溝之去。○《草蟲·傳》曰：「覯，遇也。」○《傳》曰：「閔，病也。」**受侮不少。靜言思之，**《傳》曰：「靜，安也。」○蘇氏曰：「言，辭也。」**寤辟有摽。**辟音闢。摽，飄之上。○《傳》曰：「辟，拊心也。摽，拊心貌。」○今曰：「摽本訓擊，故摽然爲拊心貌。」

君子見遠識微，憂先於事，小人安其危，而樂其所以亡，見君子與己異趣，則常疾視於君子。故君子憂國之心悄悄然，反見怒于羣小也。君子遇小人讒譖之病既多矣，小人又從而侵侮之〔一〕。受侮不少，見君子孤而小人衆也。靜而思之，寤覺之中，辟拊其心而手摽然，痛國事之至此也。

〔一〕「又」，諸本作「反」。

日居月諸，疏曰：「居、諸者，語助也。」○《箋》曰：「日，君象也。」○李氏曰：「君猶日，臣猶月也。日月皆迭微，是失其常度。」**胡迭而微。**疏曰：「迭，更也。」○曰：微謂不明也。日月食則不明，《十月之交》云「彼月而微，此日而微」。**心之憂矣，如匪澣衣。靜言思之，不能奮飛。**日食朔，月食望，日乎月乎，何爲更迭而皆微也，喻衛之君臣皆昏也。我心之憂，如不澣濯其衣，言處亂君之朝，與小人同列，其含垢忍辱如此，是可以去矣，而猶不去，故靜而思之，不能如鳥奮翼而飛去也。《箋》曰：「臣不遇於君，猶不忍去，厚之至也。」

《柏舟》五章，章六句。

《綠衣》，綠，毛如字，鄭改作褖，音彖。**衛莊姜傷己也。**《箋》曰：「莊公夫人，齊女，姓姜氏。」○曹氏曰：「莊公揚，武公之子，頃侯之曾孫也。」**妾上僭，**上，常之上濁。○《箋》曰：「謂公子州吁之母嬖而州吁驕。」**夫人失位而作是詩也。**曰：衛莊公詩〔一〕，平王時。

〔一〕「公」，諸本作「姜」。按，依體例，此爲詩篇斷代之語，非論作者，故作「莊公」爲是。

莊公溺愛亂常，實胎衛禍。聖人存《緑衣》，以明夫婦治道之原，申《二南》之義，以垂世戒，非取女子之怨也。此詩莊姜所自作而屬《邶風》者，蓋邶人傳詠之，而採詩者得之於邶耳。疏以爲邶國之人作之，今不從。

緑兮衣兮，緑衣黄裏。《傳》曰：「緑間色，黄正色。」間音澗。○疏曰：「緑，蒼黄之間色；黄，中央之正色。」○《箋》曰[一]：「諸侯夫人祭服之下，鞠衣爲上，展衣次之，褖衣次之。鞠衣黄，展衣白，褖衣黑，皆以素紗爲裏。」展音戰。褖音彖。○曰[二]：《玉藻》云：「衣正色，裳間色。」是間色不當爲衣，而正色當爲衣也。**心之憂矣，曷維其已。**《傳》曰：「憂雖欲自止，何能止也。」

興也。言此間色之緑也，今乃爲衣也，猶此本妾也，今乃使之嬖寵而尊顯也。以間色之緑爲衣，而正色之黄反以爲裏，猶妾上僭，夫人爲所掩蔽也。禍亂之原，將在於此。莊姜言我心之憂，何由得止，謂家國可憂之事，方來而未已也。○讀《詩》不可鹵莽，如讀「緑兮衣兮」，不可但言是緑色之衣，當玩味兩「兮」字，《詩》有《黄鳥》《白華》，

[一]「○箋曰」，原無，按，葉校謂此非疏文，乃箋文，故加「○箋曰」以與前文相區分，今從之，據補。

[二]「曰」上，諸本有「傳」字，誤。又，葉校謂「《玉藻》云」以下二十三字爲疏文而嚴氏有所櫽栝，遂將其移至上文「中央之正色」句後。

不言「黄兮鳥兮」「白兮華兮」，唯《緑衣》曰「緑兮衣兮」，蓋「緑」字、「衣」字皆有意義，緑以喻妾，衣以喻上僭，故以二「兮」字點掇而丁寧之。點平聲。

緑兮衣兮，緑衣黄裳。《傳》曰：「上曰衣，下曰裳。」**心之憂矣，曷維其亡。**《箋》曰：「亡之言忘也。」○曾氏曰：「亡，失也，不須訓爲忘。」

衣在上，裳處下，緑衣黄裏，言掩蔽而已；緑衣黄裳，則貴賤倒置，夫人失位矣。

緑兮絲兮，女所治兮。女音汝。治平聲。**我思古人，俾無訧兮。**訧音尤。○《傳》曰：「訧，過也。」

言此間色之緑也，本是絲也，乃女染治以爲緑也。女既染此絲以爲緑，豈可復以爲衣，而加諸黄色之上乎？譬既以爲妾，則不可僭嫡也。我思古人，能處嫡妾，使尊卑有序，而無訧過也。

絺兮綌兮，凄其以風〔一〕。凄音妻。○疏曰：「《四月》云『秋日凄凄』，寒涼之意也。」○曰〔二〕：妻旁二點者，從冰也，寒也；妻旁三點者，從水也，雲貌。此「凄其以風」，及《鄭·風雨》「風雨凄凄」、《四月》「秋

〔一〕「凄」，《毛詩正義》卷二之一作「凄」，嚴氏改從水作從冰，下文有説。

〔二〕「曰」上，原作墨釘，諸本作「箋」。按，《鄭箋》無此語。仁本校云：「『箋』，恐『粲』訛。」而葉校則據《詩緝條例》「其辭繁及説不一者，稱『曰』以斷之也」，以「粲」字爲後人補入，不應有。按，卷三、卷四勤有堂本多有作墨釘者，諸本或誤補「傳」「箋」「疏」，或補「今」「粲」，今一依《詩緝條例》，從葉校不補字，後文類此者不再出校。

日淒淒」，皆當從冰。**我思古人，實獲我心。**絺綌暑服，今當淒然寒風之時，喻不適時而見棄，猶班婕妤秋扇捐篋之意也。我思古人能處嫡妾，實得我心，言當於人心也。女子之情饒怨，此詩但刺莊公不能正嫡妾之分，其辭温柔敦厚如此，故曰「詩可以怨」。

《緑衣》四章，章四句。

《燕燕》，衛莊姜送歸妾也。曰：衛州吁詩，桓王時。○朱氏曰：「莊姜作。」○《箋》曰：「莊姜無子，陳女戴嬀生子，名完〔一〕，莊姜以爲己子。莊公薨，完立而州吁殺之，戴嬀於是大歸，莊姜遠送之于野，作詩見己志。」嬀音規。完〔二〕，衛桓公也。○疏曰：「送歸妾，明子死乃送之。是州吁詩也。《日月》《終風》《擊鼓》，《序》皆云州吁，《凱風》從上明之，皆州吁詩也。」

燕燕于飛，曹氏曰：「燕燕，兩燕也。」**差池其羽。**差音釵，又音雌。○李氏曰：「差池，不齊貌。」○曹氏曰：「差池，言其相先後也。」**之子于歸，**《傳》曰：「之子，去者也。歸，歸宗也。」○疏曰：「之子，戴嬀也。」

〔一〕「完」，原作「桓」，味本同，據他本改。下同。薈本校云：「刊本『完』訛『桓』，據《毛詩箋》及《春秋經傳》改。」

〔二〕「完」，原無，仁本校云：「『衛桓公也』四字，恐有誤脱。」按，「衛桓公也」上疑缺「完」字，今補之。

遠送于野。瞻望弗及，泣涕如雨。涕音體，又音替。○《説文》曰：「泣，無聲出涕也。」○《陳·澤陂·傳》曰：「自目曰涕。」

興也。《傳》不言興，今從朱氏。燕以春來秋去，有離別之義，故以起興。莊姜撫戴嬀之子，平時與戴嬀恩信相親，及莊公既没，嫡妾相依，如雙燕之飛，其羽差池，相爲先後，而常相隨逐也。今戴嬀大歸而已獨留，不復得如雙燕矣。我遠送于野而與之別，稍稍更遠，瞻望不及，令人念之，泣涕如雨之傾也。風人含不盡之意，此但叙離別之恨，而子弑國危之戚，皆隱然在不言之中矣。廣漢張氏曰：「蓋家國之事，有不可勝悲者。晉褚太后批桓温廢立，詔云：『未亡人不幸，罹此百憂，感念存没，心焉如割。』有合於詩人之情歟？」○蘇氏曰：「婦人送迎不出門，今送于野，情不能已也。」燕鴻往來靡定，別離者多以燕鴻起興，如魏文帝《燕歌行》云：燕歌之燕，平聲，餘並如字。「羣燕辭歸鴈南翔，念君客遊思斷腸。」謝宣遠《送孔令詩》云：「巢幕無留燕。」老杜云：「秋燕已如客。」是也。

燕燕于飛，頡之頏之。頡音纈。頏音航。○《傳》曰：「飛而上曰頡，飛而下曰頏。」○曹氏曰：「言其相上下也。」**之子于歸，遠于將之。**《箋》曰：「將，送也。」**瞻望弗及，佇立以泣。**佇，除之上濁。

○《傳》曰：「佇，久立也。」

雙燕之飛，或頡或頏，亦常相隨逐也。

燕燕于飛，下上其音。下音暇。上，常之上濁。○《傳》曰：「飛鳴而下曰下音〔一〕，飛鳴而上曰上音。」○今考韻，元在物下之下，上聲也；自上而下之下，去聲也。元在物上之上，去聲也；自下而上之上，上聲也。二字雖有上聲，然皆上濁，讀近去聲。○曹氏曰：「言其相應和也。」**之子于歸，遠送于南。**《傳》曰：「陳在衛南。」**瞻望弗及，實勞我心。**

言雙燕飛鳴上下而相隨逐也。

仲氏任只，任，鄭去聲，毛平聲。○《箋》曰：「任者，以恩相親信也。」○朱氏曰：「只，語助也。」**其心塞淵。**李氏曰：「塞，實也。」○《傳》曰：「淵，深也。」**終温且惠，**朱氏曰：「終，言終始如一也。」**淑慎其身。先君之思，**《箋》曰：「先君，莊公也。」**以勗寡人。**勗，凶肉反。○《傳》曰：「勗，勉也。」○《箋》曰：「寡人，莊姜自謂也。」

莊姜稱戴嬀之字曰仲氏，爾能以恩信相親，又其心塞實淵深，終然温和惠順，可謂善謹其身矣。於其行也，又以思念先君而勉我焉。此章皆稱戴嬀之美，以爲別辭，

〔一〕「鳴」及下句「鳴」，《毛詩正義》卷二之一無。葉校謂此爲嚴氏引書增減反易之一證。

所以致其愛戀無已之意。末又述戴嬀相勉之辭，雖以見戴嬀之賢，而意緒黯然矣。

《燕燕》四章，章六句〔一〕。

《日月》，衛莊姜傷己也。遭州吁之難，去聲。**傷己不見荅於先君，以致困窮之詩也。**曰：衛州吁詩，桓王時。

《綠衣》作於莊公之時，傷己不見荅也。《日月》《終風》作於州吁之時，傷己逢其亂也。

日居月諸，李氏曰：「自古多以日比君，月比夫人。」**照臨下土。乃如之人兮，**《箋》曰：「之人，是人也，謂莊公。」**逝不古處。**音杵。○朱氏曰：「逝，發語辭。」**胡能有定，寧不我顧。**曰：《説文》云：「寧，願辭也。」「寧失不經」之寧。

日月代明，照臨下土，天象之常，如君與夫人之相須，古之道也。有如莊公，不以古道相處，故養成家國之亂，何能有定。苟能定，則寧不顧我也。言憂在於國，而不計其

〔一〕「六」，原作「四」，據畲本改。

身之私也。

日居月諸，下土是冒。《傳》曰：「冒，覆也。」〇李氏曰：「亦『照臨下土』之意。」**乃如之人兮，逝不相好。**去聲。**胡能有定，寧不我報。**曹氏曰：「報，答也。」

日居月諸，出自東方。李氏曰：「言日與月迭出於東方也。」**乃如之人兮，德音無良。**《傳》曰：「音，聲也。良，善也。」〇曰：聲音言語也，此「德音無良」，及《邶·谷風》言「德音莫違」，皆婦人言其夫待己之意耳，故爲聲音言語。解見《假樂》。〇朱氏曰：「德音，美其辭；無良，醜其實也。」**胡能有定，俾也可忘。**

德音無良，言莊公待己，其聲音言語之間，皆無善意也。今家國之亂，何能有定，是可憂也。若往日之事，則使我可忘，不復追咎之矣。詩之敦厚如此。

日居月諸，東方自出。李氏曰：「始則曰『照臨下土』，既而曰『下土是冒』；始則曰『出自東方』，既而曰『東方自出』。但顛倒其辭，以便其韻耳。」**父兮母兮，畜我不卒。**《箋》曰：「畜，養也。卒，終也。」**胡能有定，報我不述。**朱氏曰：「稱述也。」

人窮則呼父母。莊姜自傷父母養我不終而已，家國之亂，何能有定，是我所憂，若莊公所以待我者，則不欲稱述之矣。

《日月》四章，章六句。

《終風》，衛莊姜傷己也。遭州吁之暴，見侮慢而不能正也。曰：衛州吁詩，桓王時。國史題《日月》《終風》二詩，止曰「衛莊姜傷己」，不言爲何時詩也。《後序》以爲作於州吁之時，或者以爲作於莊公之時，且《後序》有毛公所不及見者，固不可盡據，然「莫往莫來」，《傳》云「人無子道以來事己，己亦不得以母道往加之」，是毛公以爲州吁詩矣，姑從毛氏。

終風且暴，《傳》曰：「終日風爲終風。暴，疾也。」**顧我則笑。**《傳》曰：「侮之也。」**謔浪笑敖，**謔，許約反。敖去聲。○朱氏曰：「謔，戲言也。浪，放蕩也。」**中心是悼。**《箋》曰：「悼，傷也。」興也。莊姜言州吁之暴，如終日之風，既無休息，而又暴疾也。彼之氣習如此，視我則以爲笑侮，戲謔放浪，笑敖不敬。我見其如是，則亦自傷悼而已，無如之何也。

終風且霾，音埋。○《傳》曰：「霾，雨土也。」雨音諭。○孫炎曰：「大風揚塵土，從上而下也。」**惠然肯來。**《傳》曰：「惠，順也。」**莫往莫來，悠悠我思。**曹氏曰：「悠悠，長也。」終日之風，又雨塵土，其暴甚矣。時有順心，肯來見我，然不常來也。彼不來，則我亦不敢往，當不往不來之時，我則悠悠然長思之。楊氏曰：「見侮慢則悼之而已，其莫往莫來，則又思之，可謂極母道矣。《經解》曰：『温柔敦厚，《詩》教也。』學者如此，則可觀、可羣、可怨矣。」

終風且曀，音翳。○《傳》曰：「陰而風曰曀。」**不日有曀。**《箋》曰：「有，又也。」○曰：如《春秋》書「十有一年」及《孟子》「聖人有憂之」之有。**寤言不寐，**蘇氏曰：「言，辭也。」**願言則嚏。**音帝。○《箋》曰：「今俗，人嚏，云人道我，此古之遺語也。」○疏曰：「《内則》云：『子婦在父母之所，不敢噦噫嚏咳。』」噦音越。噫，於界反。咳音慨。

終日之風，且陰曀矣，望其開霽，不旋日而又陰曀，喻州吁之暴，無有休息也。莊姜言我爲傷悼汝之故，寤覺而不寐，願汝嚏也。當州吁莫來之時，不復省記於母，故願其嚏而知己念之也。

曀曀其陰，虺虺其靁。虺音毁。○朱氏曰：「虺虺，靁將發而未震之聲。」○《詩記》曰：「驟雨迅雷，其止可待。至於曀曀之陰、虺虺之雷，則殊未有開霽之期也〔一〕。」**寤言不寐，願言則懷。**今曰：「猶興懷之懷，言心之感動也。」

州吁之爲不善，如常陰曀曀然，其暴若靁聲虺虺然，將發而未震。我爲傷悼汝之故，寤覺而不寐，願汝思懷我而悔悟也。

《終風》四章，章四句。

〔一〕「也」下，淡本有「以喻州吁之暴無已時也」十字。按，此非《呂氏家塾讀詩記》之文。

《擊鼓》，怨州吁也。衛州吁用兵暴亂，使公孫文仲將去聲。**而平陳與宋，**《箋》曰：「平，成也。」**國人怨其勇而無禮也。**曰：衛州吁詩，桓王時。○朱氏曰：「伐鄭以結陳、宋之成也。」案《左傳》州吁與宋、陳伐鄭，圍其東門，五日而還，出兵不爲久，而衛人之怨如此者，身犯大逆，衆叛親離，莫肯爲之用耳。

衆仲曰：「州吁阻兵而安忍。阻兵無衆，安忍無親。兵猶火也，弗戢將自焚。」觀《擊鼓》之詩，衆仲之言信矣。

擊鼓其鏜，音湯。○《傳》曰：「鏜，擊鼓聲。」**踊躍用兵。**曰：踊亦作踴，跳也。躍，跳躍也。踴躍，言喜之之意。**土國城漕，**音曹。○曰：漕邑，鄘地也，在河南。**我獨南行。**

鼓以進衆，爲三軍之號令，所謂師之耳目，在吾旗鼓。今聞擊鼓之聲鏜然，乃是州吁踊躍而喜於用兵也。夫兵者，聖人不得已而用之，今州吁乃踊躍自喜，故國人怨之。言衛國之人，或役土功於國，或築城於漕邑，非不勞苦，然猶處境内也。今我獨南行而伐鄭，則死亡未可知，雖欲爲土國城漕之人，不可得也。内興工役，外事兵争，衛人安能無怨乎？○《載馳·傳》云：「漕，衛東邑。」蓋以《定之方中·序》言「東徙渡河，野處漕邑」，知爲衛東之邑。故疏引《鄭志》答張逸云：「漕邑在河南也。」《譜》疏又以《載馳》「露於漕邑」爲《鄘風》，知漕邑在鄘也。然則《擊鼓》「土國城漕」、《泉水》「思須與漕」，皆爲《邶風》者，詩得於邶耳。

從孫子仲，疏曰：「仲，字也。文，謚也。作詩時未死，故不言謚。《序》從後言之，故以謚配字也。」○《詩記》曰：「從孫子仲，平陳與宋，言所從者乃孫子仲也，則輕其帥可知矣。」**平陳與宋。不我以歸，憂心有忡。**音充。○疏曰：「忡忡爲憂之意，《出車》云『憂心忡忡』。」

王仲宣詩云：「從軍有苦樂，但問所從誰。」今從孫子仲，以平陳宋，所從非其人也。憂其南行而不得以歸，故憂心忡忡然。

爰居爰處，音杵。○《箋》曰：「爰，於也。」**爰喪其馬。**喪，去聲。○錢氏曰：「自知必死也，不言死，惟言喪馬，蓋婉辭。」**于以求之，**《箋》曰：「于，於也。」**于林之下。**

士卒將行，知其必敗，與其室家訣别曰：汝在家居處矣，我必死於是行，而喪其馬矣。身死則馬非我所有，唐人詩所謂「去時鞍馬别人騎」也。汝若求我，其於林之下乎？言死於林下也。○舊說：不知於何居處乎，於何喪其馬乎，文意亦通。然此詩「爰居爰處」可通，至《斯干》「爰居爰處」，說不行矣。《詩經》「爰始爰謀」「爰衆爰有」「爰笑爰語」之類，皆無於何之意。惟《四月》「爰其適歸」，言何所適歸。蓋「其」者，未定之辭也。爰，止訓於，今以爲皆發語之辭。「爰居爰處」，言居者之安；「爰喪其馬」，言行者之苦。觀下文，其意可見。

死生契闊，契音挈。○今曰：「《漢書》：『間何闊。』注云：『久闊不相見。』則契闊爲間闊之義也。《傳》以契闊爲勤苦，今不從。」**與子成説。**今如字，舊音悦。**執子之手，與子偕老。**《傳》曰：「偕，俱也。」

承上章訣别之辭，言居者生，行者死，一死一生，自此間闊矣。我往者初昏之時，與子成其約誓之言，執子之手，期於偕老，不謂今日便爲死生之别。怨辭也。

于嗟闊兮，于音吁。**不我活兮。**《傳》曰：「活，生活也。」**于嗟洵兮，**洵音絢。○《傳》曰：「洵，遠也。」**不我信兮。**信音申。

歎從今之間闊，不得相依以生活也。又歎夫婦相違遠，不得伸其偕老之志也。其怨深矣。

《擊鼓》五章，章四句。

《凱風》，美孝子也。衛之淫風流行，雖有七子之母，猶不能安其室。故美七子能盡其孝道，以慰其母心，而成其志爾。曰：衛州吁詩，桓王時。

母不復嫁，則孝子養親之志成矣。

凱風自南，疏曰：「凱，樂也。」○《釋天》曰：「南風謂之凱風。」○李氏曰：「南風長養萬物，物情喜樂，故曰凱風。」**吹彼棘心。**曰：棘，酸棗也。○山陰陸氏曰：「棘性堅彊，費風之長養者。《四時纂要》云『四月棗葉生』，凱風之時也。《魏風》云『園有棘』，棘，酸棗也，於果爲下。」○朱氏曰：「棘難長，而心又其稚弱而未成者也。」○經有二棘，考見《楚茨》。**棘心夭夭，**《箋》曰：「喻七子少長。」○夭夭，解見《桃夭》。**母氏劬勞。**《傳》曰：「劬勞，病苦也。」

興也。棘至夏始生，是難長之木，故必待凱風吹之而後生。凱風自彼南方長養之方而來，吹彼稚弱之棘心，至於夭夭然少長，則風之爲力多矣。興母以慈愛之情，養我七子之身，至於少長，則母氏亦病苦矣。母之養子，於少時最勞苦，故於夭夭言劬勞。○《凱風》「棘心」，《傳》《箋》及疏皆不指爲何木，唯「園有棘」，毛氏以爲棗，陸農師以爲酸棗，又《釋木》「棗」注引《孟子》趙岐注云：「樲棘，小棗，所謂酸棗也。」朱氏《集解》云：「樲棘，小棗，非美材也。」

凱風自南，吹彼棘薪。母氏聖善，我無令人。《箋》曰：「令，善也。」

棘心喻子之幼小，棘薪喻子之成立。凱風吹彼棘心，至於成薪，可見長養之功，而所吹之棘非美材，僅堪爲薪，猶母氏養我七子，至於成人，可見聖善之德，而我七子無令善之人，言七子之中苟有一令善之人，則母亦不舍之而欲嫁也。子之成立，由母之德，故於棘薪言聖善。聖者，明達之稱；善者，賢淑之稱。

爰有寒泉，在浚之下。浚音峻。○《傳》曰：「浚，衛邑。」**有子七人，母氏勞苦。**

爰有寒泉，在浚邑之下，邑人賴之以生養。有子七人，反不能養一母，使母勞苦而求嫁，是寒泉之不若。負罪引慝也。朱氏曰：「母欲嫁者，本爲淫風流行，而七子乃以勞苦爲説，可謂幾諫矣。」

睍睆黄鳥，睍，賢之上濁。睆，還之上濁。○《傳》曰：「睍睆，好貌。」○《箋》曰：「興顔色説也。」○錢氏曰：「光鮮貌。」○曰：《檀弓》「華而睆」，睆，明貌也。睍〔一〕，從目從見，亦以色言之，俗訛以爲黄鳥之聲。**載好其音。**疏曰：「載，則也。」**有子七人，莫慰母心。**《傳》曰：「慰，安也。」

睍睆然鮮明者，黄鳥也，猶能好其音以説人，而我七子乃不能慰安母心，是黄鳥之不若。言莫慰母心，乃所以深慰之也。

《凱風》四章，章四句。

〔一〕「睍」，原作「睆」，味本、姜本同，據他本改。

《雄雉》，刺衛宣公也。疏曰：「宣公晉，桓公太子。」淫亂不恤國事。疏曰：「宣公上烝夷姜，下納宣姜。」軍旅數起，數音朔。大夫久役，男女怨曠，國人患之而作是詩。曰：衛宣公詩，桓王時。

朱氏以此詩婦人所作，非國人所爲，今從之。

雄雉于飛，朱氏曰：「雉，野雞，善鬬。」泄泄其羽。泄音曳。○《傳》曰：「鼓其翼泄泄然。」○今曰：「泄亦作曳，泄泄，舒散也。」我之懷矣，朱氏曰：「懷，思也。」自詒伊阻。《傳》曰：「詒，遺也。伊，維也。」遺音位。○疏曰：「伊，助語也。」○朱氏曰：「阻，隔也。」

興也。此詩及《兔爰》「雉離于羅」，皆言從軍之人，故以善鬬之雉興之。大夫久役，其妻怨曠，言雄雉于飛，泄泄然舒張其羽。雉初飛則張其翼，喻其夫始往從役之時也。雄者飛而雌者留，喻其夫從役而己留在家也。我今思之，乃自取今之阻隔，悔不從行也。曾氏曰：「大夫行役，婦人本無可從之理，此怨思之切耳。」

雄雉于飛，下上其音。下音暇。上，常之上濁。○下上，解見《燕燕》。展矣君子，《傳》曰：「展，誠也。」實勞我心。

上章言奮翼初飛之時，此章言但聞其音之下上，則飛去漸遠矣。誠然此君子，實使我思之而勞心也。○詩人之言，不必盡同。《燕燕》言下上其音，謂雙燕相追逐而飛鳴也；此言雄雉下上其音，則止是一雉之音，或下或上也。

瞻彼日月，悠悠我思。道之云遠，曷云能來？朱氏曰：「來，歸也。」視日月之往來，則君子之從役，積時已久矣。使我心悠悠然長思之，道路之遠如此，不知何時能歸乎？一章言初往之時，二章言其去漸遠，三章言日月之久。辭之序也。

百爾君子，不知德行。去聲。**不忮不求，**忮音至。○《傳》曰：「忮，害也。」**何用不臧？**不欲斥國君，而呼其夫之同寮告之，言我婦人不知如何爲德行也，我但知人若不忮害、不貪求，則無往而不善。譏其用兵，非忮則求，國人所患也。朱氏曰：「戰國之時，諸侯無義戰。報復私怨，所謂忮也；貪人土地，所謂求也。二者之行，婦人女子知其不可，足以見先王之澤猶在也。」

《雄雉》四章，章四句。

《匏有苦葉》，匏音庖。**刺衛宣公也。公與夫人並爲淫亂。**曰：衛宣公詩，桓王時。○疏曰：「《雄雉》《匏有苦葉》，《序》言宣公，舉其始；《新臺》《二子乘舟》，復言宣公，詳其終；則《谷風》《式微》《旄丘》《簡兮》《泉水》《北門》《北風》《静女》在其間，皆宣公詩也。」○《箋》曰：「夫人，謂夷姜。」

《匏有苦葉》《新臺》《牆有茨》《君子偕老》《鶉之奔奔》諸詩，著衛滅之由也。

匏有苦葉，曰：匏者，苦匏也，短頸大腹者也，非瓠也。○山陰陸氏曰：「長而瘦上曰瓠，短頸大腹曰匏。《傳》云：『匏謂之瓠。』誤矣。蓋匏苦瓠甘，復有長短之殊，非一物也。孔子云：『吾豈匏瓜也哉？焉能繫而不食？』繫而不食，以苦故也。《國語》叔向云：『苦匏不材於人，共濟而已。』《詩》云：『酌之用匏。』《郊特牲》云：『器用陶匏。』蓋取其質。《古今注》云：『匏之有柄者曰懸瓠，可用爲笙。』」**濟有深涉。**濟音祭。○《傳》曰：「濟，渡也。由膝以上爲涉。」**深則厲，**《傳》曰：「以衣涉水爲厲。」○《釋文》曰：「《韓詩》云：『至心曰厲。』」**淺則揭。**音器。○《傳》曰：「揭，褰衣也。」

興也。苦匏經霜，其葉枯落，然後乾之，腰以渡水。今匏尚有苦葉，則其匏未堅，不可用也。既無匏可腰，而濟渡之處又有深涉，則未可以渡也。今曰：深則吾以衣涉水而爲厲，淺則吾褰衣而爲揭。不問水之淺深，惟欲渡也，喻宣公不顧禮義，而惟求遂其慾也。○《牆有茨》《君子偕老》《鶉之奔奔》，皆刺宣姜，知此非宣姜者，宣姜淫亂在宣公既卒之後，此言公與夫人並爲淫亂，知非宣姜，此時特爲公所要耳。

有瀰濟盈，瀰音敉。○《傳》曰：「瀰，深水也。」**有鷕雉鳴。**鷕音杳。○《傳》曰：「鷕，雌雉聲也。」**濟**

盈不濡軓，音犯，凡之上濁。○疏曰：「軓，車軾前也，由輈以上爲軓。」○曰：舊音宄，非也。音宄者，車傍從九，謂車轍也，法也；音犯者，車旁從巳，車軾前也。《少儀》云：「祭左右范。」注云：「范，軾前也。」彼軓作范。**雉鳴求其牡。**

涉深無不濡之理，今有瀰然濟水之滿，而涉者自謂不濡其車軓，興宣公惟求遂其慾，而不自知其污惡也。鳥鳴皆雄求其雌，今有鷕然雉鳴之聲，乃雌雉之求其雄，興夷姜宣淫，不知羞惡也。○《傳》以爲飛曰雌雄，走曰牝牡，然《詩》有雄狐，《書》有牝雞，飛走通也。《小弁》「雉之朝雊，尚求其雌」，凡鳥鳴皆雄求雌，雌不甚鳴。

雝雝鳴鴈，《傳》曰：「雝雝，鴈聲和也。納采用鴈。」**旭日始旦。**旭，許玉反。○《傳》曰：「旭日始出，謂大昕之時。」昕音欣。○《箋》曰：「自納采至請期用昕，親迎用昏。」○疏曰：「旭然始旦之時，旭者，明著之名，故爲日出。昕者，明也。日未出，已名爲昕矣〔一〕，至日出益明，故爲大昕。」○《釋文》曰：「旦，早也。」**士如歸妻，**《箋》曰：「歸妻，使之來歸於己。」**迨冰未泮。**音判。○《傳》曰：「泮，散也。」○疏曰：「冰未散，正月以前。」○今曰：「昏姻以秋冬，解見《陳·東門之楊》。」

此章陳昏姻之正禮，以刺淫亂。言有雝雝然和聲之鴈，於日出旭然而明、始旦之時，

〔一〕「矣」，原作「生」，據《毛詩正義》卷二之二改。

行納采之禮也。士之娶妻，當及九月霜降之後，正月冰未泮散之前。士猶以禮而成昏，豈可以國君而肆情犯禮乎？

招招舟子，疏曰：「王逸云：『以手曰招，以口曰召。』舟子，舟人也。」**人涉卬否。**卬音昂。○《傳》曰：「卬，我也。」**人涉卬否，卬須我友。**《傳》曰：「須，待也。」

一章、二章皆以徒涉喻犯禮，此章以待舟喻得禮，人皆徒涉，我獨招舟子而不徒涉，既待舟而後濟，又須待我友而同濟，喻人必待禮而行，又以配耦相從也。刺公與夷姜，犯禮相求，非其匹也。

《匏有苦葉》四章，章四句。

詩緝卷之四

嚴粲述

《谷風》，刺夫婦失道也。衛人化其上，淫於新昏，而棄其舊室，夫婦離絶，國俗傷敗焉。曰：衛宣公詩，桓王時。○朱氏曰：「皆述逐婦之辭也。宣姜有寵而夷姜縊，是以其民化之。」

習習谷風，錢氏曰：「習習，連續不斷之貌。谷風，谷中之風也。」○《補傳》曰：「谷風者，由大谷而起也。」**以陰以雨。黽勉同心，**黽音閔。○粲曰：「黽勉，猶勉彊也。力所不堪，心所不欲而勉彊爲之，皆謂之黽勉。此詩言勉力耳。」**不宜有怒。采葑采菲，**葑音封。菲音匪。○〔葑〕，曰：葑，蔓菁也，菘類也。蔓音萬。○《釋草》曰：「須，葑蓯。」蓯音總。○《釋文》曰：「郭璞云：『今菘菜也。』按江南有菘，江北有蔓菁，相似而異。」蔓音萬，本又作蕪。菁音精。○疏曰：「葑也，須也，蕪菁也，蔓菁也，葑蓯也，蕘也，芥也，七者一物也。」○曹氏曰：「《本草圖經》云：『蔓菁生北土，四時俱有，春食苗，夏食心，秋食莖，冬食根。北人將菘子種之北土，初一年半爲蕪菁。』」○〔菲〕，曰：菲，葍類也。葍音福。○陸璣曰：「莖麤，葉厚而長，有毛，三月中蒸鬻爲茹，滑美，可作羹。《爾雅》謂之葸菜，今河内人謂之蓿菜。」鬻音煮。葸音息。蓿音夙。○粲曰：「《釋草》云：『菲，芴。』郭璞云：『土瓜也。』《釋草》又云：『菲，葸菜。』郭璞云：『菲草，生下濕地，似蕪菁。』是郭以芴與葸菜爲二物也。陸璣以爲一物，即菲也，芴也，葸菜也，土瓜也，蓿菜也，五者一物也。其狀似葍而非葍。葍，蓄也，郭云：『根如指，正白可啖，芴似之。』」芴音勿。葍音富。**無以下體。**錢氏曰：「凡菜茹，近地之莖葉多黃腐，不可食。」**德音莫違，**德音，解見《假樂》。**及爾同死。**

興也。來自大谷之風，大風也，《桑柔》詩：「大風有隧，有空大谷。」盛怒之風也。宋玉《風賦》：「夫風盛怒於土囊之口。」注云：「土囊，谷口也。」又習習然連續不斷，所謂「終風」也；又陰又雨，無清明開霽之意，所謂「曀曀其陰」也，皆喻其夫之暴怒無休息也。我黽勉盡力於家事，與爾同心，爾不宜以暴怒加我如此也。人之處事，寧無小小違誤，如葑菲常食之菜，不可以其近地黃腐之莖葉，遂棄其上而不采，猶夫婦之間，亦不當以小過而棄其善，當期好音無違，至於偕老。今爾心有所溺而厭於我，則我小有違誤，無往不逢其怒，是以惡而棄其善也。○舊説谷風爲生長之風，以谷爲穀，固已不安；又以習習爲和調，喻夫婦和同，説此詩猶可通，至《小雅·谷風》二章言「維風及頹」，頹，暴風也，非和調也，三章言草木萎死，非生長也，其説不通矣。《詩》多以風雨喻暴亂，「北風其涼」喻虐，「風雨淒淒」喻亂，「風雨漂搖」喻危，「大風有隧」喻貪。故《風》《雅》二《谷風》，《邶》下文言「以陰以雨」喻暴怒，猶「終風且曀」喻州吁之暴也；《雅》下文言「維風及雨」喻恐懼，猶後人以震風凌雨喻不安也。

行道遲遲，中心有違。不遠伊邇，薄送我畿。音祈。○《芣苢・傳》曰：「薄，辭也。」○《傳》曰：「畿，門内也。」○《詩記》曰：「韓愈《譴瘧鬼詩》云：『白石爲門畿。』蓋以畿爲門閫也。」**誰謂荼苦，**荼音徒。○《傳》曰：「荼，苦菜也。」○粲曰：「陸璣云：『生山田及澤中，得霜甜脆而美。』《顔氏家訓》云：『荼葉似苦苣而細。』然則荼雖苦亦可食，但非美菜耳。」**其甘如薺。**齊之上濁。○《詩記》曰：「《本草》云：『薺味甘，人取其葉作菹及羹，亦佳。』」**宴爾新昏，**《傳》曰：「宴，安也。」**如兄如弟。**

上章言本望與其夫偕老，此章述其見棄。言我行道遲遲，有不忍去之意者，念事與心違也。故夫之送我，乃不遠而甚近，纔至門畿而已，無恩之甚。誰謂荼菜苦乎？比我之見棄，其情甚苦，則荼猶甘如薺菜。甚言己之苦也。故夫安其新娶之妻，其恩如兄弟，以新棄舊矣。○經有三荼：一曰苦菜，二曰委葉，三曰英荼。此詩「誰謂荼苦」，及《唐・采苓》云「采苦采苦」、《緜》「堇荼如飴」之荼，皆苦菜也。《良耜》「以薅荼蓼」之荼，委葉也，解見《良耜》。《鄭・出其東門》「有女如荼」，英荼也，解見《出其東門》；《鴟鴞》「予所捋荼」，《傳》云：「荼，菼苕。」疏云：「薍之秀穗。」亦英荼之類。薅音蒿。薍，頑之去聲。

涇以渭濁，疏曰：「《漢書・地理志》云：『涇水出今安定涇陽縣西开頭山，東南至京兆陽陵入渭〔一〕。』《溝洫志》云：『涇水一石，其泥數斗。』潘岳《西征賦》云：『清渭濁涇。』」开，苦見反，又音牽。○又《地理志》「隴西首陽縣」，注：「鳥鼠同穴山在西南，渭水所出，東至船司空入河。」船司空，京兆縣也。○《詩記》曰：「詩人多述土風，此衛詩而遠引涇渭者，蓋涇濁渭清，天下所共知，如云海鹹河淡也。」**湜湜其沚。**湜音殖。○《說文》曰：「湜湜，水清見底。」**宴爾新昏，不我屑以。**《傳》曰：「屑，潔也。」○朱氏曰：「以，猶與也。」**毋逝我梁，**毋音無。○《傳》曰：「逝，之也。梁，魚梁。」○疏曰：「毋，禁辭。《有狐・傳》云：『石絕水曰梁。』《敝笱》云：『敝笱在梁。』《候人》云：『維鵜在梁。』《鴛鴦》云：『鴛鴦在梁。』《白華》云：『有鶖在梁。』皆鳥獸所在，非人所往還之處，皆非橋梁矣。蓋爲堰以鄣水，空中央，承之以笱。」**毋發我笱。**音苟。○曰：笱，捕魚竹器。**我躬不閱，**音悅。○《傳》曰：「閱，容也。」**遑恤我後。**《箋》曰：「恤，憂也。」

涇濁而渭清，今涇反以渭爲濁，何不視渚沚之處，湜湜然其清見底，而誣以爲濁，可乎？喻新昏不善，而反以我爲不善，由夫爲其所惑也。今其夫安於新昏，不以我爲潔而與之。我雖見棄，猶念其家之物，謂新昏毋往我魚梁，毋發我魚笱。既而自歎

〔一〕「陽陵」，原作「陵陽」，據李本、姜本、畲本、薈本、授本、顧本、聽本、復本及《毛詩正義》卷二之二改。

曰：我身且不見容，何暇憂後事乎？

就其深矣，方之舟之。方，解見《漢廣》。**就其淺矣，泳之游之。**泳，解見《漢廣》。○朱氏曰：「浮水曰游。」**何有何亡，黽勉求之。凡民有喪，匍匐救之。**匍音蒲。匐，白、服二音。《説文》曰：「匍，手行也。匐，伏地也。」

棄婦陳其往時治家勤勞之事，言己隨事難易，皆盡心力而爲之。如水深則或乘方泭，或乘舟船；水淺則或潛行而泳，或浮水而游。其於家事，不計其有與亡，惟彊勉求爲之耳。不特治其家如是，又周睦其鄰里鄉黨，凡民有凶禍之事，則匍匐以救之。我於汝家，可謂盡力矣。

不我能慉〔一〕，許六反。○《傳》曰：「慉，養也。」**反以我爲讎。既阻我德，賈用不售。**賈音古。售音授。○《韻釋》曰：「售，賣物出手也。」**昔育恐育鞫**〔二〕，音菊。○錢氏曰：「育，養子也。」○《傳》曰：「鞫，窮也。」**及爾顛覆。**音福。○《箋》曰：「顛覆盡力於衆事。」**既生既育，比予于毒。**

我於汝家勤勞如此，汝既不能畜養我，而反以我爲仇讎。其心既阻絶我之善，故雖勤

〔一〕「慉」，原作「畜」，據授本、聽本、仁本、復本及《毛詩正義》卷二之二改。下同。

〔二〕「鞫」，原作「鞠」，據《毛詩正義》卷二之二改。下同。

勞如是，而不見取，如賣物之不售。昔者生育男女，惟恐生育而貧窮，慮食指之衆也。故與爾顛覆盡力，以營家業。今既生既育矣，乃反比我於毒螫，音釋，毒蟲也。惡而棄之。此婦人有子而被棄也。

我有旨蓄，《傳》曰：「旨，美也。」○《箋》曰：「蓄，聚也。」○疏曰：「冬月蓄菜也。」**亦以御冬。**御如字，徐音禦。○《傳》曰：「御，禦也。」**宴爾新昏，以我御窮。有洸有潰，**洸音光。潰音繢。○《傳》曰：「洸洸，武也；潰潰，怒也。」○項氏曰：「《説文》：『洸，水涌也。』其勇如水涌。水之潰者，其勢横暴而四出，故怒之盛者爲潰。」○潰，考見《召旻》。**既詒我肄。**音異。○《箋》曰：「詒，遺也。」○程子曰：「肄，習也。」**不念昔者，伊余來塈。**音餼，韻又音暨。○《傳》曰：「塈，息也。」

我有旨美之蓄菜，以禦冬月乏無時也。至春蔬新美，則不食矣。今子安爾之新昏，亦但以我禦窮苦之時，至於富厚，則棄我矣。洸洸然武，潰潰然怒，既遺我以暴，而習以爲常矣，曾不念我昔者之來息時也。怨其忘前日之共艱苦也。○舊説追言始時接禮之厚，尋繹上下文意，不然。

《谷風》六章，章八句。

《式微》，黎侯寓于衛。《箋》曰：「黎侯爲狄人所逐，棄其國而寄於衛。衛處之以二邑，因安之。」○董氏曰：「晉伯宗數赤狄罪曰：『奪黎氏地。』則狄侵黎，其亦舊矣。」○陳氏曰：「黎，在上黨壺關縣，蓋衛附庸也。故此二詩，黎臣所作，而得爲《衛》也。」**其臣勸以歸也。**曰：衛宣公詩，桓王時。○《補傳》曰：「以詩作於衛地，故編之《衛風》。」

時狄已退，黎侯可以歸而不歸，猶望衛之助己也。其臣知衛宣之不足賴，故勸以歸。

式微式微，《箋》曰：「式，發聲也。」**胡不歸？微君之故，**胡氏曰：「微，不有也。故，猶事也。」○李氏曰：「以微視之，如無有也。」**胡爲乎中露？**曰：中露，猶中林、中谷，倒其辭也。《傳》以中露、泥中皆爲衛邑，今不從。○王氏曰：「言有霑濡之辱，而不見芘覆。」○李氏曰：「凡人之失國者，曰『越在草莽』。」

黎侯爲狄所逐，寓于衛而又不見禮，微之又微者也。故言微乎微乎，君何不歸乎？彼以微視吾君之事，如無有矣。失國，大故也，衛人以微視之，不以吾君之事爲事也，無望其救患矣。君何爲處此露中乎？言徒取沾濡之辱也。

式微式微，胡不歸？微君之躬，胡爲乎泥中？王氏曰：「言有陷溺之難，而不見拯救。」○李氏曰：「卑賤者辱在泥塗〔一〕。」

衛人不唯輕視吾君之事，且輕視吾君之身矣。何爲處此泥中乎？言徒取陷溺之辱也。

《式微》二章，章四句。

《旄丘》，旄音毛。**責衛伯也。**曰：牧下二伯也。**狄人迫逐黎侯，黎侯寓于衛，衛不能脩方伯連率之職。**率，衰之去。○《箋》曰：「衛爵稱侯，今云伯者，時爲州伯也。周之制，使伯佐牧。《春秋傳》云：『五侯九伯。』侯爲牧也。」○疏曰：「《王制》云：『五國以爲屬，屬有長；十國以爲連，連有帥；三十國以爲卒，卒有正；二百一十國以爲州，州有伯。』殷之州長曰伯，虞、夏及周曰牧。周謂之牧而云方伯者，以一州之中爲長，故云方伯，若牧下二伯，不得云方伯也。《王制》雖殷法，周諸侯之數與殷同，亦十國爲連。此宣公爲二伯，非方伯，又非連率，而責之者，以連率屬方伯，若諸侯有被侵伐者，使其連屬救之。宣公爲州伯，佐方伯，不使連屬救之也。知宣公非州牧，而爲牧下二伯者，以周之州長曰牧，若是牧，當言責衛牧也。」**黎之臣子以責於衛也。**曰：衛宣公詩，桓王時。

〔一〕「者」，原作「曰」，據李樗《毛詩集解》卷五改。

《衛世家》康叔之後皆稱伯，至頃侯稱侯。太史公以爲頃侯賂周夷王，夷王命衛爲侯。《索隱》非之，云：「《康誥》稱『命爾侯于東土』，又云『孟侯』，則康叔初封已爲侯也。至子康伯，即稱伯者，謂爲牧下二伯〔一〕，非至子即降爵爲伯也。」

旄丘之葛兮，《傳》曰：「前高後下曰旄丘。」**何誕之節兮。**《傳》曰：「誕，闊也。」**叔兮伯兮，**《補傳》曰：「叔伯，尊稱也。」**何多日也。**

興之不兼比者也。黎臣子之初至衛，見旄丘之上有葛初生，其節甚密，及其後也，葛長而節闊，故歎云：何其節之闊也。感寄寓之久也。尊稱衛臣而問之曰：叔兮伯兮，何其多日而不見救也。君臣一體，不斥其君而責其臣，婉辭也。

何其處也？處音杵。**必有與也。何其久也？必有以也。**朱氏曰：「或有他故。」

言何其安處而不來乎？必將糾合諸侯，而相與同救我也。何其時之久乎？意其或有他故而未暇也。苟無他故，何爲不見救乎？宛轉委曲以盡人之情也。

狐裘蒙戎，《傳》曰：「大夫狐蒼裘。」○朱氏曰：「言客久而裘敝矣。」○曰：《左傳》「蒙戎」作「龙茸」，龙

〔一〕「爲牧下二伯」，《史記》卷三十七作「方伯之伯耳」。

又音蒙，杜預注云：「亂貌。」言裘之敝也。如蘇秦説秦不行，黑貂裘敝。**匪車不東。叔兮伯兮，靡所與同。**

始望其有相與同救者，既久而不來，則姑以爲有故而未暇，及其終不見救也，乃以情責之。言我黎之臣子，旅寓日久，狐裘弊壞，蒙戎然雜亂，其藍縷之狀可見矣。所寓在衛之西，非不乘車而東以告于衛，而衛之諸臣，無與我同其憂者，衛人不恤黎患，謂利害不切於己耳。不知夷狄無厭，脣亡齒寒，黎實衛之附庸，利害同之。衛人不思同患之義，是以有熒澤之敗。○黎在衛西，爲狄所逐，入衛境而寓，亦在西耳，故往衛則東。舊説越衛國而寓于東，非也。

瑣兮尾兮，王氏曰：「瑣，細也。尾，末也。」**流離之子。**曰：流移他處，離去本國也。**叔兮伯兮，褎如充耳。**褎音又。○《傳》曰：「褎，盛服也。」○曹氏曰：「《漢策》云：『今子大夫褎然爲舉首。』顔師古注云：『褎然，盛服貌。』」○《箋》曰：「充，塞也。」

言瑣細兮尾末兮，此黎之君臣，乃流離遷徙之人也，亦可憐矣。而衛之諸臣，曾不念之，凡盛服則有瑱，名爲充耳，非真塞其耳也。此責其不能聽己之訴，遂譏其褎然盛服，如真以瑱塞其耳而無聞也。至是然後盡其辭焉。

《旄丘》四章，章四句。

《簡兮》，刺不用賢也。衞之賢者，仕於伶官。《箋》曰：「伶官，樂官也。伶氏世掌樂官而善焉，故號樂官爲伶官。」**皆可以承事王者也。**曰：衞宣公詩，桓王時。

簡兮簡兮，《箋》曰：「簡，擇也。」**方將萬舞。**《箋》曰：「將，且也。」○《詩記》曰：「萬舞，二舞之總名也。干舞者，武舞之别名也；籥舞者，文舞之别名也。文舞又謂之羽舞。鄭康成據《公羊傳》以萬舞爲干舞，蓋《公羊》釋經之誤也。《春秋》書『萬入，去籥』，言文武二舞俱入，以仲遂之喪，於二舞之中去其有聲者，故去籥焉。《公羊》乃以萬舞爲武舞，與籥舞對言之，失經意矣。若萬舞止爲武舞，則此詩何爲獨言萬舞而不及文舞耶〔一〕？《左氏》載：『考仲子之宫，將萬焉。』婦人之廟亦不應獨用武舞也。然則萬舞爲二舞之總名，明矣。」**日之方中，**疏曰：「祭祀，旦明行事，不用日中，此爲教舞也。」**在前上處。碩人俣俣，**音語。○《傳》曰：「碩，大也。俣俣，容貌大也。」**公庭萬舞。**

衞君簡擇其人，方且以爲萬舞而習之，當日之方中，在舞位之前列者，有碩大之人，俣俣然容貌之大，在公庭而爲萬舞也。此人氣體充偉，所養可知，又在日中至明之時，

〔一〕「耶」，原作「即」，據復本及吕祖謙《吕氏家塾讀詩記》卷四改。

前列易察之地，而衛君終不知其賢，況在側微者乎？是可刺也。曹氏曰：「賢者在稠人之中，如珠之在沙、玉之在石，豈難識哉？」

有力如虎，執轡如組。音祖。○朱氏曰：「轡，今之韁也。」○如組，解見《鄭·大叔于田》。**左手執籥，**音藥。○《傳》曰：「籥六孔。」○《釋文》曰：「以竹爲之，長二尺，執之以舞。」○疏曰：「郭璞云：『如笛，三孔而短小。』《廣雅》云：『七孔。』鄭於《笙師》及《少儀》《明堂位》注皆云：『三孔。』《賓之初筵》云：『籥舞笙鼓。』《公羊傳》云：『籥者何？籥舞。』是也。」**右手秉翟。**音狄。○疏曰：「翟羽，謂雉羽也。」**赫如渥赭，**音握者。○《傳》曰：「赫，赤貌。渥，厚漬也。」○《箋》曰：「赭，丹也。」○曰：《秦·終南》：「顔如渥丹。」**公言錫爵。**《傳》曰〔一〕：「祭有畀、煇、胞、翟、闇者，惠下之道。」煇音運。胞音庖。闇音昏。○疏曰：「皆《祭統》文。彼又云：『煇者，甲吏之賤者。胞者，肉吏之賤者。』注云：『煇，《周禮》作韗，蓋磔皮革之官。』《周禮》韗人爲鼓，鮑人爲甲。《禮記》是諸侯兼官，故韗爲甲吏也。」鮑音朴。

此章述賢者才藝之美。有力如虎，言其才武也；執轡如組，文之齊比，言其藝能也。賢者才藝如此，今乃左手執管籥，右手秉翟羽而舞文舞也。此碩人容色赫然而赤，如

〔一〕「傳」，原作「箋」，仁本校云：「『箋』，當作『傳』。」按，此爲《傳》語，據改。又，此文之上，畬本有：「朱氏曰：『公言錫爵，即《儀禮》燕飲而獻工之禮也。』」

厚傅丹。君徒賜其一爵而已，以待賤者之道待賢也。

山有榛，音臻。○陸璣曰：「榛，栗屬也，字或作蓁，木有二種。」○山陰陸氏曰：「實如小栗。」**隰有苓。**音零。○《傳》曰：「下濕曰隰。」○《釋草》曰：「蘦，大苦。」○孫炎曰：「今甘草也。」○山陰陸氏曰：「一名國老。」○曰：即《唐·采苓》也。**云誰之思？西方美人。**曰：西方，西周也。《左傳》宣公晉以隱四年即位，周已東遷，故思西周。○《箋》曰：「美人，賢者。」○《詩記》曰：「江左諸人喜言中朝名臣，亦此意也。」**彼美人兮，西方之人兮。**

興也。《傳》不言興，今從朱氏。西方美人，指西周之人物也。彼美人兮，指衛之碩人也。詩人將美衛之賢者，先述西周人物以擬之，謂山則有榛，隰則有苓，山澤之生草木，猶盛朝之出人物也。今我所思者誰乎？唯思西周之美人也。人物盛衰，與世道相爲升降，唯西周全盛之時，乃有厖碩之材。東遷以降，則人物眇然矣。下句乃美衛之賢者，言彼衛國之美人，真西周之人，而非今世之人也。西周之時，乃有此人物，不謂於衛之偏方下國而見之也。《序》所謂「可以承事王者也」，極言賢者人品之高，見衛之不用，可刺矣。

《簡兮》三章，章六句。

《泉水》，衛女思歸也。嫁於諸侯，父母終，思歸寧而不得，故作是詩以自見也。見音現。○曰：衛宣公詩，桓王時。○《箋》曰：「國君夫人，父母在則歸寧，没則使大夫寧於兄弟。」○楊氏曰：「思歸，發乎情也；其卒也不歸，止乎禮義也。」

《泉水》《竹竿》，俱衛女思歸，而分屬《邶》《衛》者，皆採詩者隨所得之地而繫之也。

毖彼泉水，毖音秘。○《傳》曰：「毖然流也。」○吕氏曰：「泉水，即今衛州共城之百泉也。」**亦流于淇。**吕氏曰：「淇水出相州林慮縣，東流，泉水自西北來注之。」慮音廬。○疏曰：「三國之境，地相連接，故《邶》云『亦流于淇』，《鄘》云『送我乎淇之上矣』，《衛》云『瞻彼淇奥』，三國皆言淇也。」○曰：《前漢·地理志》〔一〕：「河内〔二〕：共。故國〔三〕。北山，淇水所出，東至黎陽入河。」林慮，即河内隆慮縣，改曰林慮也。《衛·氓》云「送子涉淇」，《竹竿》云「淇水在右」，《有狐》云「在彼淇梁」。《衛風》言淇，不止《淇奥》。共音恭。**有懷于衛，靡日不思。**《箋》曰：「靡，無也。」**孌彼諸姬，**孌音鑾。○《傳》曰：「孌，好貌。諸姬，同姓之女。」○朱氏曰：「謂姊姪也。」**聊與之謀。**《箋》曰：「聊，且略之辭。」

〔一〕「前」下，原有「西」字，衍，據薈本、畬本删。仁本校云：「前西，蓋衍一字。」

〔二〕「内」下，薈本及《漢書》卷二十八上有「郡」字。

〔三〕「故」，原無，據《漢書》卷二十八上補。按，「故國」至「入河」，爲班固自注，「故」字不可缺。

興也。衛女思歸于衛，言彼毖然而流之泉水，亦流入於衛國之淇，已獨不得歸于衛，是泉水之不如也。我之懷念於衛，無日而不思矣。有變然美好同姓之娣姪，聊與之謀其可歸否。以其從己同來，故與謀之。

出宿于泲，擠之上。○《傳》曰：「泲，地名。」○曹氏曰：「《漢·地理志》：『東郡臨邑有泲廟。』師古云：『泲，即濟水字。』」○王氏曰：「泲、禰，蓋父母之國地名。」○朱氏曰：「自衛來嫁所經之道。」**飲餞于禰。**泥之上。○《傳》曰：「祖而舍軷，飲酒於其側曰餞。禰，地名。」軷音跋。○軷，解見《生民》。**女子有行，**曹氏曰：「行，出適也。」○曰：《列女傳》魯寡陶嬰《黄鵠歌》云：「雖有賢雄兮終不重行。」**遠父母兄弟。**遠去聲。**問我諸姑，**《傳》曰：「父之姊妹稱姑。」**遂及伯姊。**曰：姊稱伯姊，猶兄稱伯兄也。

泲、禰，衛之郊也。衛女思歸，追念其始來嫁之時，出宿于衛地之泲，飲餞于衛地之禰。既已出適於人，則與父母兄弟相遠，不復得至鄉國之地矣。今父母終，唯姑姊尚存，問其安否，感親之没而念骨肉之存者也。○今考衛成公後遷東郡濮陽，泲屬東郡，則亦衛地也。禰無所見，與泲並言，亦衛邑可知。《箋》以泲、禰皆爲所嫁國適衛之道所經，今不從，不若王氏、朱氏爲長。

出宿于干，飲餞于言。《傳》曰：「干、言，所適國郊也。」○朱氏曰：「適衛所經之地。」**載脂載舝，**音轄。○疏曰：「載，則也。」○《釋文》曰：「舝，車軸頭金也。」○曰：脂言塗脂也，舝言設舝也。《離騷》「齊玉軑而並馳」〔一〕，朱氏《集注》云：「軑，轂内之金也。一云：轄也。」案《廣韻》鎋、舝同，釋云：「車軸頭鐵也。」《韻略》十五轄，亦作鎋，見軑即舝也。車不駕，則脱軸頭之舝，將行乃設之。以脂膏塗其舝，使滑澤也。軑音大。**還車言邁。**還音旋。○曰：還，復返也。○《傳》曰：「邁，行也。」**遄臻于衛，**遄，市專反。○〔二〕《傳》曰：「遄，疾也。臻，至也。」**不瑕有害。**《箋》曰：「瑕，猶過也。」

干、言，所嫁國之郊也。上章言自衛來嫁之時，宿餞于衛地之泲、禰；此章言復欲歸衛，則亦宿餞于所嫁國之干、言。爲我塗脂，爲我設舝，回轅而行，則疾至於衛矣。未爲瑕過而有害也，何爲不可歸乎？此女子纏緜之情也。○泲、禰、干、言，非一時宿餞之地。泲、禰之下，以「女子有行」言之，則爲嫁時曾宿餞之地也；干、言之下，以「遄臻于衛」言之，則爲思歸而欲宿餞之地也。言向由泲、禰宿餞而來嫁，今豈不可由干、言宿餞而歸寧乎？東郡有發干縣，曹氏疑即此干。衛後遷東郡，則亦衛地，然與下文「還車」，意不聯屬。不若毛氏、朱氏爲長。○讀詩者但以「載脂載舝」爲以脂

〔一〕「齊」，原作「舉」，據仁本、復本及《楚辭》卷一改。
〔二〕「○」，原無，仁本校云：「『傳』上脱『○』，宜補。」據補。

膏塗其舝，兩「載」字不分明。載脂，謂未設舝於車之時，先以脂膏塗其舝，其用在脂，故曰載脂也；載舝，謂塗舝既畢，乃設舝於車，其用在舝，故曰載舝也。載脂一事，載舝又一事。毛氏云：「脂舝其車。」以二事言也。

我思肥泉，《傳》曰：「所出同，所歸異，爲肥泉。」○《補傳》曰：「肥泉同出而異歸，猶我雖出於衛，而不復歸。」**茲之永歎。思須與漕，**音曹。○《傳》曰：「須、漕，衛邑也。」○曹氏曰：「《漢・地理志》東郡有須昌縣[一]，故須句國也。」句音劬。○曰：漕邑，鄘地也，在河南。有考，見《擊鼓》。**我心悠悠。駕言出遊，以寫我憂。**《傳》曰：「寫，除也。」○曰：寫，謂傾而除之也。《曲禮》云：「器之溉者不寫。」肥泉，自衛而來所渡之水也，故思此而長歎；須與漕，自衛而來所經之邑也，故又悠悠然長思之。安得乘車出遊於其地，而可以寫除其憂乎？

《泉水》四章，章六句。

《北門》，刺仕不得志也。言衛之忠臣，不得其志爾。曰：衛宣公詩，桓王時。

[一]「理」，原作「里」，據諸本改。

不得志，不得行其所志也。「王事適我，政事一埤益我」，蓋皆賢勞猥賤之事。非諫行言聽也。

出自北門，憂心殷殷。曰：殷殷，憂之衆也。**終窶且貧，**窶，渠之上濁。○《釋言》曰：「窶，貧也。」○李氏曰：「窶、貧兼言之，以見其貧之甚也。」**莫知我艱。已焉哉！天實爲之，謂之何哉？**

此忠臣行役，出自北門，言我心之憂，殷殷然衆多，我仕不得志，貧而又貧，誰知我遠役之艱苦者，蓋從事獨賢之歎也。然歸之於命，故自決云：已焉哉！天實爲之，謂之何哉？無所歸怨也，但言其貧窶，則不見知於君可知矣，非計利禄也。

王事適我，《箋》曰：「國有王命役使之事。」○《傳》曰：「適，之也。」**政事一埤益我。**埤音皮。○錢氏曰：「一，猶專也。」○《傳》曰：「埤，厚也。」**我入自外，室人交徧讁我。**讁音責。○《傳》曰：「讁，責也。」**已焉哉！天實爲之，謂之何哉？**

王命役使之事，既適於我矣，衛國之政事，又專埤厚增益於我矣。我行役自外而歸，而室家之人交徧責我，見其勞苦而不免於貧。家人婦子之情，不能無怨也，然忠臣歸之於命而已。夫勞而不辭，貧而不怨，室人交責之而不易其守，非忠臣乎哉？《補傳》曰：「役使不均，上不見知；室人交責，下亦不見知，是莫知我艱也。」

王事敦我，《傳》曰：「敦，厚也。」○《釋文》曰：「《韓詩》云：『迫也。』」**政事一埤遺我。**遺音位。○《傳》曰：「遺，加也。」**我入自外，室人交徧摧我。**《傳》曰：「摧，沮也。」**已焉哉！天實爲之，謂之何哉？**

《北門》三章，章七句。

《北風》，刺虐也。衛國並爲威虐，百姓不親，莫不相攜持而去焉。曰：衛宣公詩，桓王時。

程子以此詩爲君子見幾而作，非謂百姓相攜而去也。

北風其涼，《傳》曰：「寒涼也。」**雨雪其雱。**雨音諭。雱音滂。○曰：自上而下曰雨。○《傳》曰：「雱，盛貌。」**惠而好我，**好去聲。○曰：以恩惠相與也。**攜手同行。其虛其邪，**余、徐二音。○程子曰：「虛，寬貌。邪，緩也。」**既亟只且。**亟音棘。只音止。且音沮之平。○《傳》曰：「亟，急也。」○程子曰：「只且，辭也。」

興也。衛之虐政，如北風之寒涼，而又雨下其雪，雱然而盛，其虐甚矣。我將與所親厚之人，以恩惠相好者，攜手同行，去而避之也。是尚可少寬乎？尚可少緩乎？既急也哉，不可不速去也。其虛其徐，則猶有眷戀故國之意；既亟只且，則暴虐已甚，不復可以少留矣，至此而後，決爲去計。是欲留者，其本心；決去者，不得已也。李氏曰：「孔子去魯，曰：『遲遲吾行也，去父母國之道也。』今必有大不忍於此而奪其情也。」

北風其喈，音皆。○《傳》曰：「喈，疾貌。」**雨雪其霏。**音非。○《傳》曰：「霏，甚貌。」**惠而好我，攜手同歸。**《傳》曰：「歸有德也。」**其虛其邪，既亟只且。**

莫赤匪狐，莫黑匪烏。曰：猶《小弁》「莫高匪山，莫浚匪泉」。**惠而好我，攜手同車。其虛其邪，既亟只且。**

莫赤莫黑，言無有赤黑於此者，謂最赤最黑也。最赤者非狐乎？最黑者非烏乎？狐也烏也，皆貪殘不祥之物，見其色而可知矣。猶衛之無道，不難辨也，宜速去之。《詩記》曰：「同車，不必指貴者，特協韻耳。」

《北風》三章，章六句。

《静女》，刺時也。衛君無道，疏曰：「衛君，宣公也。」**夫人無德。**《匏有苦葉・箋》曰：「夫人，夷姜也。」○曰：宣公詩，桓王時。

當時皆爲淫泆之行，故曰刺時，其本則上所化也。

靜女其姝，音樞。○曹氏曰：「游女，閭閻負販之女，不暇隱屏者也，故時出於江漢之上；靜女則仕族之女，常處深閨幽靜之中，不可得而見者。」○《傳》曰：「姝，美也。」**俟我於城隅。愛而不見，搔首踟躕。**音馳厨。○曰：踟躕，行不進也。躊躇，猶豫也。踟躕，亦躊躇之意。

首章男女相期而未遂也。靜女仕族，處深閨幽靜之中，宜能正潔自守者。今淫風流行，有靜女其色姝美，約我於城隅隱僻之地。既而失約不至，故愛之而不得見，搔其首而意踟躕然，欲去不去也。○或謂雖正靜之女，亦俟我於城隅，既已淫奔，不得爲正靜矣。

靜女其孌，音鸞。○《傳》曰：「孌，好貌〔一〕。」**貽我彤管。**彤音同。○《箋》曰：「彤，赤也。」○李氏曰：「古者針有管，樂亦有管，不知彤管何物也。」○《解頤新語》曰：「舊説：古者后夫人必有女史彤管之法，古以刀爲筆，未有用毫毛者，安得有管？故書謂之畫，蓋以刀筆刻畫於簡。至秦蒙氏始以毫毛製筆，故漢以來，始有竹簡寫之之説。左氏所稱『取彤管焉』，亦止取贈物之意，非有取於女史也。」○曹氏曰：「彤漆

〔一〕按，此爲《邶風·泉水》『孌彼諸姬』之《傳》，嚴氏引在此。

之管，蓋樂器之屬。」**彤管有煒，**音偉。○《傳》曰：「煒，赤貌。」**説懌女美。**説懌音悦亦[一]。

此女贈男之物也。静女孌然而美，遺我赤色之管，以結殷勤，其管煒然而赤，男子謂我非悦此彤管之美，乃悦此女色之美也。

自牧歸荑，音題。○張子曰：「牧，牧地也。不耕種之牧地，則多草木根芽[二]。」○曰：「歸孔子豚」之歸，猶贈也。○《傳》曰：「荑，茅之始生也。」**洵美且異。**洵音荀。○《箋》曰：「洵，信也。」**匪女之爲美，美人之貽。**

此男贈女之物，報彤管之贈也。來自牧地，而贈此女以荑，此荑信芳美，而且異於常荑矣，然未足以比女色之美，姑以是爲美人之贈耳。

《静女》三章，章四句。

《新臺》，刺衛宣公也。納伋之妻，《箋》曰：「伋，宣公世子。」**作新臺于河上而要之。**要音腰。○曰：要，勒也，遮也，猶《孟子》「使數人要於路」之要。○李氏曰：「宣公上烝夷姜，生伋，爲

〔一〕「説懌音悦亦」，諸本無。

〔二〕「不耕」至「根芽」，畬本無，別作：「毛氏曰：牧，田官也。」

娶於齊。宣公聞其美，欲納之，恐其不從，故於河上作新臺而要之。」**國人惡之，**惡，烏路反。**而作是詩也。**曰：衛宣公詩，桓王時。

《二南》變而爲《邶》，猶泰變爲否也。至《新臺》《二子乘舟》，三綱五常之道盡矣。

新臺有泚，音此，徐七禮反。○《傳》曰：「泚，鮮明貌。」**河水瀰瀰。**音敉。○《傳》曰：「瀰瀰，盛貌。」**燕婉之求，**《傳》曰：「燕，安也。婉，順也。」**籧篨不鮮。**籧篨音渠除。鮮上聲。○《傳》曰：「籧篨，不能俯者；戚施，不能仰者。」○《釋訓》曰：「籧篨，口柔也；戚施，面柔也。」○疏曰：「籧篨戚施，本人疾之名，故《晉語》曰：『籧篨不可使俯，戚施不可使仰。』是也。但人口柔者，必仰面觀人之顏色而爲辭，似不能俯之人，因名口柔者爲籧篨；面柔者，必低首下人，媚以容色，似不能仰之人，故名面柔者爲戚施。」○曹氏曰：「《說文》以籧篨爲麄竹席，竹席之爲用，常仰而不能俯也。」○《箋》曰：「鮮，善也。」

此詩齊人所作也。宣公作新臺，泚然鮮明，在河水瀰瀰然盛之處。齊女來嫁至此，爲公所要，故齊人之送女者，言我齊女之來，本求燕安婉順之人，謂伋也，乃得此籧篨不能俯、其疾不善之人〔一〕，謂宣公也。以惡疾之人稱之，深惡之辭也。○燕婉之求，自

〔一〕「其」，畲本作「之」，「之疾」從上讀。

齊人言之，故以籧篨、戚施醜詆衛君而無嫌，非衛人之辭也。

新臺有洒，催之上。○錢氏曰：「洒，鮮潔貌。」

新臺有洒，河水浼浼。音每。○錢氏曰：「浼浼，水濁流貌。」**燕婉之求，籧篨不殄。**《傳》曰：「殄，絶也。」○蘇氏曰：「病而不死者也。」

惡之欲其死，齊人恚怒之辭也，若衛人則非所宜言矣。

魚網之設，鴻則離之。曰：《易》：「離，麗也。」注云：「麗，猶著也。」蓋一陰附著于二陽之中。**燕婉之求，得此戚施。**

設魚網者宜得魚，鴻反麗焉。言所得非所求也，猶我齊女以禮來，求世子而得宣公也。

《新臺》三章，章四句。

《二子乘舟》，思伋、壽也。衛宣公之二子，争相爲死。爲去聲。○《傳》曰〔一〕：「宣公爲伋取齊女而美，公奪之，生壽及朔。朔與其母愬伋於公，令伋之齊，使賊先待於隘而殺之。壽知之以

〔一〕「傳」，原作「箋」，據仁本、復本改。按，此爲首章《毛傳》文。

告伋，使去之。伋曰：『君命也，不可逃。』壽竊其節而先往，賊殺之。伋至，曰：『君命殺我，壽有何罪？』賊又殺之。」**國人傷而思之，作是詩也。**曰：衛宣公詩，桓王時。

衛自宣公殺伋、壽，以朔爲世子，代立，是爲惠公。左右公子怨朔之讒殺太子伋，乃作亂，立黔牟，惠公犇齊。其後諸侯復納惠公，黔牟犇周。惠公怨周之容黔牟，與燕伐周，立子頹爲王，惠王犇温。及惠公卒，子懿公立，百姓大臣猶以殺伋之故，皆不服。狄乘其釁，殺懿公而滅衛。嗚呼！衛之亂極矣。父子、兄弟、君臣之間，相戕相賊，不唯流毒子孫，啓侮夷狄〔一〕，以之殺身亡國，其餘殃所漸，且稔王室之禍。蓋綱常道盡，天地幾於傾陷矣。推原亂根，始於夫婦之不正。衽席之禍，一至此邪，以是知《詩》首《關雎》，聖人之意深遠矣。

二子乘舟，汎汎其景。如字，或音影。**願言思子，**《箋》曰：「願，念也。」**中心養養。**《傳》曰：「養養，憂不知所定。」

自衛適齊必涉河，言伋、壽二子乘舟，涉河以適齊，其影汎汎然，何所歸乎？爲其將見殺，顧其影而憐之也。我念而思之，中心養養然，憂不知所定也。伋、壽之事，其國

〔一〕「夷」，味本、姜本、顧本、薈本、授本、仁本作「啓」，李本、聽本、復本作「戎」。

人實深傷之。詩人不言其他，而慘然哀痛悲思之意具見矣。

二子乘舟，汎汎其逝。《傳》曰：「逝，往也。」**願言思子，不瑕有害。**

言二子汎汎然從此逝矣，痛其往而不返也。詩人深求其心之無他而恕之，故曰：不爲瑕過而有害也。曾子小杖則受，大杖則走，以二子爲不瑕有害，恕之之辭也。王氏曰：「二子死非其所，不得爲無瑕；陷父於不義，不得爲無害，雖然，其心豈有他哉？」

《二子乘舟》二章，章四句。

詩緝卷之五

嚴粲述

鄘音容 國風

説已見邶。

《柏舟》，共姜自誓也。共音恭。○《釋文》曰：「共姜，共伯之妻也。婦人從夫謚，姜，姓也。」**衛世子共伯蚤死，**蚤音早。○《箋》曰：「共伯，僖侯之世子。」○疏曰：「共伯名餘，共，謚；伯，字。以未成君，故不稱爵。」**其妻守義，父母欲奪而嫁之，誓而弗許，故作是詩以絶之。**曰：衛武公詩，宣王時。○《詩記》曰：「《史記》載僖侯已葬，共伯弟和襲攻共伯於墓上，共伯入僖侯羨，自殺。案，武公在位五十五年，《國語》又稱『武公年九十有五，猶箴儆于國』，計其初即位，其齒蓋已四十餘矣，使果弑共伯而篡立，則共伯見弑之時，其齒又加長於武公，安得謂之蚤死乎？是共伯未嘗有見弑之事也〔一〕。」羨音延，又以戰反，墓道也。和，即武公。○李氏曰：「武公，衛人謂睿聖。武公奪嫡

〔一〕「事」，原作「惡」，據李本、仁本及吕祖謙《吕氏家塾讀詩記》卷五改。葉校則據《詩記》謂「之」「惡」間脱「事，武公未嘗有篡弑之」九字，「惡」乃指武公，非可用以指稱共伯。

之事，未可以誣之。」○呂氏曰：「《序》言父母，詩獨云母。蓋止是母意，《序》并言之，文勢當爾。」

衛風靡矣，女子之卓然自守者，不多得也，故聖人録之。禮義之在人心，雖大亂而不泯，其王澤之猶存也歟？

汎彼柏舟，粲曰：「汎，浮也。」**在彼中河。**《傳》曰：「中河，河中。」○曹氏曰：「齊地西以河爲境，而衛居河之西。父母欲奪共姜而歸齊，則當乘舟渡河而去。」○粲曰：「紂都河北，鄘在紂都之南，則近河矣，故此《鄘風》言『中河』，以土風所見也。」**髧彼兩髦，**髧，談之上濁。髦音毛。○朱氏曰：「髧，髮垂貌。」○《傳》曰：「髦者，髮至眉，子事父母之飾。」○疏曰：「髦者，用髮爲之，其制未聞。」○項氏曰：「髦者，以髮作僞髻，垂兩眉之上，如今小兒用一帶連雙髻横繫額上是也。」○今曰：「《内則》注云：『髦，象幼時鬌。』小兒翦髮也。兒生三月，翦髮爲鬌，男角女羈。夾囟曰角，兩髻也；午達曰羈，三髻也。否則男左女右，長大猶爲飾，存之，謂之髦，所以順父母幼小之心。《内則》云：『子事父母，總，拂髦。』是也。父母既没，則去之。《玉藻》云：『親没不髦。』是也。親死猶幸其生，未忍脱之，故士待既殯、諸侯待小斂而後脱之也。此説髦之制耳，非詩意也。」鬌音朵。囟音信。○《補傳》曰：「守義既堅，必毁其容飾，不事膏沐。去髮至眉，爲幼時之狀。」**實維我儀。**錢氏曰：「髧然兩髦，實維我嫠居之容儀。」**之死矢靡它。**音他。○《傳》曰：「之，至也。矢，誓也。靡，無也。」**母也天只，**音止。○朱氏曰：「母恩如天。」**不諒人只。**《傳》曰：「諒，信也。」

興也。共姜言柏舟之在河中，猶我婦人之在夫家。舟必不可以去水，猶我必不可以他適也。守志不嫁，不事膏沐，髧然垂其兩髦，如幼時之狀者，實是我嫠居之容儀，我至死誓無它心也。父母者，子之天；夫者，婦之天。今父與夫俱不存，唯母是我所天也，何不信我而欲奪我志也。

汎彼柏舟，在彼河側。髧彼兩髦，實維我特。錢氏曰：「特，獨也。實我寡獨之人所當然。」**之死矢靡慝。**《傳》曰：「慝，邪也。」○王氏曰：「以再嫁爲慝，則其絶之甚矣。」**母也天只，不諒人只。**

《柏舟》二章，章七句。

《牆有茨》，音慈。**衛人刺其上也。公子頑通乎君母。**疏曰：「頑，昭伯也。」○《箋》曰：「君母，惠公之母。」○曰：惠公朔，即愬伋者。惠公之母宣姜，即宣公所納伋妻。宣公卒，惠公幼，齊人使其庶兄昭伯烝於宣姜，生子五人：齊子、戴公、文公、宋桓夫人、許穆夫人。**國人疾之，而不可道也。**曰：衛惠公詩，桓王時。

朔幼而嗣國，四年奔齊，十二年而復入，立三十有一年，閱四王矣，桓、莊、僖、惠。

其五詩專爲桓，何〔一〕？《牆茨》《鶉奔》皆刺頑，時朔尚幼也；《偕老》《桑中》介其間，從可知也；《芄蘭》又目之童子，知皆初年也。

牆有茨，《釋草》曰：「茨，蒺藜。」○郭璞曰：「布地蔓生，細葉，子有三角，刺人。」**不可埽也。**埽音譟。**中冓之言，**冓，溝之去。○《詩記》曰：「《前漢·梁王立傳》〔二〕：『聽聞中冓之言。』注：『應劭云：「中冓，材構在堂之中也。」顔師古云：「謂舍之交積材木也。」』當從應、顔説。蓋閫内隱奥之處。」○今曰：「言，話也，謂此一段話也。」**不可道也。**錢氏曰：「道，言也。」**所可道也，言之醜也。**

興也。牆有蒺藜惡草，欲埽去之則傷牆，故不可埽；閨門之話，欲道之則傷君，故不可道。非不可道，但言之可醜也。中冓之言，但謂閨門之事，不必以爲頑與夫人淫昏之語。

牆有茨，不可襄也。《傳》曰：「襄，除也。」**中冓之言，不可詳也。**錢氏曰：「詳盡言之也。」**所可**

〔一〕「何」，畬本作「王時作」。

〔二〕「立」，原作「共」，仁本作「襄」。按，此爲《漢書·文三王傳》所載谷永上疏論梁王立淫亂事之語，元始中，梁王立廢爲庶人，后自殺，無謚。此「共」非謚（若是謚，當作「梁共王」，則爲梁孝王之子梁共王買也）、非名，當從葉校，以「共」爲「立」之訛，據改。

詳也，言之長也。

欲盡言，則其説甚長，蓋不欲言之也。今人不欲言之事，則曰其説甚長。

牆有茨，不可束也。《傳》曰：「束而去之。」**中冓之言，不可讀也。**朱氏曰：「讀，誦言也。」**所可讀也，言之辱也。**

言之則自辱，不欲污口舌也。

《牆有茨》三章，章六句。

《君子偕老》，刺衛夫人也。《箋》曰：「夫人，惠公之母。」○疏曰：「以上篇君母，知此亦爲宣姜。」**夫人淫亂，失事君子之道，故陳人君之德，**《箋》曰：「人君，小君也。」**服飾之盛，宜與君子偕老也。**曰：衛惠公詩，桓王時。○曹氏曰：「《毛傳》謂能與君子偕老，乃能居尊位，服盛服。《序》文顛倒，非毛意也。」

此詩惟述夫人服飾之盛，容貌之尊，不及淫亂之事，但中間有「子之不淑」一語，而譏刺之意盡見；《碩人》惟述莊姜之美，不言莊公不見答，但中間有「大夫夙退」一語；《猗嗟》惟述魯莊之美，不言不能防閑其母，但中間有「展我甥兮」一語。三詩體同，皆中間冷下一二語，而首尾不露其意也。

君子偕老，朱氏曰：「君子，其夫也。」○《傳》曰：「偕，俱也。」**副笄六珈。**副，音覆載之覆，敷救切。笄音雞。珈音加。○副，曰：副者，后夫人祭服之首飾，如漢之步摇也。○《傳》曰：「副者，編髮爲之。」○疏曰：「《天官・追師》：『掌王后之首服，爲副、編、次。』注云：『副之言覆，所以覆首爲之飾，其遺象若今之步摇矣，服之以從王祭祀。編，編列髮爲之，其遺象若今假紒矣，服之以告桑也。次，次第髮長短爲之，所謂髲髢，服之以見王。』是也。言編若今假紒者，編列他髮爲之，假作紒形，加於首上。次者，亦鬄他髮，與己髮相合爲紒。是編、次所以異也。」追音堆。編音匾，又如字。紒音計。髲音避。髢音第，亦作鬄。又解見《召・采蘩》。○笄，曰：笄，衡笄也，以玉爲之。唯副有衡笄，出于副之兩旁，繫紞以縣瑱也。○疏曰：「唯祭服有衡笄，編、次則無衡笄。」○今曰：「《内則》言『女子之笄』者，簪也，所以卷髮者。唯副之笄，謂之衡笄。」○六珈，曰〔一〕：六珈者，以玉加於笄爲飾，有六也。○《傳》曰：「珈，笄飾之最盛者。」○《箋》曰：「珈之言加也。副既笄而加飾，如今步摇上飾。古之制所有，未聞。」○疏曰：「必飾之有六，但所施不可知。據此言六珈，則侯伯夫人爲六，王后則多少無文也。此副與珈飾，唯后夫人有之，卿大夫以下則無。」**委委佗**

〔一〕「六珈曰」，李本、仁本作「六瑕曰」，味本、顧本、聽本作「曰六瑕」，授本作「曰六珈」，薈本作「又曰言」，姜本作「曰」。

佗，委音威。佗音駝。○朱氏曰：「委委佗佗，雍容自得之貌。」**如山如河，象服是宜。**《箋》曰：「象服，謂揄翟、闕翟也。人君之象服，則所謂『予欲觀古人之象』。」揄音遥，字又作褕。○粲曰：「翟皆刻繒以象鳥羽，故謂之象。翟，解見下文『其之翟也』。」**子之不淑，云如之何！**

言夫人之義，與其夫偕老，從一而終，故能居夫人之位，稱其服飾之盛。其首飾有副，既服副而著衡笄，其笄之上，以玉加之爲飾，其數有六，故言六珈。笄者，婦人之常飾。唯后夫人之副，其笄謂之衡笄，而有六珈之飾也。委委佗佗，雍容自得，德稱其服而無愧怍也。又其止如山，則容貌之安重；其動如河，則氣象之廣大，服其象服翟衣而宜也。今爾宣姜之爲不善，失偕老之道，則於此服飾之盛，爲如何乎，宜乎不宜乎？問之使自愧也。○《傳》以笄即衡笄，一物也。《追師》云：「追，衡笄。」鄭注云：「王后之衡笄，皆以玉爲之。」是鄭以衡與笄爲二物也。其下文云：「唯祭服有衡。」釋衡爲一物。又云：「笄，卷髮者。」釋笄爲一物。故鄭於此《箋》言笄，而不言衡笄也。疏混毛、鄭爲一説，又引《追師》注云：「唯祭服有衡笄。」彼文無笄字，疏蓋誤也，今從毛義。

玼兮玼兮，玼音此。○王肅曰：「玼，衣服鮮明貌。」**其之翟也。**翟音狄。○疏曰：「《傳》以翟，雉名也，今名衣曰翟，故謂以羽飾衣。鄭注《周禮》三翟，皆刻繒爲翟雉之形，而彩畫之以爲飾，不用真羽。羽施於旌旆蓋則可，施於衣裳則否。蓋附人身，動則卷舒，非可以羽飾也。鄭義爲長。」○粲曰：「《天官·内司服》：『王后六服。』鄭注云：『伊雒而南，素質，五色皆備成章曰翬。江淮而南，青質，五色皆備成章曰揄。禕衣畫翬，揄翟畫揄，闕翟刻而不畫。』此三翟之别也。侯伯夫人揄翟，子男夫人闕翟，揄翟之上有禕衣。《祭統》云：『夫人副禕。』謂公之夫人。衛，侯爵，夫人當服揄翟。」禕音暉。**鬒髮如雲，**鬒音軫。○《傳》曰：「鬒，黑髮也。」○《説文》曰：「髮稠也。」○李氏曰：「昭二十八年《左傳》：『有仍氏生女，鬒黑而甚美，光可以鑑。』注云：『美髮爲鬒。』」○錢氏曰：「如雲，稠密也。」**不屑髢也。**髢音弟。○《傳》曰：「屑，潔也。髢，髮也。」○疏曰：「髢，益髮也。」哀十七年《左傳》，衛莊公『見己氏之妻髮美，使髡之，以爲吕姜髢』。」**玉之瑱也，**瑱，天之去。○粲曰：「讀作殿最之殿者，非，彼丁殿反也。」○《傳》曰：「瑱，塞耳也。」**象之揥也。**揥音熾，韻又音替。○疏曰：「以象骨搔首，因以爲飾。」○粲曰：「《傳》云：『揥，所以摘髮。』蓋摘音剔，故疏以搔首釋之，非音摘也〔一〕。若音摘，爲摘取之義，則今之鑷子矣，非也。搔首之揥，因以爲飾者，若今之篦兒也。」**揚且之皙也，**且，如字，徐音沮之平。皙音錫。○粲曰：「揚，起也。言眉目揚起也。且，又也，如『旨且多』之且。《左傳》築者謳曰：『澤門之皙。』」○《傳》曰：「皙，白皙。」**胡然而天**

〔一〕「摘」，原作「謫」，據諸本改。

也，胡然而帝也？

上章「子之不淑」，既指宣姜；此章言「其」者，承上文指宣姜也。玼然鮮明者，是宣姜之翟衣也。重言「玼兮」者，甚言其鮮明也。婦人髮少，則聚他人髮爲髲髢以益之。今宣姜黑髮如雲之稠密，不以髲髢爲潔美，言不假他髮也。以玉爲塞耳之瑱，以象骨爲搔首之揥，其眉目揚起，而其色又且白晳，胡然而尊仰之如天乎？胡然而尊仰之如帝乎？言其服飾之盛，容貌之美，望之猶天人然，是何爲如此也？設爲問辭，令宣姜自省思之，豈可以如是尊嚴之服飾容貌，而爲不淑之行乎？○朱氏「清揚婉兮」解云：「清，目之美；揚，眉之美。」錢氏「美目揚兮」解云：「揚，目峻也。」蓋眉目皆以揚起爲美。清揚並言，則當爲目清眉揚也；指目言揚，則但爲目揚也；若此章單言揚，則兼眉目也。

瑳兮瑳兮，瑳，七我反。○《説文》曰：「瑳，玉色鮮白也。」**其之展也。**展音戰。○粲曰：「展衣之展，本音陟戰反。《周禮·内司服》張彦反，在去聲三十三線韻内。《禮記》作禮。」○曰：展，六服之展衣也。○《傳》曰：「展，以丹縠爲衣。」○疏釋《傳》曰：「此《傳》言展用丹縠，餘五服，《傳》無其説，丹縠亦不知所出，而孫毓推之，以爲褘衣赤，揄翟青，闕翟黑，鞠衣黄，展衣赤，褖衣黑。」鞠音菊。褖音彖。○《箋》曰：「后妃六服之次，展衣宜白。此以禮見於君及賓客之盛服也。」○疏釋《箋》曰：「《箋》不同《傳》。言宜者，無明文。鄭司農注《天官·內司服》云：『展衣白，鞠衣黃，褖衣黑。』」**蒙彼縐絺，**縐，鄒之去。絺音笞。○《傳》曰：「蒙，覆也。」○疏曰：「葛之精者曰絺；其精尤細靡者，縐也，言細而縷縐。」**是紲袢也。**紲袢音薛煩。○疏曰：「紲，去也。袢，袢延熱氣也。」**子之清揚，**《傳》曰：「清，視清明也。」**揚且之顏也。**《傳》曰：「顏角豐滿也。」**展如之人兮，**展如字。○今曰：「展忱之展〔一〕，知輦反，在上聲二十八獮韻內。」○《傳》曰：「展，忱也。」**邦之媛也。**媛音院。○《傳》曰：「美女爲媛。」

重言瑳然甚鮮白者，是其展衣也。服此展衣而裏用縐絺，展衣蒙覆於縐絺之上，是當暑紲去袢延熱氣之服也。展衣之裏，不常以縐絺，夏則裏之以縐絺，故曰「是紲袢也」。宣姜服展衣之禮服，而又目視清明，眉上揚起。眉上既揚起，而又顏角豐滿，如此人，乃邦之美女也。歎惜不滿之意，見於言外矣。

《君子偕老》三章，一章七句，一章九句，一章八句。

《桑中》，刺奔也。衛之公室淫亂，男女相奔，至于世族在位，相竊妻妾，李氏曰：「以

〔一〕「忱」，諸本作「情」。

姜、弋、庸皆著姓也。衛、陳多淫佚之事，蓋有由矣。惟其公族既化，則下化之矣。」**期於幽遠，政散民流而不可止。**曰：衛惠公詩，桓王時。○《樂記》曰：「鄭、衛之音，比於慢矣。桑間、濮上之音，亡國之音也，其政散，其民流，誣上行私而不可止也。」比音備。○《前漢·地理志》曰：「衛地有桑間、濮上之阻，男女亦亟聚會，聲色生焉。」○張子曰：「鄭、衛地濱大河，沙地土薄，故其人氣輕浮；其地平下，故其質柔弱；其地肥饒，不費耕耨，故其人心怠惰。其人情性如此，其聲音亦然。故聞其樂，使人如此懈慢也。」○《詩記》曰：「《桑中》《溱洧》諸篇，幾於勸矣。夫子取之，何也？曰：詩之體不同，有直刺之者，《新臺》之類是也；有微諷之者，《君子偕老》之類是也；有鋪陳其事，不加一辭而意自見者，此類是也。或曰：後世狹邪之樂府，冒之以此詩之《序》，豈不可乎？曰：仲尼謂『《詩》三百，一言以蔽之，曰：思無邪』。詩人以無邪之思作之，學者亦以無邪之思觀之。閔惜懲創之意，隱然自見於言外矣。」

《詩記》謂詩皆雅樂，此《桑中》非桑間、濮上之音。今考濮水之上，地有桑間，亡國之音出於此，《桑中》即其類也。詩之正經爲雅樂，變詩以垂戒耳，非祭祀、朝聘所用也。然或以《桑中》爲淫奔者所自作，則非所謂「止乎禮義」矣。當從國史所題以爲刺也。

爰采唐矣，曰：唐蒙也，女蘿也，菟絲也。解見《頍弁》。**沬之鄉矣。**沬音妹。○《傳》曰：「沬，衛邑。」

○疏曰：「《酒誥》注云：『沬邦，紂所都朝歌即沬也。』」**云誰之思，美孟姜矣。**《箋》曰：「孟，長也。」○蘇氏曰：「姜、弋、庸皆著姓也。」○錢氏曰：「蓋沬大姓，非必實言其人也。」**期我乎桑中，**朱氏曰：「桑中、上宮，又沬鄉之中小地名也。」**要我乎上宮，**要音腰。○《釋文》曰：「要，約也。」**送我乎淇之上矣。**《釋文》曰：「淇，衛水也。」○解見《邶·泉水》。

此作者刺淫者，謂汝言采唐蒙而往沬邑之鄉矣，然汝非爲采唐而往也。汝所思者誰乎，思彼美好姜姓之長女也，汝特託言采唐以往耳，汝思孟姜而往會之，或相期於桑中之地，或相約於上宮之地，或相送於淇水之上。所會之地，人皆知之，見爲不善於隱僻者，終不可掩也。我，指淫者，非詩人自我也。

爰采麥矣，沬之北矣。云誰之思，美孟弋矣。《傳》曰：「弋，姓也。」○朱氏曰：「《春秋》定姒，《公》《穀》作定弋。」○錢氏曰：「弋，姓，即姒也。」**期我乎桑中，要我乎上宮，送我乎淇之上矣。**

爰采葑矣，曰：葑，蔓菁也。解見《邶·谷風》。**沬之東矣。云誰之思，美孟庸矣。**《傳》曰：「庸，姓也。」**期我乎桑中，要我乎上宮，送我乎淇之上矣。**

《桑中》三章，章七句。

《鶉之奔奔》，鶉音純。**刺衛宣姜也。衛人以爲宣姜鶉鵲之不若也。**曰：衛惠公詩，桓王時。○范氏曰：「宣姜之惡，不可勝道也。國人疾而刺之，或遠言焉，或切言焉。遠言之者，《君子偕老》是也；切言之者，《鶉之奔奔》是也。衛詩至此，則人道盡，天理滅矣。國從而亡，故次之以《定之方中》，美文公而衛復興焉。」

鶉之奔奔，《釋文》曰：「鶉，鶉鶉也。」鶉，烏南反。○山陰陸氏曰：「鶉無常居而有常匹。《莊子》云：『聖人鶉居而鷇食〔一〕。』俗言此鳥性淳，不越橫草。奔奔，鬭也。鶉不能亂其匹〔二〕。」鷇音寇，鳥子也。○《補傳》曰：「鶉所以奔奔然喜鬭者，惡亂其匹而鬭也。」**鵲之彊彊。**音姜。○山陰陸氏曰：「彊彊，剛也。鵲能不淫其匹，鵲傳枝受卵，故曰乾鵲。《莊子》云：『烏鵲孺。』鵲以傳枝少欲，故曰孺。」○李氏曰：「鵲性不淫。」**人之無良，我以爲兄。**錢氏曰：「公子頑，惠公之兄也。」

鶉奔奔然鬭者，不亂其匹也；鵲彊彊然剛者，不淫其匹也。宣姜與頑，非匹耦也，鶉鵲之不若也。人之不善者，我乃以爲兄，爲惠公恥之也。

鵲之彊彊，鶉之奔奔。人之無良，我以爲君。《傳》曰：「君，小君也。」○《箋》曰：「謂宣姜。」

〔一〕葉校云：「語出《外篇·天地篇》。」

〔二〕「不能」，原作「能不」，畲本作「不肯」，據他本及陸佃《埤雅》卷八改。

我乃以爲小君，爲國恥之也。

《鶉之奔奔》二章，章四句。

《定之方中》，定，丁之去。**美衛文公也。**疏曰：「文公燬，昭伯頑之子，戴公申弟。」**衛爲狄所滅，東徙渡河，野處漕邑。**處音杵。漕音曹。**齊桓公攘戎狄而封之，文公徙居楚丘。**疏曰：「《鄭志》答張逸問云：『楚丘在濟、河間，疑在今東郡界[一]。衛本河北，至懿公滅，乃東徙渡河，野處漕邑，則在河南矣。楚丘與漕不甚相遠，亦河南明矣。』杜預云：『楚丘，濟陰成武縣西南。』」○粲曰：「《左傳》僖二年，城楚丘。」**始建城市而營宮室，得其時制，百姓説之，**説音悦。**國家殷富焉。**曰：衛文公詩，惠王時。○《左傳·閔二年》曰：「狄人侵衛，戰于熒澤。衛師敗績，遂滅衛。」又曰：「宋桓公逆諸河，宵濟。衛之遺民，男女七百有三十人，益之以共、滕之民，爲五千人，立戴公，以廬於漕。齊侯使公子無虧，帥車三百乘，以戍漕。」注云：「戴公申其年卒，而立文公。」熒，户扃反。共音恭。○又曰：「衛文公大布之衣，大帛之冠，務材訓農，通商惠工，敬教勸學，授方任能。元年革車三十乘，季年乃三百乘。」

[一]「郡」，原作「都」，味本、姜本、李本同，據他本及《毛詩正義》卷三之一改。

自鄄之復會，鄄音絹。事見魯莊十五年。**齊桓始霸，惠王嗣服，王室多故，**子頹之難。**於是楚丘封衛，而霸令彊矣。此世道一變也。**

定之方中，曰：定，營室也，即北方室宿。○孫炎曰：「定，正也。天下作宫室者，皆以營室中爲正。」○粲曰：「《左傳》云：『水昏正而栽。』栽，築牆長板也。謂今十月，定星昏而中，於是植板築而興作。謂小雪時，定在北方水宿也。」栽音在，去聲也。**作于楚宮**〔一〕。《傳》曰：「楚丘之宮。」**揆之以日，**《傳》曰：「揆，度也。」度音鐸。○疏曰：「度日之出入，謂度其景也。《冬官·匠人》云：『爲規，識日出之景與日入之景，晝參之日中之景。』是也。」○今考《地官·大司徒》「正日景以求地中」，景如字。**作于楚室。**《傳》曰：「室，猶宮也。」○粲曰：「《箋》以宮爲宗廟，室爲居室。今不從。」**樹之榛栗，**榛音臻。○榛，解見《邶·簡兮》。○今曰：「《曲禮》云：『婦人之摯，椇榛脯脩棗栗。』」**椅桐梓漆，**椅音伊。○椅，《釋木》曰：「椅，梓。」○郭璞曰：「椅，即楸。」楸音秋。○陸璣曰：「楸之疏理白色而生子者爲梓，梓實桐皮曰椅，大類同而小別也。」○桐〔二〕，曰：桐，白桐也。○陸璣曰：「有青桐，有白桐，有赤桐。白桐宜爲琴瑟。今雲南牂柯人績其皮而爲布，甚好。」牂柯，音臧歌。○山陰陸氏曰：「此即白桐，華而不實。《爾雅》云：『榮，桐木。』即

〔一〕「宮」，原作「丘」，據諸本及《詩經》定本改。
〔二〕「桐」，薈本作「今」。

此是也。以其華而不實，今亦謂之華桐。」○粲曰：「陸璣言有青桐、白桐、赤桐，此中琴瑟者，白桐也。山陰陸氏亦以此爲白桐。陸又言桐有三種，青白之外復有岡桐，即油桐也。青桐即梧桐，一名梧，一名櫬。《詩》所謂『梧桐生矣』是也。如陸氏之説，『椅桐梓漆』之桐爲白桐，『梧桐生矣』之桐爲青桐。」○梓，梓解見上「椅」〔一〕。○山陰陸氏曰：「今呼牡丹爲花王，梓爲木王。蓋木莫良於梓，故《書》以《梓材》名篇，《禮》以梓人名匠也。」○漆，《釋文》曰：「漆，木名。」**爰伐琴瑟。**《邶·擊鼓·箋》曰：「爰，於也。」

言建亥之月，小雪中氣之時，定星營室昏而正中，農務始畢，土功可興。又揆度日之出入，以知東西，正其方位，然後可以作楚丘之宮室。宮、室，異文以協句韻耳，非分而言之也。既作宮室，乃植榛栗及椅桐梓漆，凡六木。他日於此伐之，以爲琴瑟，美其新造之初，爲永久之圖也。椅桐可爲琴瑟，榛栗可備籩實，梓漆可供器用，但言伐琴瑟者，取成句耳，他可類推也。蘇氏曰：「種木者，求用於十年之後，而不求近功。」

升彼虛矣，虛音祛。○《傳》曰：「虛，漕虛也。」○疏曰：「蓋有故墟，猶僖二十八年《左傳》所謂『有莘之墟』也。楚丘，本亦邑也。」○朱氏曰：「虛，故城也。」**以望楚矣。望楚與堂，**《箋》曰：「楚，楚丘也。

〔一〕「梓」，薈本作「樹」，姜本、復本無。

堂，楚丘之旁邑。」○疏曰：「升墟而并望楚、堂，明其相近。」**景山與京。**《傳》曰：「景，大也。京，高丘也。」**降觀于桑，**《詩記》曰：「既升彼虚，以領略其大勢；復降觀于桑，以細察其土宜。」**卜云其吉，**王氏曰：「云，言也。」**終然允臧。**

上章已言作宫室矣，此章追本謀遷之初，程子曰：「一章言建國之事，次章方言相土度地之初，屬文之勢然也。」言文公始在漕邑，升其故城，以望楚丘及其旁之堂邑，又望其大山及其高丘，於是自漕邑之虚，而下於楚丘之野，觀其宜桑之處。人謀既定，乃命龜卜之，而卜言此地之吉，於是建國而居之。今其終信善矣，如卜所言也。○《殷武》「陟彼景山」，亦言大山也。《釋丘》云：「絶高爲之京，非人爲之丘。」釋云：「卓絶高大如丘，而人力爲作之者名京。」李氏云[一]：「非人力所爲，自然生者爲丘。」按《爾雅》言人爲之京，謂《左傳》「築京觀」之京也；《詩經》言京，毛氏止以爲丘之高者。

靈雨既零，《箋》曰：「靈，善也。」○粲曰：「靈雨，猶杜詩云『好雨知時節』，以其發生，故謂之好。」○《傳》曰：「零，落也。」**命彼倌人。**倌音官。○《傳》曰：「倌人，主駕者。」**星言夙駕，**《傳》曰：「雨止星見。

〔一〕「氏」，原作墨釘，據諸本補。

夙，早也。」○粲曰：「言，辭也。」**説于桑田。**説音税，鄭如字。○《釋文》曰：「説，舍也。」**匪直也人，**錢氏曰：「直，猶特也。非特人也。」○今曰：「《孟子》云：『非直爲觀美也。』」**秉心塞淵，**《箋》曰：「塞，充實也。淵，深也。」**騋牝三千。**騋音來。○《傳》曰：「馬七尺曰騋。」○朱氏曰：「《記》云：『問國君之富，數馬以對。』」

春時好雨既降，農桑之務將興，文公於是命主駕之倌人，見星而早駕，説止於桑田之野，以勞勸之，是文公能務農重本，以蕃育其人也，非特人也。文公操心塞實而淵深，故能致國富彊。至於騋馬與牝馬，共有三千匹。舉馬之蕃息，則人之蕃息可知矣。蘇氏曰：「富彊之業，必深厚者爲之，非輕揚淺薄者之所能致也。」○《左傳》言「元年革車三十乘，季年乃三百乘」，是實有之數。三百乘，計一千二百匹。《校人》「邦國六閑，馬四種」，計一千二百九十六匹，則三百乘正合侯國之數。今云三千者，革車不用牝馬，今併牝馬數之，故爲三千。春秋諸侯各務富彊，亦不盡守舊制。道馬高八尺，田馬七尺，駑馬六尺，獨言騋者，舉中言之。

《定之方中》三章，章七句。

《蝃蝀》，音帝凍，《爾雅》作螮蝀，音同。止奔也。衛文公能以道化其民，淫奔之恥，國人不齒也。《箋》曰："不與相長稚。"○曰：衛文公詩，襄王時。

衛風汙染已甚，文公轉移之速如此，所謂"繫一人之本"也。

蝃蝀在東，《傳》曰："蝃蝀，虹也。"虹音洪。○疏曰："郭璞云：『俗名爲美人虹，雙出，色鮮盛者爲雄，雄曰虹；闇者爲雌，雌曰蜺。』"○程子曰："蝃蝀，陰陽氣之交，映日而見，故朝西而暮東。在東者陰方之氣，就交於陽也。"○曹氏曰："《淮南子》云：『天二氣則成虹。』説者謂陰陽相干也。蓋陰氣積而上升，日光映之乃成虹。"○朱氏曰："日與雨交，倏然成質，乃陰陽之氣不當交而交者，蓋天地之淫氣也。在東者，暮虹也。"莫之敢指。女子有行，曹氏曰："行，出適也。"○解見《邶·泉水》。遠父母兄弟。遠去聲。

蝃蝀者，日與雨交，陰陽之氣相亂，喻淫奔也。不當交而交，故不能久。暮見在東，須臾散矣。人莫敢指之者，喻淫奔之人，人所惡也。女子出適，自當與父母兄弟相遠，何苦欲急而奔乎？

朝隮于西，隮音齏。○《傳》曰："隮，升也。"○《箋》曰："朝有升氣於西方，終其朝則雨，氣應自然。"○粲曰："《曹風》『南山朝隮』，《傳》云：『隮，升雲也。』彼詩但當爲升，此當爲升雲，不言雲而但云隮，猶言『有渰萋萋』，亦不言雲也。"崇朝其雨。《傳》曰："崇，終也。從旦至食時爲終朝。"女子有行，遠兄弟父母。

一章既戒其淫奔，二章則陳昏姻之正禮。《易》以雨爲陰陽和，此言陰陽之氣和，則雲氣朝升于西方，則必有終朝之雨。今俗猶以西方早雲爲雨之候，喻昏姻以禮，則家道成也。女子出適於人，自當與兄弟父母相遠，所貴得禮之正耳。彼蝃蝀淫氣，暫見而旋滅，不能爲雨，猶違禮相從，暫合而易離也。

乃如之人也，懷昏姻也。《箋》曰：「懷，思也。」**大無信也，**程子曰：「女子以不自失爲信。」**不知命也。**

詩人言乃如是淫奔之人也，思昏姻之事也，不待父母之命，媒妁之言，是無信而不自守也。命，言所付之分，謂男女居室，自有定分，今不安其分而淫奔，是不知命也。

《蝃蝀》三章，章四句。

《相鼠》，相去聲。**刺無禮也。衛文公能正其羣臣，而刺在位承先君之化，無禮儀也。**

曰：衛文公詩，襄王時。

文公君臣，涉歷禍變，懲創前朝，相與洗濯磨厲，氣象一新矣。

相鼠有皮，《傳》曰：「相，視也。」**人而無儀。人而無儀，不死何爲！**

相鼠有齒，人而無止。《箋》曰：「止，容止也。」**人而無止，不死何俟！**《傳》曰：「俟，待也。」

相鼠有體，《傳》曰：「體，肢體也。」**人而無禮。人而無禮，胡不遄死！**《傳》曰：「遄，速也。」

視鼠蟲之賤，但有皮、齒、體而已，人異於鼠，豈可徒有形體而無禮儀容止乎？謂之人而乃無禮儀容止，則亦鼠之類也，其不死亦何爲乎？不死又何待乎？何不速死乎？皆惡之之辭也。凡獸皆有皮、齒、體，獨言鼠者，舉卑污可惡之物，以惡人之無禮也。○舊説鼠尚有皮，人而無儀，則鼠之不若，以人之儀喻鼠之皮，非也。説詩全在點掇，點平聲。此由誤加尚字耳。尚字當作只字，言鼠則只有皮，人則不可以無儀，人而無儀，則何異於鼠。如此，語意方瑩，點掇「人而」二字分曉。「人亦天地一物耳，飢食渴飲無休時，若非道義充其腹，何異鳥獸安鬚眉」〔一〕，即此意也。

《**相鼠**》**三章，章四句。**

《干旄》，美好善也。好去聲。**衛文公臣子多好善，賢者樂告以善道也。**樂音洛。○

〔一〕按，此爲孫復《論學》詩。

曰：衛文公詩，襄王時。

臣子好善，文公之化也。

孑孑干旄，朱氏曰：「孑孑，特出之貌。」○疏曰：「干首有旄有羽，其下有旒縿。旄者，牛尾也，以旄牛尾爲之；羽，夏翟之羽也。徐州夏翟之羽，有虞氏以爲緌。後世或無，故染鳥羽而用之，謂之夏采。九旗皆注旄於干首。」縿音衫。緌音妥〔一〕。**在浚之郊。**浚音峻。○《傳》曰：「浚，衛邑。」**素絲紕之，**紕，鄭音皮，毛符至反。○《箋》曰：「素絲以爲縷，縫紕旌旗之旒縿。」**良馬四之。**今曰：「四之，見之者多也。」**彼姝者子，**姝音樞。○《東方之日・箋》曰：「姝，美也。」○朱氏曰：「子，指所見之賢者。」**何以畀之？**

有賢者來自他國，至衛國浚邑之郊。文公臣子之在浚者，聞其賢而争先覩之，有建孑孑然干首之旄，出郊見之者，以素絲爲縷，縫紕旌旗之縿，乘良馬而來，已四輩矣，見好善者多也。詩人言彼姝美之賢者，將何以畀予之乎？言必有以効其忠益矣。○賢者來自他國，若季札聘鄭、子産如晉之類。季札告子産以謹禮，子産告叔向以實沈、臺駘之事，皆聞所未聞，是以善道告之也。若謂衛有賢者，隱居浚郊，文公不能用，而臣子徒見之，則文公愧矣，曷足美乎？《箋》以四之、五之、六之爲見之數，則

〔一〕「妥」，原作「綏」，據諸本改。

止是一人往見之，不見臣子多好善之意。

孑孑干旟，《傳》曰：「鳥隼曰旟。」○《出車》疏曰：「《春官・司常》文也。」○《解頤新語》曰：「干旄、干旟、干旌，蓋分而言之，以協音韻，其實皆旟也。鳥隼爲旟，謂畫鳥隼以爲飾。以其注旄於干首，謂之干旄；以其析夏翟之羽以爲緌〔一〕，謂之干旌〔二〕。」**在浚之都。**《傳》曰：「下邑曰都。」○朱氏曰：「都，居民所聚也。」**素絲組之，**組音祖。○《箋》曰：「以素絲縷縫組於旌旗，以爲之飾。」○疏曰：「《釋天》説龍旂云『飾以組』，九旂皆以組爲飾。郭璞云：『用綦組飾旒之邊也。』」**良馬五之。彼姝者子，何以予之？**予音與。

賢者自郊至都，則近城矣。又有就都見之，乘良馬而來者，五輩矣。

孑孑干旌，《傳》曰：「析羽爲旌。」○疏曰：「既設旒縿，有旃、旟之稱；未設旒縿，空有析羽，謂之旌。」**在浚之城。**《傳》曰：「城，都城也。」**素絲祝之，**《箋》曰：「祝當作屬。屬，著也。」著，直略反。**良馬六之。彼姝者子，何以告之？**告音谷。○粲曰：「以下告上、人告神者，皆音谷，然協韻者不拘。《易》：『再三瀆，瀆則不告。』是矣。」

〔一〕「緌」，姜本、畲本、仁本作「綏」，顧本作「縷」。

〔二〕「旌」，原作「旄」，顧本同，據他本改。

賢者自都至城，又有就城見之，乘良馬而來者，六輩矣。五之、六之者，言來見者愈衆也。○今考《大司馬》「百官載旟」，注云：「卿大夫也。」彼文謂「仲秋教治兵」，非平常所建。鄭氏引《司常》「州里建旟」，謂州長之屬。孔氏申其義，謂州長、黨正及酇長、里宰、鄰長同建旟。酇音纂。然《司常》之文，亦謂大閱及祭祀、會同、賓客所建，皆國之大禮，故建之。若臣子見賢而載旟，禮無明文，豈指乘車之儀，以言其人之貴，如今人以旌麾幡蓋稱郡守歟？

《干旄》三章，章六句。

《載馳》，許穆夫人作也。《譜》疏曰：「《載馳》是許穆夫人所親作，得入《鄘風》者，蓋以於時國在鄘地，故使其詩屬《鄘》也。戴公東徙渡河，野處漕邑，漕地在鄘。」**閔其宗國顛覆，自傷不能救也。衛懿公爲狄人所滅，**《譜》疏曰：「懿公赤，惠公朔公子[一]。」○《箋》曰：「滅者，懿公死也。君死於位曰滅。」**國人分散，露於漕邑。**漕音曹。○朱氏曰：「未有宮室而露居也。」○《箋》

〔一〕仁本校云：「『朔』下『公』，恐『之』誤。」

曰：「謂戴公也。」**許穆夫人閔衛之亡，**《箋》曰：「戴公申與許穆夫人，俱公子頑烝於宣姜所生也。」**傷許之小力不能救，思歸唁其兄，**唁音彦〔一〕。**又義不得，故賦是詩也。**曰：衛戴公詩，惠王時。

味詩之意，夫人蓋欲赴愬於方伯，以圖救衛，而託歸唁爲辭耳。竇毅女撫膺太息曰〔二〕：「恨我不爲男子，救舅氏之患。」與夫人之意正同。《後序》言「自傷不能救」，得之矣。又以爲真欲歸唁，則非也。戴方露處漕邑，豈女子歸唁之時乎？

載馳載驅，《山有樞》疏曰：「走馬謂之馳，策馬謂之驅。馳驅，俱是乘車之事〔三〕。」**歸唁衛侯。**《傳》曰：「弔失國曰唁。」○疏曰：「此據失國言之，若對弔死曰弔，則弔生曰唁。《何人斯》云：『不入唁我。』《左傳》云：『齊人獲臧堅，齊侯使夙沙衛唁之。』」**驅馬悠悠，**《傳》曰：「悠悠，遠貌。」**言至于漕。**《傳》曰：「漕，衛東邑。」○曰：漕邑，鄘地也，在河南。有考，見《邶·擊鼓》。**大夫跋涉，**跋，蒲末反。○《傳》曰：

〔一〕「唁音彦」，味本、授本、聽本作「唁其兄」，李本、姜本、顧本、薈本無。
〔二〕「毅」，諸本作「氏」。
〔三〕「俱」，原作「但」，據畬本及《毛詩正義》卷六之一改。

「草行曰跋，水行曰涉。」**我心則憂。**

衛有狄難，越在草莽，許以姻親，力不能救，僅遣大夫唁之。夫人以爲此無益於事，我欲馳驅其車，自歸以唁衛侯。驅馬悠悠然歷遠，至于漕邑，不敢憚勞。今大夫之往，徒勞跋涉，無救衛國之亡，則我心以爲憂，不若我代其行也。此非真欲歸唁，蓋託爲之辭〔一〕，有含蓄不盡之意，首章婉而未露也。

既不我嘉，《箋》曰：「嘉，美也。」○粲曰：「嘉、臧皆訓善。善，猶是也，猶《孟子》『王如善之』也。」**不能旋反。視爾不臧，**《箋》曰：「臧，善也。」**我思不遠。**

夫人託言欲歸唁，許人非之，故言爾既不以我之言爲善，遂使我不得旋反於衛矣。然我亦視爾之言爲不善，而我之所思，其説非遠而難行也。言爾未必是，我未必非，始微露己有意見，與許人別，而猶未遽言之也。

既不我嘉，不能旋濟。朱氏曰：「濟，渡也。自許歸衛，必有所渡之水。」**視爾不臧，我思不閟。**音祕。○《傳》曰：「閟，閉也。」○粲曰：「閉塞，言不通也。」

〔一〕「辭」，原作「亂」，據諸本改。

我之所思，其説非閟而不通也。丁寧上章之意，欲言而未言也。

陟彼阿丘，《釋丘》曰：「偏高，阿丘。」**言采其蝱。**音萌。○《傳》曰：「蝱，貝母也。」○粲曰：「《本草》云：『治心中氣不快、多愁鬱者，殊有功。』」**女子善懷，**《箋》曰：「善，猶多也。」○朱氏曰：「《漢書》云：『岸善崩。』」**亦各有行。**《傳》曰：「行，道也。」○粲曰：「猶《孟子》言『孝子仁人之掩其親，亦必有道矣』。」**許人尤之，衆穉且狂。**

我宗國隕越，事迫情切，而許人乃沮我之歸，使我無所告語，愁鬱而成疾，欲陟阿丘，采蝱草以療之。人見我之愁鬱，則以爲女子多思，是其常耳，不知女子雖多思，亦各有道。當論其所思之是否，不得一概以爲不足問。許人尤我之思歸，豈衆人皆幼穉且狂惑乎？何其不解人意也。蓋至是始慨然責之，而不得不言其情矣。下章發之。

我行其野，芃芃其麥。芃音蓬。**控于大邦，**控，空之去。○朱氏曰：「控，持而告之也。」**誰因誰極。**粲曰：「因，如『因徐辟而見孟子』與『無因而前』之因〔一〕。」○《傳》曰：「極，至也。」**大夫君子，無**

〔一〕「前」上，仁本及《漢書》卷五十一《鄒陽傳》有「至」字。又，仁本有「至」字，而脱「而」字。

我有尤。百爾所思，不如我所之。錢氏曰：「之，適也。」

末章乃言其情，謂我之所思無他，思所以救衛耳。我欲代諸大夫之行者，蓋大夫徒能唁之而已，何益於事。若我自歸，則將行郊野，經麥田，不憚勞苦，以控告于大國，而求其能救衛者。諸國之中，誰可因藉，誰肯來至，多方圖之，必有所濟。我所思蓋在此，非徒歸也。爾大夫君子，無以我爲有尤過。爾爲我百方思所以處此者，不如我之自往。爾所思，不及我所思之切也。以許之小，而責其救衛，則爲不通曉於事。今欲求大國之援，其説非迂遠難行也，非闕塞不通也。赴難乞師，本非女子之事，諷許人當爲告急於方伯，不當坐視其亡，止遣大夫唁之而已。至哀至切之情也。其後齊桓卒救衛而存之，然後信夫人所思爲有理，而許人真狂穉無謀矣。

《載馳》五章，一章六句〔一〕，二章章四句，一章六句，一章八句〔二〕。

〔一〕「一」，原無，味本同，據他本補。

〔二〕「二章」至「八句」十二字，原無，味本同，據他本補。

詩緝卷之六

嚴粲述

衛　國風

説已見《邶》。○粲曰：「《漢志》河内朝歌縣，注云：『紂所都，周武王弟康叔所封，更名衛。』」

《淇奧》，音郁。**美武公之德也。**疏曰：「武公和，僖侯子。」**有文章，又能聽其規諫，以禮自防，故能入相于周，**相去聲。○疏曰：「爲卿士也。」**美而作是詩也。**曰：衛武公詩，幽王時。○朱氏曰：「案，《國語》：『武公年九十有五，猶箴儆於國，曰：「自卿以下，至於師長，苟在朝者，無謂我老耄而舍我，必恪恭於朝，以交戒我。」又作《賓之初筵》《抑》之詩以自儆。』」

疏言《淇奧》之詩，或幽或平，未可知也。《補圖》屬之平，歐陽《補圖》。今定爲幽。衛武享國五十有五，前爲宣，後爲平，何以知《淇奧》之中爲幽也〔一〕，蓋《淇奧》美武公之入相，其入相幽也。武公既入，作《賓之初筵》以刺時，入者，入爲卿

〔一〕「中」，授本、聽本、復本作「詩」。按，作「中」是也，「中爲幽」指介於宣、平之中爲幽。

士，時指幽也。武公入相於幽，至平而進爲公。孔氏謂幽王之時，武公已爲卿士，是也。衛武詩二，《鄘·柏舟》在初年，爲宣；《衛·淇奧》在入相後，爲幽。舊説幽無變風，非矣。

瞻彼淇奧，《釋文》曰：「淇，衛水也。」○解見《邶·泉水》。○《傳》曰：「奧，隈也。」○長樂劉氏曰：「謂水涯彎曲之地。」○李氏曰：「《左傳·昭公二年》北宮文子賦《淇澳》〔一〕，其字從水，與奧通。」**緑竹猗猗。**音伊。○《傳》曰：「猗猗，美盛貌。」○朱氏曰：「淇上多竹，漢世猶然，所謂淇園之竹是也。」○《詩記》曰：「左思《三都賦序》云：『見緑竹猗猗，則知衛地淇奧之産。』」**有匪君子，**《傳》曰：「匪，文章貌。」○粲曰：「匪、斐同，《大學》作斐。」**如切如磋，**七河反，韻通作瑳。○《傳》曰：「治骨曰切，治象曰磋。」**如琢如磨。**《傳》曰：「治玉曰琢，治石曰磨。」**瑟兮僩兮，**僩，還之上濁。○曹氏曰：「瑟，縝密也，如『瑟彼玉瓚』之瑟。《説文》云：『僩，武貌。』剛毅之意也。」○《補傳》曰：「荀卿云：『陋者俄且僩。』釋之者引《説文》云：『晉魏之間謂猛爲僩。』」**赫兮咺兮。**咺，喧之上，《大學》作喧，音同。○《傳》曰：「赫，明德赫赫然。」○曹氏曰：「咺，聲譽之喧傳也。」○《補傳》曰：「《説文》與《字書》皆謂朝鮮以兒啼不止爲咺。蓋衆口喧

〔一〕「澳」，原作「奧」，據李本、畲本、薈本、聽本、仁本、復本及李樗《毛詩集解》卷七改，《左傳·昭公二年》正作「澳」。

然，譬武公之善不止也。」**有匪君子，終不可諼兮。**諼音喧。○《傳》曰：「諼，忘也。」興也。衛稱淇園之竹，故以其猗猗美盛，興武公之文章也。匪然文章之武公，如切磋琢磨，以成其器。骨象玉石雖美材，非磨礲不成器，亦猶人有美質，必問學以成德。問學之功，必積漸致之，故取治骨象玉石用工之深者喻之。武公能自治如此，故瑟兮縝密、僩兮剛毅、赫兮明德之著見，咺兮聲譽之喧傳，此匪然文章之武公，民終不能忘之也。○《大學》云：「瑟兮僩兮者，恂慄也。」毛以僩爲寬大，與《大學》異，今不從。

瞻彼淇奥，緑竹青青。音精，與菁音義同。○《傳》曰：「青青，茂盛貌。」**有匪君子，充耳琇瑩，**音營。○《傳》曰：「充耳謂之瑱。天子玉瑱，諸侯雜以玉石。」瑱，天之去聲。○《釋文》曰：「琇，石之次玉者。」○錢氏曰：「瑩，玉色之榮也。」○粲曰：「瑩，鮮絜也。琇瑩，猶《齊·著》言瓊瑩、瓊華、瓊英也。」**會弁如星。**會音鱠。○《箋》曰：「會，謂弁之縫中，飾之以玉，皪皪而處，狀似星也。天子服皮弁〔一〕，以日視朝。」縫去聲。皪，本又作礫，音歷。○疏曰：「在朝君臣同服，《弁師》云：『王之皮弁，會五采玉璂。』注云：『皮弁之縫中，每貫結五采玉十二以爲飾〔二〕，謂之璂。』又曰：『諸侯及孤卿大夫之皮弁，各以其等爲之。』

〔一〕「服」，原無，據味本、薈本及《毛詩正義》卷三之二補。
〔二〕「五」，原無，據味本、薈本及《毛詩正義》卷三之二補。

注云：『侯、伯璂飾七，子、男璂飾五，玉亦三采。』武公本畿外諸侯，入相于周，自以本爵爲等，則玉用三采，而璂飾七也。」璂音其。**瑟兮僩兮，赫兮咺兮。有匪君子，終不可諼兮。**

武公入相于周，服皮弁以趨天子之朝，其充耳之瑱，乃美石之琇，瑩而鮮絜。又會縫其皮弁，其玉飾如星。言德稱其服也。

瞻彼淇奧，緑竹如簀。音責。○程子曰：「如簀，言密比。」○粲曰：「《檀弓》云『大夫之簀與』，注謂牀第，即牀棧也。」棧，助諫反。**有匪君子，如金如錫，**朱氏曰：「金錫，言其鍛鍊之精純。」○錢氏曰：「金錫鍊之精，乃可作器。」**如圭如璧。**朱氏曰：「圭璧，言其生質之温潤。」**寬兮綽兮，**程子曰：「寬，弘裕也。綽，開豁也。」○粲曰：「《書·無逸》云：『不寬綽厥心。』」**猗重較兮。**猗音倚。重平聲。較音角。○《釋文》曰：「猗，依也。」○《傳》曰：「重較，卿士之車。」○疏曰：「《輿人》注云：『較，兩輢上出式者。』則較謂車兩傍，今謂之平較。但《周禮》無重較、單較之文。」輢音倚，車傍也，又音意。○吕和叔曰：「古者車箱長四尺四寸，三分，前一後二。横一木，下去車牀三尺三寸，謂之式。又於式上二尺二寸横一木，謂之較，去車牀凡五尺五寸。古人立乘，平常則憑較。若應爲敬，則落手憑下式而頭得俯。」○《詩補傳》曰：「較高五尺五寸，式高三尺三寸。較既出於式上，故曰重較。」○朱氏曰：「言其德稱是車服也。」**善戲謔兮，不爲虐兮。**今曰：「左思《吴都賦》言『鄱陽暴謔』，則爲虐矣。」

如簀，言如牀棧之密比也；金錫，言鍛鍊之甚精；圭璧，言器質之可貴。又有寬裕綽豁之德，而倚車之重較，以君子之德而乘君子之器也。較、式皆乘車所憑，較在式之上，故曰重較。人於謹言之時，鮮有過失，至於戲謔笑談之際，從容相忘，易以自縱。言語之過，常必由之。今於戲謔之際而不爲虐，見和而不流，非以戲謔爲美也。朱氏曰：「言其寬廣而自如，和易而中節也。蓋寬綽無斂束之意，戲謔非莊厲之時，皆常情所忽，而易致過差之地也。然猶可觀，而必有節焉，則其動容周旋之間，無適而非禮，亦可見矣。」

《淇奧》三章，章九句。

《考槃》，音盤。刺莊公也。疏曰：「莊公楊，武公和子。」不能繼先公之業，使賢者退而窮處。音杵。○曰：衛莊公詩，平王時。

前人用賢以建功業，棄而不用，則不能繼之矣。此《序》與《秦·晨風·序》意同。

考槃在澗，《傳》曰：「考，成也。槃，樂也。山夾水曰澗。」○粲曰：「或見槃字從木，遂以爲器，非也。『民訖自若是多盤』，槃與盤同。此言成樂在澗，猶云『園日涉以成趣』耳。」碩人之寬。《箋》曰：「碩，大也。」

獨寐寤言，粲曰：「既寐而寤，既寤而言，皆獨自耳。」永矢弗諼。音喧。○《箋》曰：「矢，誓也。諼，忘也。」○朱氏曰：「自誓不忘此樂也。」《補傳》曰：「自誓而以永言，有終焉之意。」窮處山澗之中，而成其槃樂者，乃是碩大之賢人，其心甚寬裕，雖在寂寞之濱，而無枯瘁之色，戚戚之意。《易》所謂「肥遯」也。深山窮谷，無有游從，獨自寐，獨自寤，獨自言，其離索寂寥如此，然賢者處之泰然，永誓不忘此樂，所以形容其遺佚不怨之意也。○舊説以「弗諼」「弗過」「弗告」，皆爲賢者畎畝不忘君之意，其義亦正，但與上文槃樂寬大之意不類。故此詩不過極言賢者山林之樂，以見其時之不可爲，而賢者無復有意於仕，所以刺其君之不能用也。《孔叢子》云〔一〕：「於《考槃》見遯世之士，而無悶於世。」

考槃在阿，《傳》曰：「曲陵曰阿。」**碩人之薖。**音科。○《傳》曰：「薖，寬大貌。」**獨寐寤歌，永矢弗過。**音戈。○粲曰：「過，經過也。」賢者之窮處，其既寐而寤，既寤而歌，無往非獨，而自得其樂。永誓不復他往，居之而安也，如龐德公居峴山之南，未嘗入城府也。

〔一〕「子」下，原有「子」字，衍，據諸本刪。

考槃在陸，《釋地》曰：「高平曰陸。」**碩人之軸。**鄭音逐，毛音迪。○《補傳》曰：「軸，卷也，猶言『卷而懷之』。」〔一〕○粲曰：「軸説不一，毛以爲進，鄭以爲病，蘇氏以爲盤桓不行，皆不若《補傳》爲長。」**獨寐寤宿，永矢弗告。**協韻，音谷。○朱氏曰：「不以此樂告人。」

賢者成樂於陸，如軸之卷，收藏不用也。既寐而寤，既寤復宿，無往非獨，言其離索獨居，非一朝暮也。然賢者自得其樂，永誓不告於人。賢者之隱，惟恐人之知也，然「永矢弗諼」「永矢弗過」「永矢弗告」，亦作詩者形容其高舉遠遯，有終焉之意耳。賢者不自言其如此也。

《考槃》三章，章四句。

《碩人》，閔莊姜也。莊公惑於嬖妾，使驕上僭，上，常之上濁。**莊姜賢而不答，終以無子，國人閔而憂之。**曰：衛莊公詩，平王時。

此詩無一語及莊姜不見答之事，但言其族類之貴，容貌之美，禮儀之備，又言齊

〔一〕按，此條之上，淡本另有一條，云：「寬，遯而肥也；邁，居而安也；軸，卷而懷也。」諸本皆無此十五字。姑按於此。

地廣饒，士女佼好，以深寓其閔惜之意而已。唯「大夫夙退，無使君勞」二語，微見其意，而辭亦深婉。風人之詞，大抵然也。然當時衛人知其事者，一讀其詩，便已默悟矣。《首序》題以「閔莊姜」，有《左傳》可證。說詩若不用《首序》，則以此詩爲美莊姜，可乎？

碩人其頎，音祈。○《箋》曰：「碩，大也。」○朱氏曰：「大人，尊貴之稱。」○《傳》曰：「頎，長貌。」**衣錦褧衣。**二衣今皆如字。褧，傾之上聲，音頃，字亦作絅。○《箋》曰：「褧，襌也。國君夫人當翟衣而嫁。錦衣，在塗所服。」襌音丹。○粲曰：「上衣，舊去聲，《鄭·丰》如字，句同音宜同也。對『裳錦褧裳』，上裳亦如字。褧，襌衣也，以縠爲之，加於錦衣之上。《中庸》所謂『衣錦尚絅，惡其文之著也』。」**齊侯之子，衛侯之妻，東宮之妹，**《傳》曰：「東宮，齊太子也。」○疏曰：「東宮，太子所居也，名得臣。繫太子言之，明與太子同母。」**邢侯之姨，**蘇氏曰：「邢，周公之後。」○《傳》曰：「妻之姊妹曰姨。」**譚公維私。**疏曰：「《春秋》：『譚子奔莒。』則譚，子爵。」○《白虎通》曰：「伯、子、男，臣子於其國中褒其君爲公。」○《傳》曰：「姊妹之夫曰私。」

有碩大尊貴之人〔一〕，頎然而長，其衣以錦爲之，上加襌衣，在塗服之以來嫁者，乃是

〔一〕「碩大尊貴」，李本、畲本同，他本作「碩尊大貴」。

齊侯之子，嫁爲衛侯之妻，言匹敵也。又是齊東宫太子得臣之妹，與太子同母，嫡夫人所生，言貴出也。又邢侯呼己爲姨，己呼譚公爲私〔一〕，言其姊妹皆嫁於諸侯也。邢、譚互言之耳。風人不直言莊姜不見答之事，但首章歷述其親族，欲讀之者知其爲莊姜，則不見答之事，國人自知之，不待察察言之矣。

手如柔荑，音題。○朱氏曰：「茅之始生曰荑。」**膚如凝脂，**疏曰：「脂有凝有釋，散文則膏、脂皆總名，對列即《内則》注云：『脂，肥凝者。釋者曰膏。』」**領如蝤蠐，**音酋齊。○《傳》曰：「領，頸也。」○曰：蝤蠐，蝎也。○粲曰：「《釋蟲》云：『蟦蠐，螬。蝤蠐，蝎。』又云：『蝎，蛣蝠。』又云：『蝎，桑蠹。』孫炎及疏以爲蟦蠐也、蠐螬也、蝤蠐也、蛣蝠也、桑蠹也、蝎也，一蟲而六名也。以在木中白而長，故以比頸。如上所言，皆一物耳。郭璞云：『蠐螬在糞土中，蝎在木中。』故山陰陸氏以爲蟦蠐也、螬也、蠐螬也〔二〕，爲一物；蝤蠐也、蝎也、蛣蝠也，又爲一物。姑兩存之，然蝤蠐爲蝎，則同也。」蟦音焚。蛣蝠音詰屈。**齒如瓠犀，**瓠音互。○《傳》曰：「瓠瓣。」瓣，補遍反，又蒲莧反。○朱氏曰：「瓠中之子也。」**螓首蛾眉。**螓音秦。○《傳》曰：「螓首，廣額而方。」○舍人曰：「螓，小蟬也。」○《箋》曰：「螓謂蜻蜻。」蜻音精。○《釋蟲》曰：「蚻，蜻蜻。」蚻

〔一〕「呼」，原無，味本同，據薈本、畬本補，李本作「稱」，亦通。授本、聽本、仁本、復本則改「己」爲「於」，誤。

〔二〕「螬也、蠐螬也」，諸本作「爲一物，蝤蠐也」。

音札。○疏曰：「此蟲頷廣而且方。」○朱氏曰：「蛾，蠶蛾也，其眉細而長。」**巧笑倩兮**，倩音茜。○《傳》曰：「倩，好口輔。」○疏曰：「笑之貌美，在於口輔。」**美目盼兮**。盼，匹莧反。○《傳》曰：「盼，白黑分。」

莊姜其手如茅荑之柔；其膚滑白，如脂膏之凝；頸白而長，如木中蝤蠐之蟲；齒白而整，如瓠中之子；首如螓蟲之首，額廣而且方也；眉如蠶蛾之眉，句曲如畫，細而長也。其巧笑則倩兮美好，其美目則盼兮白黑分明。莊姜容貌之美如此，君何爲不答乎？

碩人敖敖，音翱。○曹氏曰：「《釋文》云：『敖，出遊也，通作遨。』則敖敖是優游舒徐之意。」**說于農郊**。說音稅。○疏曰：「說，舍也。」○《傳》曰：「農郊，近郊也。」**四牡有驕**，音蹻。○《傳》曰：「驕，壯貌。」**朱幩鑣鑣**，幩音焚。鑣音標。○《傳》曰：「幩，飾也，人君以朱纏鑣，且以爲飾。」○粲曰：「鑣，謂馬銜外鐵也。一名扇汗。鑣鑣，非一鑣也。《清人》『駟介麃麃』，武貌，無邊傍；《載驅》『行人儦儦』，衆貌，從立人傍。此鑣鑣從金傍，義各異。」**翟茀以朝**。茀音弗。朝音潮。○《傳》曰：「茀，蔽也。」○疏曰：「婦人乘車不露見〔一〕，車之前後，設障以自隱蔽，謂之茀。因以翟羽爲飾，蓋厭翟也，次其羽使相厭〔二〕。」厭音葉。

〔一〕「見」，原無，據《毛詩正義》卷三之二補。按，《齊風·載驅》首章章指，嚴氏引《碩人》「翟茀以朝」孔疏云：「婦人乘車不露見。車之前後，設障以自隱蔽，謂之茀。」有「見」字。

〔二〕「厭」，諸本同。按，《毛詩正義》卷三之二及《周禮注疏》卷二丨七「巾車」注皆作「迫」，由下文「厭」字注音，可知嚴氏所引本即作「厭」。

○粲曰：「《春官・巾車》云：『厭翟，勒面繢總。』注云：『勒面，謂以如玉龍勒之韋，爲當面飾也。』上文注云：『龍，駹也。以白黑飾韋雜色爲勒。總著馬勒，直兩耳與兩鑣。繢，畫文也。《詩》「翟蔽以朝」，蓋厭翟也。』」蔽音弗，一音必世反。**大夫夙退，無使君勞。**

此碩人敖敖然，優游舒徐，自齊來嫁于衛，説舍於近郊，整其車服而後入。四馬驕然而壯，每馬之鑣皆有朱色之飾，故曰鑣鑣。又以翟羽爲車之蔽茀。以此入君之朝，見其雍容閑雅，禮文之備也。莊姜以禮來嫁，不應不見答，豈吾君疲於政事，而未暇與夫人相親耶？若是則諸大夫聽朝者，宜且早退，無使吾君勞於聽斷可也。○君之不答莊姜，以惑於嬖妾之故，而此詩以爲勞於政事所致；母之不安其室，以淫風流行之故，而《凱風》以爲勞苦而然。風人之辭，微婉矣。

河水洋洋，《傳》曰：「洋洋，盛大也。」**北流活活。**音括，又如字。○錢氏曰：「活活，水流貌。」○疏曰：「《左傳》云：『賜我先君履，西至於河。』河在齊西，北流也。」○《補傳》曰：「以河之流，喻齊國之盛大。」**施罛濊濊，**罛音孤。濊音豁。○《傳》曰：「罛，魚罟。」○朱氏曰：「濊濊，罟入水聲。」○《補傳》曰：「施罟喻莊公求昏於齊[一]。」**鱣鮪發發，**鱣音旃，鮪音委。發音撥。○曰：鱣，鱑也，大魚似鱘。○疏曰：「大魚似鱏

[一]「罟」，原作「罛」，據味本、姜本、薈本、授本、聽本、仁本、復本及范處義《詩補傳》卷五改。

而短鼻〔一〕，口在頷下，體有邪行甲，無鱗，肉黄，大者長二三丈，江南呼爲黄魚。」○陸璣曰：「鱣身形似龍，鋭頭，背上腹下皆有甲。今於孟津石磧上釣取之，大者千餘斤，可蒸，亦中羹臛。又可作鮓，其子可爲醬。」臛音壑。○山陰陸氏曰：「鱣肉黄，俗謂之玉板。」○粲曰：「《本草》以鱣爲鱑魚，是也。鱏今俗作鱘，即鱘黄鮓是也。」○**鮪**，曰：鮪，鮥也，似鱣。鮥音洛。○陸璣曰：「鮪形似鱣而色青黑，頭小而尖，似鐵兜鍪，口亦在頷下，大者不過七八尺，一名鮥，肉色白，味不如鱣也。」○《釋文》曰〔二〕：「魚著網，尾發發然〔三〕。」○《補傳》曰：「鱣鮪，喻莊姜來歸。」**葭菼揭揭。**葭音加。菼，貪之上。貪，他含切。揭音傑。○曰：葭，蘆，葦，又名華，一物而四名。菼，薍，萑，又名騅，亦一物而四名。並解見《七月》。薍，頑之去。萑音完。○《傳》曰：「揭揭，長也。」○《補傳》曰：「葭菼，喻親迎禮容之盛。」**庶姜孽孽，**魚竭反。○粲曰：「庶出爲孽。言孽孽者〔四〕，衆多之貌。」**庶士有朅。**音挈。○董氏曰：「庶士，其媵臣也。」○《傳》曰：「朅，武壯也。」○粲曰：「朅，與『伯兮朅兮』音義同。」

〔一〕仁本校云：「『短鼻』，《本草》《埤雅》并作『長鼻』。」
〔二〕「釋」，原作「説」，據陸德明《經典釋文》卷五改。按，此非《説文》文，乃《釋文》引馬融之説。
〔三〕「發發」，原作「撥撥」，據畬本及陸德明《經典釋文》卷五改。
〔四〕「孽」，原無，據李本補。仁本校云：「『孽者』間，恐脱一『孽』字。」又，「言」，李本無。

齊北西至于河〔一〕，故舉河水言之，謂河水洋洋然盛大，在齊之西而北流，其流之貌活活然〔二〕，言齊據大河，其國盛大，猶季札言「泱泱乎大風也」。施魚罟於河中，其入水聲濊濊然，而得鱣鱑鮪鮥之大魚，其魚著網，掉尾發發然，喻莊公求昏於齊而得貴女，猶《衡門》以河魴喻齊姜也。河上葭蘆與菼薍之草，揭揭然長，喻莊姜來歸，庶姜姪娣，孼孼然衆多，庶士媵臣，朅然武壯也〔三〕。以齊國之大，姜女之貴，媵送之盛，無一不滿人意，君何爲不答乎？

《碩人》四章，章七句。

《氓》，音萌。**刺時也。宣公之時，禮義消亡，淫風大行，男女無別，遂相奔誘。華落色衰，**華音譁。**復相棄背，**音佩。**或乃困而自悔，喪其妃耦，**喪去聲。妃音配。**故序其事以風焉。**風音諷。**美反正，刺淫泆也。**曰：衛宣公詩，桓王時。

〔一〕葉校云：「案，『齊北』，蓋『齊地』之誤。」
〔二〕「其流」，諸本無。
〔三〕「朅」，諸本作「揭揭」。

刺時則上所化也，男女之合不以正，則不可以久，雖悔何及！所以戒也，非美也。

氓之蚩蚩，音癡。○《傳》曰：「氓，民也。」○朱氏曰：「蓋男子不知其誰何之稱也。蚩蚩，無知之貌。」**抱布貿絲。**貿音茂。○《傳》曰：「布，幣也。」○《箋》曰：「幣所以貿買物也。」○《釋文》曰：「貿，交易也。」**匪來貿絲，來即我謀。**《箋》曰：「即，就也。」**送子涉淇，**淇，解見《邶·泉水》。**至于頓丘。**《傳》曰：「丘一成爲頓丘。」○疏曰：「成，重也。」○《譜》疏曰：「頓丘，在朝歌紂都之東也。」○朱氏曰：「頓丘，地名也。」○粲曰：「《漢志》東郡有頓丘縣。師古云：『以丘爲縣也〔一〕。』丘一成爲頓丘，謂一頓而成也。或曰：一重之丘也。」**匪我愆期，**《傳》曰：「愆，過也。」**子無良媒。將子無怒，**將音鏘。○《箋》曰：「將，請也。」**秋以爲期。**

一章述始者己爲男子所誘，而已許之奔也。言有一民，我本不識其爲何人，但見其蚩蚩然無知，抱持其幣而爲我買絲。怨而深鄙之也。此民非來買絲，但來就我謀爲室家也。此民來誘我，欲便挈我以歸。我未成行，此氓責我以愆期。我乃送之涉淇水，至于頓丘，謂之曰：非我過子之期也，子無善媒以先告我，故我行計未辦，請子無怒，

〔一〕仁本校云：「『丘爲』之『爲』，《漢書》今本作『名』。」

以秋爲期，當從子以往。言己初猶遲疑〔一〕，爲男子所迫趣，乃許之也。朱氏曰：「士君子立身一敗，而萬事瓦解者〔二〕，何以異此？」

乘彼垝垣，音詭袁。○《箋》曰：「乘，登也。」○《傳》曰：「垝，毁也。」○朱氏曰：「垣，牆也。」**以望復關。**李氏曰：「復關，關名。」○蘇氏曰：「氓之所在也。」**不見復關，泣涕漣漣。**音連。○《釋文》曰：「漣漣，泣貌。」○粲曰：「漣漣，涕出接續之貌。」**既見復關，載笑載言。爾卜爾筮，體無咎言。**《傳》曰：「體，兆卦之體。」○疏曰：「謂龜兆、筮卦也，二者皆有繇辭。」繇音宙，占辭也。○粲曰：「《春官·占人》云：『凡卜簭，君占體。』注云：『體，兆象也。周公云：「體，王其罔害。」』」簭、筮同。**以爾車來，以我賄遷。**《傳》曰：「賄，財也。」

二章述己爲男子所惑，而遂奔之也。言本以秋爲期，期既至矣，乃登彼壞牆，以望此復關之人。未見此復關之人，則泣涕漣漣；既見此復關之人，則載笑載言。是我爲所惑也。爾卜之於龜，筮之於蓍，其兆卦之體，皆無凶咎之辭。言與我宜爲室家，爾遂以車

〔一〕「猶」，諸本作「爲」。

〔二〕「解」，畲本及朱熹《詩集傳》卷三作「裂」。仁本校云：「按，『瓦解』，《集傳》作『瓦裂』，蓋本柳文，則作『裂』爲是。」

來，而我以其賄財遷徙，從子而往。謂男子假卜筮以要己，己遂罄其資以從之也。

桑之未落，其葉沃若。《説文》曰：「沃，灌溉也。」○朱氏曰：「沃若，潤澤貌。」**于嗟鳩兮，**于音吁。○曰：鳩，鶻鵃也。鶻音骨，又如字。鵃音嘲。解見《小宛》。**無食桑葚。**音甚，諶之上濁。○《釋文》曰：「葚，桑實也。」○《傳》曰：「鳩食桑葚，過則醉而傷其性。」**于嗟女兮，無與士耽。**音儋。○粲曰：「耽，溺好也。」**士之耽兮，猶可説也。**《箋》曰：「説，解也。」**女之耽兮，不可説也。**《箋》曰：「婦人維以貞信爲節。」

三章述其既奔而悔也。桑之未落，其葉沃然潤澤，喻情眷歡洽之時也。鳩嗜桑葚之甘，則食之不已，猶女愛男，情眷之濃而爲其所誘，故歎鳩無食桑葚，女無與士耽樂爲淫也。士之耽猶可解説，女子一失身於人，無可解説矣。蓋言其既奔之後，不待愛弛，旋即愧悔，已無及矣。朱氏曰：「婦人深愧悔之辭。主言婦人惟以貞信爲節，一失其正，則餘無可觀耳，非真以士之耽爲可説而恕之也。」

桑之落矣，其黄而隕。《傳》曰：「隕，墮也。」**自我徂爾，**《箋》曰：「徂，往也。」**三歲食貧。淇水湯湯，**音商。○《傳》曰：「湯湯，水盛貌。」**漸車帷裳。**漸音尖。○朱氏曰：「漸，漬也。」○《箋》曰：「帷裳，童容也。」○疏曰：「以帷障車之旁，如裳也。丈夫車立乘，則有蓋無帷裳。」**女也不爽，**《傳》曰：「爽，差也。」**士貳其行。**去聲。**士也罔極，**曹氏曰：「罔極，言不可測知。」**二三其德。**

四章述其愛弛而見棄也。桑落而黃隕，喻情眷衰弛之時也。自我往爾男子之家，三歲食貧者之食，不嫌淡薄。今我見棄而歸，渡此淇水，湯湯然而盛，漸漬其車之帷裳。因自歎女未嘗差爽其所守，而士自貳其行，士心無極，不可測知，由其德二三，不專一故也。士也罔極，所謂「怨靈脩之浩蕩」也。○罔極爲無窮極之意，善惡皆可言之。《魏·園有桃》「謂我士也罔極」，爲志念無窮極；《蓼莪》「昊天罔極」，爲父母之德無窮極；《青蠅》「讒人罔極」、《桑柔》「民之罔極」，與此「士也罔極」，皆爲反覆無窮極。

三歲爲婦，靡室勞矣。《箋》曰：「靡，無也。」○曹氏曰：「無爲室家而受如是之勞者。」**夙興夜寐，靡有朝矣。**朱氏曰：「無有一朝不然者。」**言既遂矣，至于暴矣。兄弟不知，咥其笑矣。**咥音戲，又音迭。○朱氏曰：「咥，笑貌。」**靜言思之，躬自悼矣。**

五章述其將至家而羞見兄弟也。言我三歲爲爾婦，無有爲室如是之勞者。早起夜卧，無有一朝不然者。初與爾謀爲室家，惟恐不諧，其言既遂，爾乃以暴虐加我。我兄弟不知之耳，若知我見暴如此，必咥然笑我也。始爲所誘，今爲所暴，故恐兄弟笑之。此承上文「漸車帷裳」，見棄而歸，在途自念之辭。羞見其兄弟也，故言我靜而思之，躬自痛悼而已。此婦蓋父母不存，唯有兄弟耳。

及爾偕老，老使我怨。淇則有岸，隰則有泮。毛音判，鄭讀爲畔。○《傳》曰：「泮，陂也。」陂音卑。○《箋》曰：「畔，崖也。」**總角之宴，**《傳》曰：「總角，結髮也。」○李氏曰：「宴，安樂也。」**言笑晏晏。**《傳》曰：「晏晏，和柔也。」**信誓旦旦，**今曰：「旦旦，明也，『昊天曰旦』之旦。」**不思其反。反是不思，亦已焉哉。**

六章述其怨而自解之辭。言始也將與汝偕老，今我未老而已見棄，若我從爾至老，其被暴戾，必有甚者，愈使我怨也。淇水則有岸，隰則有陂泮，何汝心之無泮岸，不可知也。即上章所謂「罔極」也。我自總角成人之初，與爾宴樂，言笑晏晏然和柔，信誓旦旦然明，曾不思其反覆一至於此。反覆至此，是始焉不思之過。今則無如之何矣，故曰亦已焉哉。○《詩》有「總角丱兮」，爲男子未冠。《内則》云：「男女未冠笄者，冠去聲。總角衿纓。」衿，琴之去，猶結也。是總角爲未冠笄也。《内則》注又云：「收髮結之。」故毛以爲結髮。要知此詩但言自少爲爾婦也。蘇子卿詩「結髮爲夫妻」，李善云：「結髮，始成人也。」取笄冠爲義，其説是也。舊説以「老使我怨」爲今老而見棄，據此詩言「總角之宴」，則此婦人始笄便爲此氓之婦。又言「自我徂爾，三歲食貧」，又言「三歲爲婦」，是止及三年便見棄，不應便老也。

《氓》六章，章十句。

《竹竿》，衛女思歸也。解見《邶・泉水》。**適異國而不見答，思而能以禮者也。**曰：衛宣公詩，桓王時。

婦人以夫家爲歸者也，衛女既嫁異國，而反思衛國之樂，蓋於異國不得其所，則思故鄉也。此詩雖不言其夫家之不見答，而觀其思歸之切如此，則其情不言可知矣。風人之辭也。

籊籊竹竿，籊音剔。○《傳》曰：「籊籊，長而殺也。」殺，色界反。**以釣于淇。**淇，解見《邶・泉水》。○《補傳》曰：「思兒童遊釣之樂。」**豈不爾思，遠莫致之。**

衛女思歸，述其幼時出遊，見儕輩兒童，有執籊籊然長殺之竹竿，以釣于淇水者，是可樂也。我今豈不思衛乎？以道遠莫能至也。

泉源在左，呂氏曰：「泉水，即衛州共城之百泉也。」共音恭。**淇水在右。**呂氏曰：「淇水，出相州林慮縣東流，泉水自西北來注之。左右，蓋主山而言之，相衛之山東面，故以北爲左，南爲右。」慮音廬。**女子**

有行，解見《邶·泉水》。**遠兄弟父母。**遠去聲。

幼時出遊泉源、淇水之間，甚可樂也。自歎女子出適於人，則雖父母兄弟之至親且疏遠矣，安得復至少時游戲之所乎？

淇水在右，泉源在左。巧笑之瑳，七我反。○《傳》曰：「瑳，巧笑貌。」○朱氏曰：「瑳，鮮白色。笑而見齒，其色瑳然，猶所謂『粲然皆笑』也。」**佩玉之儺。**那之上。○錢氏曰：「儺，柔緩也。」○粲曰：「腰身褭儺也。」

我思游二水之間，與其女伴巧笑露齒，瑳然鮮白，佩玉而身褭儺，是可樂也。

淇水滺滺，音由。○《傳》曰：「滺滺，流貌。」**檜楫松舟。**檜音括，又音鱠。○曰：檜，栝也。○《傳》曰：「檜，柏葉松身。」○疏曰：「《禹貢》『杶榦栝柏』，注云：『柏葉松身曰栝。』與此一也。」○《釋文》曰：「楫，橈也。或謂之櫂。」《釋名》云：「楫，捷也，撥水行舟疾也〔一〕。」橈音饒。櫂亦作棹。**駕言出遊，以寫我憂。**寫，解見《邶·泉水》。

我思淇水滺滺然流，有檜楫松舟遊於其中，是可樂也。我安得乘車出遊於其地而可以除憂乎？再三極言衛國之樂，則知其有所不樂於此矣。此詩全不說不見答之意，

〔一〕按，此句《釋名·釋船》作「撥水使舟捷疾」。

但末語著一「憂」字，使人玩味之，而其情自見矣。

《竹竿》四章，章四句。

《芄蘭》，芄音丸。**刺惠公也。**疏曰：「惠公朔，宣公晉子。閔公二年《左傳》云：『初，惠公之即位也少。』杜預云：『蓋年十五六。』」**驕而無禮，大夫刺之。**曰：衛惠公詩，桓王時。

衛惠公、鄭昭公皆見逐，惠公拒天子之師以入衛，《春秋》不言復，然以其終得國也，故出入皆稱衛侯。忽以世子當立，然以其終失國也，故出入皆稱忽。此聖人書法之嚴也。《首序》稱惠公、稱忽，皆用《春秋》書法，知經聖人之手矣。

芄蘭之支，曰：芄蘭，蘿摩也。○《釋草》曰：「雚，芄蘭。」雚音貫。○《箋》曰：「芄蘭柔弱，常蔓延於地。」○陸璣曰：「芄蘭，一名蘿摩，幽州人謂之雀瓢。蔓生，葉青綠色而厚，摘之白汁出，食之甜脆，鬻爲茹，滑美。其子長數寸，似瓠子。」鬻音煮。○今考《本草》「枸杞」條，陶隱居注云：「去家千里，勿食蘿摩、枸杞。」雚，一名芄蘭，郭云雚芄〔一〕，或傳寫誤也。○朱氏曰：「支、枝同。」**童子佩觿。**音隳。○《傳》曰：「觿，所以

〔一〕「芄」，原作墨釘，味本、姜本、薈本、聽本作「○」，據仁本、復本改。葉校云：「按，《爾雅·釋草》『雚，芄蘭』，郭注云：『雚芄蔓生，斷之有白汁，可啖。』是即仁本之所據也。」

解結，成人之佩也。」○疏曰：「《内則》云：『子事父母，左佩小觿，右佩大觿。』下別云：『男女未冠笄者。』故知成人之佩。《内則》注云：『觿貌如錐，以象骨爲之。』其鋭端可以解結也。」**雖則佩觿，能不我知。**《補傳》曰：「其智不足以知人也。」**容兮遂兮，**朱氏曰：「容兮遂兮，舒緩放肆之貌。」○粲曰：「容，雍容也。《離騷》云『遵赤水而容與』，《祭義》云『及祭之後，陶陶遂遂，如將復入然』，是不忍遽去，舒徐之貌。」陶音遥。**垂帶悸兮。**悸，葵之去。○錢氏曰：「悸，心動也。」

興也。芄蘭蔓生，支葉柔弱，以喻惠公之幼弱，不能自立也。觿者，成人之佩。人君治成人之事，雖童子猶佩之。惠公雖則佩成人之佩，然其材能則不足以知我也。雍容舒遂，徒服衣垂帶，而悸悸然執心不定。言其放肆驕傲，未知所趨嚮也。

芄蘭之葉，童子佩韘。音攝。○《傳》曰：「韘，玦也。」玦音決，亦作決。○疏曰：「決，鉤弦也，以象骨爲之。挾矢時，著右手巨指以鉤弦。能射御則佩韘。」○粲曰：「玦，《車攻》作決。《夏官·繕人》作抉。又解見《車攻》。」**雖則佩韘，能不我甲。**程子曰：「甲，長也。」○《補傳》曰：「其仁不足以長人也〔一〕。」**容兮遂兮，垂帶悸兮。**

其材能不足以君長我也。

〔一〕此條下，畲本有：「○毛氏曰：『甲，狎也。』○吕氏曰：『能不我甲，但能不我親狎，妄自尊大而已。』」

《芄蘭》二章，章六句。

《河廣》，宋襄公母歸于衛，思而不止，故作是詩也。 粲曰：「惠公、懿公之間詩〔一〕，惠王時。」○《箋》曰：「宋桓公夫人，衛文公之妹，生襄公而出。」○疏曰：「所以義不得往者，以夫人爲先君所出。其子承父之重，與祖爲一體，母出與廟絶。」○曹氏曰：「禮，爲出母期，而爲父後者，無服。襄公爲桓公後嗣，夫人見黜於先君，則爲絶於宋廟矣〔二〕，義不可以復至宋也。然母子之恩，則不可絶。」○范氏曰：「夫人之不往，義也。天下豈有無母之人歟？有千乘之國而不得養其母，則人之不幸也。爲襄公者，將若之何？生則致其孝，没則盡其禮而已。衛有婦人之詩，自莊姜至於襄公之母，六人焉，皆止於禮義而不敢過也。夫以衛之政教淫僻，風俗傷敗，然而女子猶知有禮而畏義如此者〔三〕，蓋以先王之化所及也。」○《詩記》曰：「《説苑》云：『宋襄公爲太子，請於桓公曰：「請使目夷立。」公曰：「何故？」對曰：「臣之舅在衛，愛臣，若終立，則不可以往。」』味此詩而推其母子之心，蓋不相遠，所載似可信也。不曰欲見母，而曰欲見舅者，恐傷其父之意也。母之慈，子之孝，皆止於義而不敢過

〔一〕「詩」，原在「惠王時」下，仁本校云：「『詩』字，恐當在『間』下。」按，依體例可從，據改。

〔二〕葉校云：「『宋廟』，疑『宗廟』之誤。」

〔三〕按，「猶知有」，吕祖謙《吕氏家塾讀詩記》卷六引范氏説同，而朱熹《詩集傳》卷三引范氏説作「乃有知」。

焉。不幸處母子之變者，可以觀矣。」

《箋》謂宋襄即位，其母思之而作《河廣》之詩。疏因以爲衛文公時，非也。衛都朝歌，在河北；宋都睢陽，在河南。自衛適宋，必涉河。衛自魯閔二年狄入衛之後，戴公始渡河而南。《河廣》之詩，言「誰謂河廣，一葦杭之」，則是作於衛未遷之前矣，時宋桓猶在，襄公方爲世子，衛戴、文俱未立也，舊説誤矣。疏以《河廣》屬《衛風》，當爲衛人所作，非。宋襄公母所親作，然宋襄公母本衛女，又歸衛而作此詩，不屬之《衛》，何所屬乎？

誰謂河廣？一葦杭之。葦音偉。杭亦作航，音同。○葭、蘆、葦，解見《七月》。○《傳》曰：「杭，渡也。」**誰謂宋遠？跂予望之。**跂音棄，韻亦作企，音起。○粲曰：「跂，舉踵也，脚跟不著地。」跟音根。

夫人義不可以往宋，而設爲或人以遠沮己，己爲辭以解之。誰謂河水廣而令我勿渡乎？但以一束蘆葦浮之水上，則可以杭渡而過，不爲廣也。誰謂宋國遠而令我勿往乎？我跂其足則可以望之，不爲遠也。欲往之切，故謂遠爲近，若真欲往宋者，思子之情，隱然於言外矣。

誰謂河廣？曾不容刀。《箋》曰：「小船曰刀。」○粲曰：「舠字音刀，小船也，古字通用。」**誰謂宋**

遠？曾不崇朝。《箋》曰：「崇，終也。行不終朝而至，亦喻近。」

《河廣》二章，章四句。

《伯兮》，刺時也。曹氏曰：「是役也，王爲主而衛人從焉，故不專刺宣公而云刺時也。」言君子行役，爲王前驅，爲去聲。過時而不反焉。曰：衛宣公詩，桓王時。○《箋》曰：「衛宣公之時，蔡人、衛人、陳人從王伐鄭伯也〔一〕。」事見《左傳・桓五年》〔二〕。○范氏曰：「居而相離則思，期而不至則憂，此人之情也。文王之遣戍役，周公之勞歸士，其詩皆叙其室家之情、男女之思以閔之，故其民悦而忘死。聖人能通天下之志，是以能成天下之務。兵者，毒民於死地者也。孤人之子，寡人之妻，傷天地之和，致水旱之災，故聖王重之，如不得已而行，則告以歸期，念其勤勞，哀傷慘怛，不啻如在己。是以詩美之，則言其君上之閔恤，刺之則録其室家之怨思，以爲人情不出乎此也。」

師出而人情之怨如此，其敗宜矣。是役也，《春秋》不書戰敗，諱之也。

〔一〕「伯也」，畬本、李本無。按，《釋文》曰：「『从王伐鄭』，讀者或連下『伯也』爲句者，非。」「伯也」應與下句「爲王前驅久」連讀，此蓋嚴氏引《箋》語，而誤作此讀。

〔二〕葉校云：「案，《箋》無此文，乃嚴所附著，亦本書述古之一例也。」

伯兮朅兮，朅音挈。○《箋》曰：「伯，君子字也。」○粲曰：「朅，與『庶士有朅』音義同。」**邦之桀兮。伯也執殳，**音殊。○《傳》曰：「殳長丈二而無刃。」○疏曰：「戈、殳、戟、矛皆插於輢，此云執之者，在車當插，用則執之。」輢音倚，車傍也，又音意。**爲王前驅。**

婦人自言其夫朅然而武壯，爲邦之英桀，今乃執殳爲王前驅而從征役也。

自伯之東，疏曰：「此時從王伐鄭，鄭在衛之西南，而言東者，時蔡、衛、陳三國兵至京師，乃東行伐鄭也。」**首如飛蓬。**蓬，解見《騶虞》。**豈無膏沐？**《詩記》曰：「膏，所以膏首面。沐，蓋潘也。《左氏傳》『遺之潘沐』，杜預注云：『潘，米汁，可以沐頭。』魯遣展喜以膏沐勞齊師，則非專婦人用也。」潘音翻。**誰適爲容。**適音滴。爲去聲，或如字。○《傳》曰：「適，主也。」○朱氏曰：「《傳》云：『女爲悦己容。』」

婦人夫不在，無容飾。自伯之東行伐鄭，我髮不梳，如飛亂之蓬草，非無膏與沐，然誰主爲容飾乎？

其雨其雨，朱氏曰：「其者，冀其將然之辭。」**杲杲出日。**杲音藁。○錢氏曰：「杲杲，日色明也。」**願言思伯，**粲曰：「願，念也。」**甘心首疾。**粲曰：「頭痛也。」

時以秋伐鄭，秋暑之時，艱於得雨，故因以起興曰：其雨矣，其雨矣，乃杲杲然日復出，喻望其夫之歸，而復不歸也。我念而思伯，憂思之過，以生首疾而甘心焉，不以爲悔也。

焉得諼草，焉音煙。諼音暄。○粲曰：「孔氏以諼訓爲忘，非草名，然毛氏云：『諼草令人忘憂。』是有其物也。案《本草》有萱草，云：『令人好歡樂無憂。』嵇叔夜《養生論》亦云：『合歡蠲忿，萱草忘憂，愚智所共知也。』諼，本又作萱，《説文》作藼，或作蕿，皆從草，則爲草名無疑矣。」**言樹之背。**音佩，沈又如字。○《傳》曰：「背，北堂也。」○疏曰：「房室所居之地，總謂之堂，房半以北爲北堂，房半以南爲南堂也。」○項氏曰：「《儀禮·士昏禮》云：『婦洗在北堂。』《有司徹》云：『主婦北堂。』」**願言思伯，使我心痗。**音每，又音悔。○《傳》曰：「痗，病也。」

人謂諼草忘憂，何處可得之，我欲植之北堂，玩之以銷憂。今我念而思伯，至於心病，恐非諼草所能療也。

《伯兮》四章，章四句。

《有狐》，刺時也。衛之男女失時，喪其妃耦焉。喪去聲。妃音配。**古者國有凶荒，則殺禮而多昏，**殺，所戒反。**會男女之無夫家者，所以育人民也。**曰：衛宣公詩，桓王時。

《有狐》之詩，《桃夭》《摽有梅》之變也。

有狐綏綏，音雖。○粲曰：「綏本訓安，則綏綏，安緩之意也〔一〕。狐性多疑，綏綏則獨行而遲疑也〔二〕。」**在彼淇梁。**解見《邶·谷風》。**心之憂矣，之子無裳。**

興也。狐性淫，又多疑，每涉河冰，且聽且渡，故言疑者，稱狐疑也。今在淇水之梁，綏綏然獨行而遲疑，有求匹之意，喻無妻之人也。時婦人喪其妃耦，憂是子無裳，蓋欲與之爲室家，而託言與之作裳也。

有狐綏綏，在彼淇厲。《傳》曰：「厲，深可厲之旁。」○王氏曰：「岸近危曰厲〔三〕。」**心之憂矣，之子無帶。**

有狐綏綏，在彼淇側。心之憂矣，之子無服。

《有狐》三章，章四句。

《木瓜》，美齊桓公也。衛國有狄人之敗，出處于漕。處音杵。漕音曹。**齊桓公救而**

〔一〕「安綏」，味本、姜本作「定綏」，李本、薈本作「定安」，他本作「安綏」。

〔二〕「遲疑」，姜本作「遊疑」，畲本作「遲緩」。

〔三〕「危」，姜本同，畲本作「水」，他本作「厲」。

封之，遺之車馬器服焉。遺音位〔一〕。**衛人思之，欲厚報之而作是詩也。**曰：衛文公詩，惠王時。○疏曰：「衛立戴公，以廬于漕。齊桓公使公子無虧帥車三百乘、甲士三千人以戍漕，歸公乘馬、祭服五稱、牛羊豕雞狗皆三百，與門材。歸夫人魚軒、重錦三十兩。戴公卒，文公立。齊桓公又城楚丘以封之，與之繫馬三百。」稱去聲。衣單複具曰稱。重錦，錦之熟細者，以二丈雙行，故曰兩。三十兩，三十匹也。

《木瓜》，美桓公，衛人之情也。《春秋》不與桓公專封，所以尊王也。

投我以木瓜，徐氏曰：「瓜有瓜瓞，桃有羊桃，李有雀李，此皆枝蔓也。故言木瓜、木桃、木李以別之。」**報之以瓊琚。**音居。○粲曰：「《傳》云：『瓊，玉之美者。』疏云：『瓊是玉之美名，非玉名也。』《説文》云：『瓊，赤玉也。』姑兼存之。」○《傳》曰：「琚，佩玉名。」○琚，解見《鄭·女曰雞鳴》。**匪報也，永以爲好也。**好去聲。

人方危亡困急之中，有能惠顧之者，其感必倍。齊桓有存亡之功，衛人深德之，故因其車馬器服之遺，而述其欲報之厚。言我衛人當爲狄所滅之時，但有遺我以木瓜微物者，猶當報之以瓊琚。且曰此非足爲報，欲以結好於永久耳。況齊桓之贈遺如此其厚，則報之當如何。此感其救患之恩，設爲瓜、瓊不等之喻，非以尋常施報論也。

〔一〕「遺音位」，畲本無，而另有「事見《左傳·閔公二年》」八字。

此所謂木瓜，猶言蕪蔞亭豆粥、蔞音閭。嘑沱河麥飯也。嘑音呼。

投我以木桃，報之以瓊瑤。音遥。○《傳》曰：「瓊瑤，美玉。」○《説文》曰：「美石。」○疏曰：「三者皆玉石雜也。」○今曰：「《公劉》：『維玉及瑤。』」**匪報也，永以爲好也。**

投我以木李，報之以瓊玖。音九。○《釋文》曰：「玖，玉黑色。」○疏曰：「《丘中有麻·傳》云：『玖，石次玉者。』是玖非全玉也。」**匪報也，永以爲好也。**

《木瓜》三章，章四句。

詩緝卷之七

嚴粲述

王　國風

《譜》曰：「王城者，周東都王城，畿内方六百里之地，其封域在《禹貢》豫州太華、外方之間，北得河陽，漸冀州之南。始，武王作邑於鎬京，謂之宗周，是爲西都。成王在豐，欲宅洛邑，使召公先相宅。既成，謂之王城，是爲東都，今河南是也。召公既相宅，周公往營成周，今洛陽是也。成王居洛邑，遷殷頑民於成周，復還歸處西都。至十一世幽王，嬖褒姒，生伯服，廢申后，太子宜臼奔申。申侯與犬戎攻宗周，殺幽王于戲。晉文侯、鄭武公迎宜臼于申而立之，是爲平王，以亂故，徙居東都王城。於是王室之尊與諸侯無異，其詩不能復雅，故謂之王國之變風。」戲，許宜反，驪山之下地名，亦水名。○疏曰：「平王東遷，政遂微弱，化之所被，纔及郊畿。詩作後於衛頃，國地狹於千里，故次之於《衛》也。尊之猶稱王，在風則卑矣。」○程子曰：「刑政不能治天下，諸侯放恣，擅相并滅，王跡熄矣。故雅亡而爲一國之風。」○蘇氏曰：「其風及其竟内而不能被天下，與諸侯比，然其王號未替，故不曰《周·黍離》，而曰《王·黍離》云。」○李氏曰：「《黍離》以下之詩，皆是平王之詩也，安得謂『《詩》亡然後《春秋》作』乎？《孟子》所謂『《詩》亡』者，蓋雅、頌之詩亡也。」○朱氏曰：「其地則今河南府及懷、孟等州是也。」○《補傳》曰：「風之名同於列國，而加以『王』之一字，所以尊周，亦所以愧周，與《春秋》書王之意一也。衛有狄難，未幾復振；周有犬戎之禍，遂致陵夷。《王》之次《衛》，其以此歟？」

正始之化行，則以周變商，周之所以王，而積風爲雅也；衰亂之俗勝，則反周而商，周之所以東，而雅降爲風也。《王風》次《衛》，著盛衰之變也。

《黍離》，閔宗周也。《譜》曰：「宗周，鎬京也。」○《譜》疏曰：「《正月》『赫赫宗周』，謂鎬京也。後平王居洛邑，亦謂洛邑爲宗周。《祭統》云『即宮于宗周』，謂洛邑也。以洛邑爲東都，故謂鎬京爲西都。」○李氏曰：「成王之營東都王城，則遷九鼎焉，成周則居頑民焉。平王以來，皆居王城。至敬王遭子朝之亂，王城多子朝之黨，敬王不能居，於是遷于成周，《昭二十六年》書『天王入于成周』。此宗周、成周之辨也。」朝如字。**周大夫行役，至于宗周，過故宗廟宮室，盡爲禾黍。閔周室之顛覆，彷徨不忍去而作是詩也。**彷徨音旁皇。○疏曰：「平王詩也。平王宜臼，幽王子。」○《補傳》曰：「序詩者道東周大夫之情狀，簡短數語，發明一篇終始之義，至今讀之，使人流涕，誰謂《詩序》可無取哉？」

周東遷而遂微，置豐鎬於度外。蓋秋風禾黍之感，不接于目，日遠日忘也。其大夫過故國而悲歌，徒重千載之太息而已。聖人於夷夏之大變，蓋三致意焉。○《多方》：「王來自奄，至于宗周。」注云：「鎬京也。」《周官序》言「還歸在豐」，經言「歸于宗周」，指豐邑也。唐孔氏云：「周爲天下所宗，王都所在，皆得稱之。故豐、鎬、洛邑，皆可言宗周。」奄，《書》無音，《左傳·昭九年》音於檢反〔一〕。

彼黍離離，《傳》曰：「彼，彼宗廟宫室。」○《説文》曰：「黍，禾屬而黏者也，以大暑而種，故謂之黍。」○疏曰：「黍可爲酒。離離，垂也。」○今曰：「《本草》唐本注云：『黍似粟而非粟也。』又『丹黍米』條，《圖經》注云：『有二種，米粘者爲秫，可以釀酒，不粘者爲黍，如稻之有秔糯耳。』」**彼稷之苗。**曰：稷，今之穄也。穄音祭。○《釋草》曰：「粢，稷。」○釋曰：「粢者，稷也。《曲禮》云：『稷曰明粢。』是也。郭云：『今呼粟爲粢。』然則粢也、稷也、粟也，止是一物。而《本草》稷米在下品，别有粟米在中品，又似二物。」○《説文》曰：「稷，百穀之長。」○今曰：「《本草》唐本注云：『稷即穄也，與黍同類。』孟詵云：『八穀之中最爲下。』《圖經》云：『今所謂穄米也。』今人不甚珍此，惟祠事則用之。農家種之，以備他穀之不熟，則爲粮耳。」苗，初生苗而未秀也。苗而後秀，秀而後實。」**行邁靡靡，**《傳》曰：「邁，行也。靡靡，猶遲遲也。」**中心搖搖。**疏曰：「心憂無所附著也。楚王謂蘇秦曰：『寡人心搖搖然如懸旌，而無所薄。』」**知我者，謂我心憂；不知我者，謂我何求。悠悠蒼天，**《傳》曰：「悠悠，遠意。據遠視之蒼蒼然，則稱蒼天。」**此何人哉！**

言鎬京宗廟宫室毁壞，而爲禾黍之地。彼處有黍，離離然垂矣；彼處又有稷，長苗矣。連言「彼」者，見無處不然，所謂「盡爲禾黍」也。周大夫見之而不忍去，行邁爲

〔一〕「奄書無音左傳昭九年音於檢反」十三字，諸本無。

之遲遲，中心感傷，搖搖然無所附著，遂言人有知我之情者，謂我心有所憂；不知我之情者，怪我久留不去，謂我有何所求也。亡國之恨，悽然滿目，唯呼悠遠之蒼天，而訴之曰：致此顛覆者，是何人乎？不斥其人，而追恨之深矣。言天蒼然悠遠，歎其訴而不聞也。李氏曰：「箕子過故殷墟，作《麥秀》之詩，曰：『麥秀漸漸兮，禾黍油油。』與此詩意同。」漸音杉。

彼黍離離，彼稷之穗。音遂，亦作穟。○《傳》曰：「穗，秀也。」**行邁靡靡，中心如醉。**今曰：「昏而不醒也。」**知我者，謂我心憂；不知我者，謂我何求。悠悠蒼天，此何人哉！**

朱氏《論語解》云：「吐華曰秀。」是秀爲禾穗。今毛氏所謂秀，則已成穗而秀茂，與彼秀別。

彼黍離離，彼稷之實。今曰：「實，則成穗而堅也。」**行邁靡靡，中心如噎。**音謁。○今曰：「噎，食窒也。」**知我者，謂我心憂；不知我者，謂我何求。悠悠蒼天，此何人哉！**

苗、穟、實，取協韻耳。舊説：初見稷之苗，中見稷之穟，後見稷之實，爲行役之久，前後所見，使稷自苗而至於實。果爲行役之久，則不應黍惟言離離也。如噎，謂氣逆也。

《黍離》三章，章十句。

《君子于役》，刺平王也。君子行役無期度，大夫思其危難以風焉。難去聲。風音諷。○李氏曰：「此大夫蓋同僚也。」

君子于役，《箋》曰：「于，往也。」不知其期。曷至哉？雞棲于塒，棲音西。塒音時。○《傳》曰：「鑿牆而棲曰塒。」日之夕矣，羊牛下來。君子于役，如之何勿思？

言此君子往而行役，不知期以何時而歸乎。言其時之久也。且今何所至哉，又不知其所至之處。言其地之遠也。雞棲于塒，則日夕矣。羊牛又下牧地而來歸，皆有休息之時也。君子行役，乃無休息，如之何而使我不思乎？言己思之，所以風王念之也。

君子于役，不日不月。《箋》曰：「行役無日月。」曷其有佸？音活。○《傳》曰：「佸，會也。」雞棲于桀，《傳》曰：「雞棲于杙爲桀。」杙音弋，橛也。橛音掘。日之夕矣，羊牛下括。音聒。○《傳》曰：「括，至也。」君子于役，苟無飢渴。《箋》曰：「苟，且也。」

言不可計以日月，即《序》所謂「無期度」，上章所謂「不知其期」也。不知其何時可以佸會乎，歸期未可望，且得無飢渴足矣，見不免飢渴也。此又所以風之而使察焉者也。

《君子于役》二章，章八句。

《君子陽陽》，閔周也。疏曰：「閔，傷也。」○蘇氏曰：「君子以賤爲樂，則其貴者不可居也。雖有貴位而君子不居，則周不可輔矣。此所以爲閔周也。」**君子遭亂，相招爲禄仕，全身遠害而已。**遠去聲。○疏曰：「平王詩。」○朱氏曰：「君子當衰世，知道之不行，爲貧而仕，亦免死而已。所以辭尊居卑，辭富居貧，豈惡富貴而不居哉？誠以官尊而禄厚，則責重而憂深，非吾力之所能堪也。是以相招爲禄仕，雖役於伶官之賤而陽陽自得，若誠有樂乎此者。其所以全身遠害之計，深矣。雖非聖賢出處之正，然比於不自量其力之不足，而昧於榮利以没身者，豈不賢哉？此固聖賢之所與也。」○李氏曰：「老子在周爲柱下史，梅福在漢爲市門卒。」

君子相招爲禄仕，則在位皆小人矣。當是之時，貧且賤焉，非恥也，故詩人不以閔君子而以閔周。

君子陽陽，程子曰：「陽陽，自得之狀。」○李氏曰：「《史記》晏子之御，意氣陽陽，甚自得也。」○《補傳》曰：「容充盛貌。」**左執簧，**音黄。○疏曰：「簧者，笙管之中金薄鍱也。《春官·笙師》注：『笙十三簧，笙必有簧，故以簧表笙。』《月令》『仲夏調竽、笙、篪簧』，見三器皆有簧，知此非竽、篪而必以爲笙者，以簧之所用，本施於笙，言笙可以見簧，言簧可以見笙。故知簧即笙，非竽篪也。」鍱音葉。○錢氏《鹿鳴》注曰：「簧，笙之舌也。」**右招我由房。**《傳》曰：「國君有房中之樂。」○《箋》曰：「由，從也，欲使我從之於房中。」○疏曰：「路寢非燕息之所，謂小寢之内作之。天子房中之樂以《周南》，諸侯以《召南》。」**其樂只且！**樂音洛。只音止。且，沮之平聲，又如字。○《箋》曰：「道不行，其且樂此而已。」○朱氏曰：「只且，語助聲。」賢者處於亂世，俱爲伶官，其友陳其相呼執役之事，言有君子陽陽自得〔一〕，不以賤事爲恥，左手執其笙簧，右手招我相從於小寢之内，將奏房中之樂。君子之樂，如此而已，蓋非所樂而樂焉，知時事之不可爲矣。

君子陶陶，今如字，協韻也，舊音遥。**左執翿，**音逃。○《傳》曰：「翿，纛也。」○《箋》曰：「舞者所持，謂羽舞也。」**右招我由敖。**音遨。○《箋》曰：「燕舞之位。」○錢氏曰：「敖，遊也。因謂敖處爲敖，猶《周禮》云『囿游』〔二〕。」**其樂只且！**

陶陶，自樂貌，劉伶《酒德頌》「其樂陶陶」，亦協醪糟韻。

《君子陽陽》二章，章四句。

《揚之水》，刺平王也。不撫其民，而遠屯戍于母家，周人怨思焉。《箋》曰：「平王母

〔一〕「有」，諸本作「其」。
〔二〕「游」下，諸本有「也」字。

家中國，在陳、鄭之南，迫近强楚。王室微弱而數見侵伐，王是以戍之。」○朱氏曰：「先王之制〔一〕，諸侯有故，則方伯連率以諸侯之師討之；王室有故，則方伯連率以諸侯之師救之。天子鄉遂之民，供貢賦、衛王室而已。今平王微弱，威令不行於天下，無以保其母家，乃勞天子之民，遠爲諸侯屯守。故周人戍申者，以非其職而怨思也。又況申侯實啓犬戎，以致驪山之禍，乃平王及其臣民不共戴天之讎也。今平王知有母而不知有父，知其立己爲有德，而不知其弑父爲可怨，至使復讎討賊之師，反爲報施酬恩之舉，則其絶滅天理而得罪於民，又益甚矣。」

宗廟禾黍，曾不以之興懷，而唯中國之憂，失輕重矣。

揚之水，張子詩曰：「揚水悠揚緩不流，不漂蒲楚弱堪憂。」**不流束薪。**曹氏曰：「非薪之彊，水弱而已。」**彼其之子，**其音記。○朱氏曰：「其，語助也。」○歐陽氏曰：「謂他諸侯國人之當戍者也。」**不與我戍申。**今曰：「《前漢・地理志》南陽宛縣，故申伯國。」○朱氏曰：「申在今鄧州信陽軍之境。」**懷哉懷哉，曷月予還歸哉？**還音旋。

興也。薪本浮物，一束之薪，非不可流轉。若鑿鑿之白石也，而悠揚之水淺弱，不能流轉之。喻諸侯本非難令，而東周衰弱，不能號令之也。唯其號令不行，故彼諸侯之

〔一〕「制」，味本、李本、姜本、畲本、薈本、仁本作「訓」。

人，不與我共戍申國，而獨使我周人遠戍，久而不得代。懷思之哉，懷思之哉，不知何月我得旋歸乎？

揚之水，不流束楚。《傳》曰：「楚，木也。」○解見《漢廣》。**彼其之子，不與我戍甫。**《傳》曰：「甫，諸姜也。」○疏曰：「《尚書》有《吕刑》之篇，《禮記》引之皆作《甫刑》。孔安國云：『吕侯後爲甫侯。』《周語》云：『申、吕雖衰，齊、許猶在。』是申與甫、許同爲姜姓也。言甫、許者，以其俱爲姜姓。既重章以變文，因借甫、許以言申，其實不戍甫、許也。六國時，秦、趙同爲嬴姓，《史記》《漢書》多謂秦爲趙，亦此類也。」○錢氏曰：「甫，其地未詳。」**懷哉懷哉，曷月予還歸哉？**

揚之水，不流束蒲。今曰：「毛以爲草，鄭以爲蒲柳，皆通。蒲草，解見《陳·澤陂》。蒲柳，解見《陳·東門之楊》。」○曹氏曰：「楚小於薪，蒲輕於楚。」**彼其之子，不與我戍許。**《傳》曰：「許，諸姜也。」○錢氏曰：「許，在今許州。」○朱氏曰：「今潁昌府許昌縣是也。」**懷哉懷哉，曷月予還歸哉？**

楚愈輕，蒲又愈輕，至不流束蒲，則弱之極矣。

《揚之水》三章，章六句。

《中谷有蓷》，音「推輓」之推，吐雷反。**閔周也。夫婦日以衰薄，凶年饑饉，**音覲。**室家**

相棄爾。疏曰：「平王詩。」○范氏曰：「世治則室家相保者，上之所養也；世亂則男女相棄者，上之所殘也。其使之也勤，其取之也厚，則夫婦日以衰薄，而凶年不免於離散。」

民之貧，國之危也〔一〕，故以閔周。

中谷有蓷，《傳》曰：「中谷，谷中也。」○曰：蓷，茺蔚也，益母也。茺蔚音充尉。○《釋草》曰：「萑，蓷。」萑音追，亦作鵻。○李巡曰：「臭穢草也。」○郭璞曰：「今茺蔚，葉似萑〔二〕，方莖白華，華生節間，又名益母。」○陸璣曰：「舊説云菴蕳。」**暵其乾矣。**暵音罕，又音漢。乾音干。○疏曰：「暵，燥也。」**有女仳離，**仳，批之上。○《傳》曰：「別也。」**嘅其嘆矣。**嘅音慨。嘆亦作歎。○曹氏曰：「嘅，嘆聲。」**嘅其嘆矣，遇人之艱難矣。**

興也。蓷草生海濱池澤，濕則生，旱則死。谷中之地陰潤，其蓷草宜難旱也。今暵燥其乾者矣〔三〕。旱則乾者先燥也，興饑饉則貧者先悴也。有女見棄，與其夫別離，嘅然發其嘆聲，所以嘅然而嘆者，自傷遇斯人之艱難窮厄也。謂見棄者，非其夫之得

〔一〕「危」，諸本作「難」。
〔二〕「萑」，阮元《毛詩正義校勘記》改作「荏」，云：「案浦鏜云：『荏』誤『萑』，考《爾雅》注，是也。」
〔三〕「暵」，原作「嘆」，姜本同，據他本改。

已，特以饑饉不能相養故爾。曾氏曰：「無怨懟過甚之辭，厚之至也。」○舊説以蓷草暵乾，喻夫婦相棄，非也。此詩但以歲旱草枯，興亂世饑年之憔悴蕭索〔一〕，無潤澤氣象耳。由此而致夫婦衰薄，遂以相棄，故曰「遇人之艱難」。蓋棄妻不怨其夫，而以爲時之艱難使然。○舊説以蓷草宜生高陸，生谷中則傷於水，非也。據《本草》，茺蔚正生海濱池澤，其性宜濕。○《傳》云：「蓷，鵻。」蓋鵻亦作萑〔二〕，即《釋草》言「萑，蓷也」。《大車·傳》曰：「菼，鵻也。」蓋菼、薍、萑，又名鵻，一物而四名。彼萑音完，此萑音追，字同而音異。毛於此《傳》言「蓷，鵻」者，蓋借用鵻字，非以蓷爲菼也。曹氏以蓷爲菼，誤矣。

中谷有蓷，暵其脩矣。朱氏曰：「脩，長也。」**有女仳離，條其歗矣。**歗音嘯，亦作嘯。○朱氏曰：「條，條然歗貌。」○今曰：「條，猶長也。」○《江有汜·箋》曰：「歗，蹙口而出聲。」○《傳》曰：「歗，長吟也。」**條其歗矣，遇人之不淑矣。**《箋》曰：「淑，善也。」○《詩記》曰：「古者謂死喪饑饉皆曰不淑。蓋以吉慶爲善事，凶禍爲不善事，雖今人語猶然。」

〔一〕「蕭」，原無，淡本同，據他本補。
〔二〕「蓋鵻」，諸本無；「萑」下，李本無，他本有「作萑」二字。

長茂者亦爲所暵，興饑饉甚，則粗給者亦乏絶矣。條條然而長歗，其悲恨深於歎矣。不善，猶言不幸也〔一〕。

中谷有蓷，暵其濕矣。有女仳離，啜其泣矣。啜音輟。○錢氏曰：「啜，泣而縮氣也。」○《補傳》曰：「歗甚於歎，泣甚於歗。」**啜其泣矣，何嗟及矣。**

生於濕者，又難旱於脩者，今亦爲所暵，興富足者亦乏絶矣。凶年饑饉之甚，貧富皆憔悴也。啜然泣而縮氣，窮之甚也。何所嗟悔而可及，謂雖嗟歎而不及，於事無益也。《詩記》曰：「言事已至此，末如之何也。」

《中谷有蓷》三章，章六句。

《兔爰》，閔周也。桓王失信，疏曰：「桓王林，平王崩，太子泄父早死，立其子林。」**諸侯背叛，**背音佩。**構怨連禍，王師傷敗，君子不樂其生焉。**樂音洛。○朱氏曰：「《左傳·隱三年》云：『鄭武公、莊公爲平王卿士。王貳於虢，鄭伯怨王。王曰：「無之。」周、鄭交質。桓王即位，將卒畀

〔一〕「也」下，畬本有：「案，上章方憫其窮厄，今遽責其不善，殊失詩人温柔敦厚之意，故從吕氏，解作不幸。」

虢公政。鄭祭足帥師取温之麥，又取成周之禾。』《桓五年》云：『王奪鄭伯政，鄭伯不朝。王以諸侯伐鄭，鄭伯禦之，戰于繻葛。王卒大敗，祝聃射王中肩。』」質音致。祭音再。繻音須。射音食。中音衆。○疏曰：「《兔爰》本在《葛藟》之下，但簡札失其次耳。」

《春秋》之例，王師不書。此繻葛之戰，書「三國從王伐鄭」，蓋伐鄭不服也。王卒既敗，自是王命不行矣。

有兔爰爰，《傳》曰：「爰爰，緩意。」**雉離于羅。**曰：離，麗也。解見《新臺》。○《傳》曰：「鳥網爲羅。」**我生之初，**曹氏曰：「謂幼稚時也。」**尚無爲。**《箋》曰：「尚，庶幾也。」**我生之後，逢此百罹。**音離。○《傳》曰：「罹，憂也。」**尚寐無吪。**音訛。○《傳》曰：「吪，動也。」○今曰：「《無羊》『或寢或訛』，訛亦訓動，彼吪作訛，字異音義同。」○朱氏曰：「寐而不動以死耳〔一〕。」

興也。兔陰狡善逸，雉耿介善鬭。有兔爰爰然緩，喻鄭人縱恣自如，而無如之何也。有雉麗于羅網之中，喻周人爲王力戰而受禍也。我生之初，天下庶幾無事，及我生之後，逢此百憂，有生不如無生，庶幾寢寐而不吪動死爲愈也。

有兔爰爰，雉離于罦。音孚。○《傳》曰：「罦，覆車也。」車，赤奢反。○疏曰：「下《傳》『罿，罬』，與此

〔一〕「寐」，原作「寢」，據畲本及朱熹《詩集傳》卷四改。葉校云：「『寢』，《集傳》作『寐』，與經文『尚寐無吪』合。」

一也。」罬音輟。○〔一〕《釋器》曰：「繴謂之罿。罿，罬也。罬謂之罦。罦，覆車。」繴音壁。○郭璞曰：「今之翻車也。有兩轅，中施罥以捕鳥。」罥音絹。○釋曰：「捕鳥之具。孫炎云：『掩兔。』非也。」**我生之初，尚無造。**《傳》曰：「造，爲也。」**我生之後，逢此百憂。尚寐無覺。**音教。

有兔爰爰，雉離于罿。音衝。○曰：「罿，即罦也〔二〕。」**我生之初，尚無庸。**《傳》曰：「庸，用也。」**我生之後，逢此百凶。尚寐無聰。**

《兔爰》三章，章七句。

《葛藟》，音壘。**王族刺平王也。周室道衰，棄其九族焉。**《箋》曰：「九族者，據己上至高祖，下及玄孫之親。」○曹氏曰：「《堯典》『以親九族』，孔安國以爲高祖、玄孫之親，杜預以爲父族四、母族三、妻族二，合而爲九族。康成、孔穎達從安國説。徐安道以《頍弁·序》言『不親九族』，而詩有甥舅；《角弓·序》言『不親九族』，而詩及婚姻，以杜説爲是。案《周官·小宗伯》『掌三族之別，以辨

〔一〕「下傳罿罬與此一也罬音輟○」，薈本無，味本、李本、姜本、授本、聽本、仁本、復本作「繴謂之罿罿罬也罬謂之罦罦」，仁本校云：「恐衍。」

〔二〕「也」下，畬本有：「《韓詩》云：『施羅于車上曰罿。』罿音衝。」

親疏』，説者謂父也，子也，孫也〔一〕，三者爲人屬之正名。《喪服小記》云：『親親以三爲五，以五爲九。上殺、下殺、旁殺而親畢矣。』説者謂自己而上親父、下親子，三也；以父親祖，以子親孫，五也；以祖親高祖，以孫親玄孫，九也。則由一而三，由三而九，皆謂同姓之親耳。二詩之《序》，推親親而廣之耳。」○夏氏《書解》曰：「高祖非己所得而逮事，玄孫非己之所及見。惟夏侯、歐陽等以爲父族四、母族三、妻族二。父族四者：父五屬之内，一也；父之女昆弟適人者及其子，二也；己之女昆弟適人者及其子〔二〕，三也；己之女子適人者及其子，四也。母族三者：母之父姓，一也；母之母姓，二也；母之女昆弟適人者及其子，三也。妻族二者：妻之父姓，一也；妻之母姓，二也。」○今曰：「二説不同，姑兼存之。」○《葛藟》在《兔爰》之下，解見《兔爰》。

親親，周道也。棄其九族，則周道衰矣。陳氏曰：「周公大封同姓，成王内睦九族〔三〕。」

緜緜葛藟，《傳》曰：「緜緜，長不絶之貌。」○葛藟，解見《樛木》。**在河之滸。**音虎。○《釋丘》曰：「岸上，滸。」○釋曰：「岸上平地，去水稍遠者名滸。」○《傳》曰：「水厓曰滸。」○渤海胡氏曰：「《周南》云

〔一〕「謂」，原作「爲」，據李本、畲本、薈本、仁本改。按，據下文「説者謂自己而上親父、下親子，三也」，可知當作「謂」。

〔二〕「者」，原無，據李本、畲本補。仁本校云：「『人』『及』間恐脱『者』字。」葉校云：「《詩疏》引《尚書》歐陽説云：『己女昆弟適人者與其子爲一族。』有『者』字，此上下文『適人』下亦並有『者』字。」

〔三〕「成」，原作「戍」，據諸本改。

『葛之覃兮，施于中谷』，《邶風》云『旄丘之葛兮，何誕之節兮』，《唐風》云『葛生蒙楚』，《大雅》云『莫莫葛藟〔一〕，施于條枚』，然則葛藟又生於山谷丘野之地〔二〕，延蔓於草木條枚之上，不生於水厓。」**終遠兄弟，**遠去聲。**謂他人父。謂他人父，亦莫我顧。**

興也。葛藟枝蔓聯屬，必依木以生，喻宗族之依王室也。今緜緜然不絶之葛藟，不生於丘野，而生於河水之澨岸。近水之岸善崩，將爲水所盪，猶王室衰微，族人將失其所依也。此詩刺王不親九族，而舉親兄弟之辭以責之。親兄弟則同父，故言王終遠我兄弟者，謂父是他人之父乎？不然，何爲不顧我也？知有父，則知有兄弟矣。今人兄弟之相責望者，猶言汝豈不念父之故。《杕杜》曰：「豈無他人？不如我同父。」意亦同。平王視親兄弟且如路人，則待九族可知矣。○舊説平王以他人之父爲父，非也。

緜緜葛藟，在河之涘。音俟上濁。○《釋丘》曰：「涘爲厓。」○李巡曰：「涘，一名厓，謂水邊也。」**終遠兄弟，謂他人母。謂他人母，亦莫我有。**

〔一〕下「莫」，原作「之」，據諸本改。
〔二〕「山谷」，原作「容」，據諸本改。

謂母是他人之母乎〔一〕？莫我有，言視之如無也。《左傳》云：「不有寡君。」

緜緜葛藟，在河之漘。音脣。○《釋丘》曰：「夷上洒下，不漘〔二〕。」○孫炎曰：「平上陗下〔三〕。」○郭璞曰：「厓上平坦而下水深者爲漘。不，發聲也。」**終遠兄弟，謂他人昆。**《傳》曰：「昆，兄也。」**謂他人昆，亦莫我聞。**

謂兄是他人之兄乎？莫我聞，言我責以兄弟之義，彼聽之如不聞也。

《**葛藟**》三章，章六句。

《采葛》，懼讒也。疏曰：「桓王詩。」

彼采葛兮，一日不見，如三月兮。

興也。人臣任事於外，則讒間易生。今往彼采葛，以爲絺綌，事之至微者也。時不

〔一〕「謂母」，原作「母謂」，據李本、仁本、復本改。「之」，原無，據畲本補。按，一章、二章章指有「謂父是他人之父乎」「謂兄是他人之兄乎」語，皆有「之」字。

〔二〕「不」，原作「曰」，據仁本、復本及《爾雅注疏》卷七改。按，下引郭璞注有「不，發聲也」，亦可證。

〔三〕「陗」，原作「消」，據授本、聽本、仁本、復本及《爾雅注疏》卷七改。

至久，迹無可疑，然一日不見於君，已懼小人乘間而讒之，如三月之久矣。蓋讒人衆多，君子動輒疑懼，略不可以有所爲，事有大焉者，誰敢任之乎？李氏曰：「小人之譖人，多因其不見，則乘間而讒之，如上官桀等謀譖霍光，伺光出沐日奏之；弘恭、石顯欲譖蕭望之，候望之出沐日上之。」○曹氏曰：「古語云：『一日不朝，其間容刀。』」

彼采蕭兮，《傳》曰：「蕭，所以共祭祀。」○曰：蕭者，香蒿也，牛尾蒿也。○解見《蓼蕭》及《生民》。**一日不見，如三秋兮。**

彼采艾兮，艾，牛蓋反。○《傳》曰：「艾，所以療疾。」**一日不見，如三歲兮。**

《采葛》三章，章三句。

《大車》，刺周大夫也。禮義陵遲，疏曰：「陵遲，猶陂阤，言廢壞之意。」阤音弛。○李氏曰：「《家語》云：『三尺之限，空車不能登者，峻故也；百仞之山，重載陟焉，陵遲故也。』王肅注云：『陵遲，猶陂阤也。』」**男女淫奔，故陳古以刺今大夫不能聽男女之訟焉。**疏曰：「桓王詩。」

此詩述古人能止奔者〔一〕，刺今有淫奔之訟而不能聽也。

〔一〕「詩」下，諸本有「人」字。

大車檻檻，銜之上濁。○《傳》曰：「大車，大夫之車。檻檻，車行聲也。」○錢氏曰：「尊之言大車。」○《補傳》曰：「檻檻有聲，可懼。」**毳衣如菼。**毳，尺鋭反，吹之去。菼，覃之上濁。○疏曰：「《春官·司服》『衮冕、鷩冕、毳冕、希冕、玄冕』，鄭注云：『古天子冕服十二章，至周以日月星辰畫於旌旗，而冕服九章。登龍於山，登火於宗彝，尊其神明也。九章：初一曰龍，次二曰山，次三曰華蟲，次四曰火，次五曰宗彝，皆畫以爲繢；次六曰藻，次七曰粉米，次八曰黼，次九曰黻，皆希以爲繡。則衮之衣五章，裳四章，凡九也；鷩畫以雉，謂華蟲也，其衣三章，裳四章，凡七也；毳畫虎蜼，謂宗彝也，其衣三章，裳二章，凡五也；希刺粉米，無畫也，其衣一章，裳二章，凡三也；玄者衣無文，裳刺黻而已，是以謂玄焉。凡冕服皆玄衣纁裳。』」鷩音鼈。希，本又作絺，陟里反。蜼，位、柚、壘三音。今考《益稷》注云：「絺，徐音答，鄭音止，刺也。」○王氏曰：「《春官·典命》：『王之三公八命，其卿六命，其大夫四命，及其出封，皆加一等。』蓋八命加一等，所謂上公九命，其服以九爲節也。其未出封，則與侯伯同服矣。公與侯伯同服，則卿與子男同服矣。此詩所謂周大夫者，卿也。《司服》所謂『卿大夫之服，自玄冕而下』者，諸侯之卿大夫也。」○菼，《箋》曰：「菼，薍也。毳衣之屬，衣繢而裳繡，皆有五色焉，其青者如鵻。」薍，頑之去聲。○今曰：「毛氏云：『菼，鵻也，蘆之初生也。』鄭氏云：『菼，薍也。』孔氏云：『孫炎、郭璞以蘆、薍爲二草，李巡、舍人、樊光以蘆、薍爲一草。毛意同李巡之輩。鄭易《傳》爲薍，又言青者如鵻，鵻鳥青，非草名。』蓋毛所指鵻者，草也；鄭所指鵻者，鳥也。今從鄭，蘆、薍爲二草。」○菼、薍、萑，解見《七月》。**豈不爾思？畏子不敢。**

古者大夫乘其大車，其德尊嚴，故聽其車行之聲，檻檻然可懼。又身服毳冕之衣，衣繢而裳繡，皆有五色，其青色者如初生之菼。乘是車，服是服，以朝享助祭，儼然人望而畏之，不敢犯禮。有女欲奔者，云：我豈不思汝乎？畏此乘大車、服毳衣之人，故不敢也。古之大夫能莊敬以臨民，使之無訟，則今之大夫有訟而不能聽，爲可刺也。曹氏曰：「毛公謂大夫服毳冕以決訟。毳衣，冕服也，享王於廟及助王祭祀，則服之，未有服之以聽訟也。」

大車啍啍，音暾，他敦反。○《傳》曰：「啍啍，重遲之貌。」**毳衣如璊。**音門。○《說文》曰：「璊，玉赤色〔一〕。」○疏曰：「其赤者如璊。」**豈不爾思？畏子不奔。**

穀則異室，《傳》曰：「穀，生也。」**死則同穴。**《箋》曰：「謂冢壙中也。言古之大夫聽訟之政，非但不敢淫奔，乃使夫婦之禮有別。」○疏曰：「《內則》云：『禮始於謹夫婦，爲宮室，辨外內，男不入，女不出。』」**謂予不信，有如皦日。**皦音皎。○《傳》曰：「皦，白也。」

言古者男女皆守禮之正，生則異室，不至相瀆，死則同穴，從一以終。謂予不信，有如

〔一〕「赤」，許慎《說文解字》卷一作「䞓」。按，《毛詩正義》卷四之一、呂祖謙《呂氏家塾讀詩記》卷七引《說文》亦作「赤」。

皎日，觀其自誓之辭，所守之堅可知矣。此由上之風化使然也。

《大車》三章，章四句。

《丘中有麻》，思賢也。莊王不明，疏曰：「莊王佗，桓王子。」**賢人放逐，國人思之，而作是詩也。**

二留名氏不顯，事迹無傳，以國人思之，知其賢矣。

丘中有麻，彼留子嗟。《傳》曰：「留，大夫氏。子嗟，字也。」〇曹氏曰：「留，本邑名，其大夫以爲氏。」**彼留子嗟，將其來施施。**《箋》曰：「施施，舒行貌。」〇蘇氏曰：「庶其肯徐來以從我。」〇李氏曰：「《孟子》：『施施從外來。』」

子嗟放逐在外，國人思之，言隱居丘陵之間，而殖麻以爲生者，是彼留氏字子嗟也。彼留氏子嗟，庶幾施施然舒行而來以從我也，猶《唐·有杕之杜》「噬肯適我」、《白駒》「於焉逍遥」之意。夫賢者放逐於外，而使國人私致其愛慕，欲其相與游從而已。知莊王不能復用之矣。

丘中有麥，彼留子國。《傳》曰：「子國，子嗟父。」〇朱氏曰：「子國，亦字也。」**彼留子國，將其來**

食。 蘇氏曰：「庶幾肯來從我食也。」

庶幾從我食，猶《唐·有杕之杜》言「中心好之，曷飲食之」之意，愛而欲飲食之也。君不能養賢，而國人欲私致其殷勤，以飲食之而已。

丘中有李，彼留之子。 朱氏曰：「并指前二人也。」**彼留之子，貽我佩玖。** 《傳》曰：「石次玉者。言能遺我美寶。」○疏曰：「美寶，猶美道。」

貽我佩玖，欲其遺我以善道也。夫賢者宜金玉王度，而乃使國人望其私淑於己而已。是可歎也。○張平子《四愁詩》云：「美人贈我金琅玕，何以報之雙玉盤。」其《序》云：「屈原以珍寶爲仁義。」騷人之辭，源流於風也。

《丘中有麻》三章，章四句。

詩緝卷之八

嚴粲述

鄭　國風

《譜》曰：「初，宣王封母弟友於宗周畿内咸林之地，是爲鄭桓公，今京兆鄭縣是其都也。爲幽王大司徒，甚得周衆與東土之人，問於史伯曰：『王室多故，余懼及焉，其何所可以逃死？』史伯曰：『其濟、洛、河、潁之間乎？是其子男之國，虢、鄶爲大。虢叔恃勢，鄶仲恃險，皆有驕侈怠慢之心，加之以貪冒，君若以周難之故，寄帑與賄，不敢不許，是驕而貪，必將背君。君以成周之衆，奉辭罰罪，無不克矣。若克二邑，鄔、蔽、補、丹、依、疇、歷、華，君之土也。脩典刑以守之，惟是可以少固。』桓公從之。後三年，幽王爲犬戎所殺，桓公死之，其子武公與晉文侯定平王於東都王城，卒取史伯所云十邑之地，右洛左濟，前華後河，食溱、洧焉。今河南新鄭是也。武公又作卿士，國人宜之，鄭之變風又作。」○疏曰：「謂濟西、洛東、河南、潁北，八國皆在四水之間。若克虢、鄶二邑，則其餘八邑自然可滅。食，謂居其土而食其水也。對上『鄶風已作』，故云『又作』。」○朱氏曰：「鄭桓公食於西都畿内之鄭邑，今華之鄭是也。其後又得虢、鄶之地，施舊號於新邑，則今鄭是也。」又曰：「鄭聲之淫，有甚於衛矣。故夫子論爲邦，獨以鄭聲爲戒，蓋舉重而言也。」○程子曰：「廢法失道，則王畿之内亦不能保。鄭本畿内之封，因周之衰，遂自爲列國，故次以《鄭》。」○《前漢·地理志》曰：「鄭俗淫，季札聞鄭之歌曰：『美哉！其細已甚，民弗堪也，是其先亡乎？』自武公後二十三世，爲韓所滅。」

魏文侯聽鄭、衛之音則不知倦，蓋鄭、衛皆淫風，而鄭尤甚。

《緇衣》，緇音資。**美武公也。**疏曰：「武公掘突，桓公友子。」○《索隱》曰：「名滑突。」滑一作掘，音鶻。**父子並爲周司徒，**疏曰：「父謂武公父桓公友。」**善於其職。國人宜之，**朱氏曰：「周人作是詩。」○《詩記》曰：「若鄭人所作，何爲三章皆言『適子之館兮』？」**故美其德，以明有國善善之功焉。**曰：鄭武公詩，平王時。○《詩記》曰：「『好賢如《緇衣》』，賢〔一〕，即武公父子也。講師誤以爲武公好賢，遂曰『有國善善之功焉』，失其旨矣。」

説者多以此詩爲鄭人所作，謂周人之詩，當在《王風》，非也。《破斧》《伐柯》《九罭》《狼跋》，皆周大夫所作而附於《豳》。此武公入爲周司徒，善於其職，周人善之而作此詩耳。周人愛武公，欲其常爲卿士，至其子莊公，不克肖其德，周人遂畀虢公政，而《緇衣》之意替矣。

緇衣之宜兮，《傳》曰：「緇，黑色。卿士聽朝之正服也。」○疏曰：「《冬官·鍾氏》言染法〔二〕，『三入爲

〔一〕「賢」上，諸本及吕祖謙《吕氏家塾讀詩記》卷八有「所謂」二字。

〔二〕「鍾」，原作「鐘」，據李本、姜本、顧本、畬本、授本、聽本、仁本及《周禮注疏》卷四十改。

纁，五入爲緅，七入爲緇』。注云：『染纁者三入而成，又再染以黑，則爲緅；又復再染以黑，則成緇。』緇衣，即《士冠禮》所云『主人玄冠朝服，緇帶素韠』是也。諸侯與其臣服之，以日視朝，故禮通謂此服爲朝服。」纁音熏。緅音鄒。○曹氏曰：「《玉藻》云：『天子皮弁，以日視朝；諸侯朝服，以日視朝於内朝。』是天子常朝之服用皮弁，諸侯常朝之服用羔裘、玄冠也。皮弁以白鹿皮爲冠，以狐白皮爲裘，以素錦爲衣而裼之，其上加朝服，十五升白布爲之，衣冠同色故也。羔裘以緇布爲冠，以黑羊皮爲裘，以緇布爲衣而裼之，其上加朝服，十五升緇布爲之，其裳皆素。凡朝服，君與卿大夫同。今天子之卿而服緇衣者，蓋既朝於天子而退治事，則釋皮弁而服緇布衣，以聽其所朝之政也。」裼音錫。**敝予又改爲兮。**敝音弊，本又作弊。**適子之館兮，**《傳》曰：「館，舍也。」○李氏曰：「言諸侯各有館舍也。」**還予授子之粲兮。**還音旋。○王氏曰：「粲，粟治之精者。」○朱氏曰：「漢有白粲之刑，給舂導之役[一]。」

武公之賢，周人愛之，故作此詩。言武公爲王卿士，而服此緇衣也甚宜，謂德稱其服也。此衣若敝，我周人當爲子更爲之，願其久於位矣。我適汝武公所寓之館，以其自鄭而至，省問其舍止之安否也。既見之而歸，我又取米之精者以遺之，猶白飯青芻之意也。士無賢不肖，入朝見疾，武公以諸侯入爲卿士，宜周人之所疾忌。今稱譽之，願望之，親往省之，又即饋遺之，且不以麤糲進也。糲，辣、厲二音。拳拳如此，豈非好

[一] 仁本校云：「『導』當作『稾』，謂擇米，據《說文解字注》。」

賢之至乎？○孔子云：「於《緇衣》，見好賢之至。」《孔叢子》。又云：「好賢如《緇衣》，惡惡如《巷伯》。」《禮記・緇衣》。《緇衣》之詩，繾綣殷勤，可謂好之之至，故曰「好賢如《緇衣》」。《巷伯》之詩，欲取譖人投畀豺虎，豺虎不食，則投畀有北，有北不受，則投畀有昊，可謂惡之之至，故曰「惡惡如《巷伯》」。詩之好賢惡惡者多矣，獨舉二詩，以其至者言之也。

緇衣之好兮，《傳》曰：「好，猶宜也。」**敝予又改造兮。適子之館兮，還予授子之粲兮。**

緇衣之蓆兮，蓆音席。○程子曰：「蓆，安舒之義〔一〕，服稱其德則安舒。」○《傳》曰：「蓆，大也。」**敝予又改作兮。適子之館兮，還予授子之粲兮。**

《緇衣》三章，章四句。

《將仲子》，將音鏘。**刺莊公也。**疏曰：「莊公寤生，武公掘突子。」**不勝其母，**勝音升。**以害其弟。**疏曰：「弟名段，字叔。」**弟叔失道而公弗制，祭仲諫而公弗聽，**祭音再。**小不忍以致大亂焉。**曰：鄭莊公詩，平王時。○《左傳・隱元年》：「初，鄭武公娶于申，曰武姜，生莊公及共

〔一〕「安舒」，原作「舒安」，據仁本及程頤《程氏經說》卷三改。按，下句「服稱其德則安舒」即作「安舒」。

叔段。莊公寤生，驚姜氏，遂惡之。愛共叔段，欲立之，亟請於武公。公弗許。及莊公即位，爲之請制。公曰：『制，巖邑也，虢叔死焉。他邑唯命。』請京，使居之，謂之京城大叔。祭仲曰：『都城過百雉，國之害也。今京不度，非制也，君將不堪。』公曰：『姜氏欲之，焉辟害？』對曰：『不如早爲之所。』公曰：『多行不義必自斃，子姑待之。』既而大叔命西鄙、北鄙貳於己。公子吕請除之，公曰：『無庸，將自及。』大叔又收貳以爲己邑，至於廩延。子封曰：『可矣。』公曰：『不義不暱，厚將崩。』大叔將襲鄭，夫人將啓之。公曰：『可矣。』命子封帥車二百乘以伐京。京叛大叔段，段入於鄢。公伐諸鄢，大叔出奔共。書曰：『鄭伯克段于鄢。』段不弟，故不言弟；如二君，故曰克；稱鄭伯，譏失教也，謂之鄭志。」亟音器。大音泰。鄢，於晚、於建、於然三音。共音恭。子封，公子吕也。○《補傳》曰：「《將仲子》之《序》，與《左氏》合，信乎《詩序》經聖人之手，而《左氏》之好惡與聖人同也。」○《穀梁》曰：「何甚乎鄭伯？甚鄭伯處心積慮，成於殺也。」○《公羊》曰：「曷爲大鄭伯之惡？母欲立之，己殺之，如勿與而已矣。」○胡氏曰：「用兵，大事也。必君臣合謀而後動，則當書國；命公子吕爲主帥，則當稱將；出車二百乘，則當稱師。三者咸無稱焉，而專目鄭伯，是罪之在伯也。猶以爲未足，又書『克段于鄢』，克者，力勝之辭；不稱弟，路人也；于鄢，操之爲已蹙矣。姜氏當武公存之時，嘗欲立段矣。公既没，姜以嫡母主乎内〔一〕，段以寵弟多才居乎外，國人又悦而歸之。莊公恐其終將軋己，爲後患也，故授之大邑，而不爲之所，縱使失道，以至於亂，然後以叛逆討之，則國人不敢從，姜氏不敢主，而大叔屬

〔一〕「嫡」上，味本、李本、姜本、顧本、薈本、授本、聽本、復本及胡安國《春秋胡氏傳》卷一有「國君」二字。

籍當絶，不可使居父母之邦〔一〕。此鄭伯志也。」

莊公克段之事，《左氏》以爲譏失教，此詩《後序》以爲小不忍，皆責之也輕。至《穀梁》《公羊》及胡氏深誅其心，以爲大惡。後之説詩者祖其意，以《後序》爲非，且謂詩人探莊公之心，在於殺段，而託諸父母、諸兄、國人以爲説，冀以稔成其惡耳。竊謂此駁《後序》未盡莊公之惡則然，而説詩之本意，則未也。叔段舊有奪嫡之謀，莊公固已不能釋然于懷矣，而又挾材武，怙母寵，結羣小，將不利于宗國，此莊公之所深忌也。請制弗許，請京與之，迫於母意，不得已焉耳。始答祭仲，曰：「多行不義必自斃。」繼答公子吕，曰：「無庸，將自及。」至公子吕又言之，則曰：「不義不暱，厚將崩。」蓋挾數用術，爲秋實黄落之計，設心不仁矣。觀段之淺露，爲羣小所縱臾，而欲謀宗國，何能爲者邪？固易之矣。及段將襲鄭，公曰：「可矣。」蓋幸其釁自彼作，謂人不得以議我，豈有涕泣而道之之意哉？公固非不忍者，然《春秋》乃聖人褒貶之法，變風乃國人

〔一〕「使」，胡安國《春秋胡氏傳》卷一作「復」。

諷諫之辭，不可以並論也。此詩止以公與祭仲有殺段之謀，故設爲公拒祭仲之辭，以天理感動之、公論開悟之耳。如此則不失詩人温柔敦厚之旨也。

將仲子兮，《傳》曰：「將，請也。仲子，祭仲也。」○曹氏曰：「仲子，祭仲足也。祭，其氏也，名仲而字仲足。」**無踰我里，**《傳》曰：「踰，越也。里，居也。二十五家爲里。」**無折我樹杞。**疏曰：「杞，柳屬。」○陸璣曰：「生水傍，樹如柳，葉麤而白色〔一〕，理微赤，其材堅韌，今人以爲車轂。」韌音仞。○今曰：「樹杞，猶言杞樹耳。杞、桑、檀皆美木，以喻兄弟。」○三杞，考見《四牡》。**豈敢愛之？畏我父母。**疏曰：「於時，其父亡，與母連言之耳。」**仲可懷也，**今曰：「懷，念也。」**父母之言，亦可畏也。**

祭仲之謀迫而淺，欲速去其偪，曰：「早爲之所。」莊公之謀狡而深，欲養成其惡〔二〕，曰：「子姑待之。」公與祭仲皆欲致段於死地，所争遲速之間耳，公非拒祭仲也。國人知公與祭仲有殺段之謀，乃反其意，設爲公拒祭仲之辭以諷之，謂公若曰：請仲子無踰越我所居之里，無損折我美樹之杞，喻無入我家而害我兄弟也。我豈敢愛段而私之哉？乃畏我父母也。仲子之言固可念也，然父母之言亦可畏也。公未嘗有是

〔一〕「色」，原作「木」，據畬本、授本、聽本、復本及《毛詩正義》卷四之二改。
〔二〕「欲」，諸本作「故」。

言也，而詩人代公言之，若謂公之已諭者，諷公縱不愛段，獨不畏父母乎？蓋譎諫也。

將仲子兮，無踰我牆，無折我樹桑。吕氏曰：「《孟子》云：『樹牆下以桑。』則桑在牆下也。」**豈敢愛之？畏我諸兄。**《傳》曰：「諸兄，公族。」**仲可懷也，諸兄之言，亦可畏也。**

諷公縱不愛段，獨不畏公族之議乎？

將仲子兮，無踰我園，《傳》曰：「園所以樹木也。」○疏曰：「園者，圃之藩，故其内可以種木也。」**無折我樹檀。**《傳》曰：「檀，彊韌之木。」○疏曰：「檀材可以爲車。」○陸璣曰：「檀木皮正青滑澤。」**豈敢愛之？畏人之多言。仲可懷也，人之多言，亦可畏也。**

諷公縱不愛段，獨不畏國人之多言乎？

《**將仲子**》三章，章八句。

《**叔于田**》，**刺莊公也。叔處于京，**處音杵。○曹氏曰：「滎陽，故東虢國也，有京水、索水，楚漢戰於京、索之間，即其地也。京邑在滎陽縣東，敖倉、鴻溝在縣西，官渡在中牟，皆古戰爭處。制，即成皋，舊虎牢也。」索，師古音求索之索。**繕甲治兵，**繕音擅。○《箋》曰：「繕之言善也。甲，鎧也。」鎧音慨，韻又音愷。○今曰：「繕，補也。繕甲，修治之意。」**以出于田，國人說而歸之。**說音悅。○曰：鄭莊公詩，平王時。

二《叔于田》皆美叔段之材武，無一辭他及，而《首序》以爲刺莊公，蓋與《春秋》書「鄭伯克段」譏失教之意同。《首序》經聖人之手矣，説《詩》不用《首序》，則二《叔于田》皆爲美叔段，《椒聊》爲美桓叔，叔段、桓叔可美也乎哉？此詩言段出田，而京邑之黨相媚説以從之耳。《後序》謂國人説而歸之，非也。鄭師臨其境，京人亦叛之矣。

叔于田，《傳》曰：「叔，大叔段也。田，取禽也。」大音泰。○《箋》曰：「于，往也。」**巷無居人。**《傳》曰：「巷，里塗也。」○疏曰：「里内之途道也。」**豈無居人？不如叔也，洵美且仁。**洵音荀。○《箋》曰：「洵，信也。」

段好田獵馳騁，其黨諛悅之，謂叔之往田獵也，人皆從之，里巷之内，無復居人，豈盡無居人乎？雖有居人，但不如叔之信美且仁也。段豈真美且仁哉？其黨私之之言，猶河朔之人謂安史爲聖也。詩人之意，謂段之不令，而羣小相與縱臾如此，必爲厲階以自禍，莊公曷爲不禁止之乎？故《序》曰「刺莊公也」。

叔于狩，音守〔一〕。○《傳》曰：「冬獵曰狩。」**巷無飲酒。豈無飲酒？不如叔也，洵美且好。**

叔適野，《箋》曰：「適，之也。郊外曰野。」**巷無服馬。**《箋》曰：「服馬，猶乘馬也。」○今曰：「《易·繫辭》：『服牛乘馬。』」**豈無服馬？不如叔也，洵美且武。**曹氏曰：「言其有藝也。」

《叔于田》三章，章五句。

《大叔于田》，大如字。**刺莊公也。叔多才而好勇，**好去聲。**不義而得衆也。**曰：鄭莊公詩，平王時。○蘇氏曰：「二詩皆曰『叔于田』，故此加『大』以别之，非謂段爲大叔也。然不知者又加『大』于首章，失之矣。」

兩《叔于田》，其三章章五句短篇者，止曰叔于田；其三章章十句長篇者，加「大」以别之。采詩之初未有《序》，故於首章加「大」，後有《序》，因存而不去，猶《書序》作《堯典》之下，復有「堯典」二字，存其舊也。公子吕云：「厚將得衆。」謂其所憑者厚，則羣小將以利合也。《序》祖其説，以爲得衆，非謂其真能

〔一〕「守」，原作「狩」，據味本、姜本、薈本、仁本改。

得人心也。

大叔于田，乘乘馬。曰：上乘如字，駕也。下乘去聲，四馬也。**執轡如組，**朱氏曰：「轡，今之韁也。」○錢氏曰：「組文五采相間，手執六轡，如組之文，言其齊比。」○今曰：「疏謂『織組者，總紕於此，成文於彼。御者執轡於手，馬騁於道，言如織組之爲』，不若言如組之文爲簡徑也。」紕，必二反。**兩驂如舞。**《箋》曰：「在旁曰驂。」○《傳》曰：「驂之與服，諧和中節。」○董氏曰：「五御之法，有舞交衢者，蓋詩所謂如舞也。服制於衡，不得如舞，其言舞者，驂也。」**叔在藪，**《傳》曰：「藪，澤，禽之府也。」○疏曰：「澤，水所鍾。水希曰藪。鄭有圃田，此言藪，圃田也。」**火烈具舉。**今曰：「烈，如『載燔載烈』之烈，謂以火焚烈之也。《孟子》『益烈山澤而焚之』，大司馬注：『火弊，火止也。』春田用火，因焚萊除陳草，皆殺而火止。」○曹氏曰：「《王制》云：『昆蟲未蟄，不以火田。』故《爾雅》謂『火田爲狩』，惟冬田乃用火耳。若夫刈草以爲防，驅禽而納諸防中，然後焚而射焉，則四時之田皆然也。」○《傳》曰：「具，俱也。」**襢裼暴虎，**襢裼音但錫，但上濁也。○《傳》曰：「襢裼，肉袒也。」○疏曰：「李巡云：『脱衣見體曰肉袒。』」**獻于公所。將叔無狃，**將音鏘。狃音紐。○《傳》曰：「狃，習也。」○朱氏曰：「國人謂之。」**戒其傷女。**音汝。

上篇《叔于田》，段在京自出田也；此《大叔于田》，段在鄭從莊公出田也。叔之從公往田也，駕一乘之馬，矜其多能，代御人御，自執馬轡，如組文之齊比，其兩驂之馬，如舞者之中於樂節，皆見其善御也。叔在林藪禽獸所聚之地，以火烈而焚之，同時皆舉。叔乃襢去裼衣，徒手搏虎，以獻于莊公之所。以國君介弟之貴〔一〕，而氣習如此，見失教矣〔二〕。莊公不教誨禁止之，其私昵之黨乃致媚愛之辭曰：請叔無狃習此事，數數爲之，恐其或傷汝也。莊公爲可刺矣。○舊説「執轡如組」，叔之御人，下文又「良御忌」，乃言叔身善御，自爲支離也。正以叔「執轡如組」爲善御耳。

叔于田，乘乘黄。《傳》曰：「四馬皆黄。」**兩服上襄，**《箋》曰：「兩服，中央夾轅者。襄，駕也。上駕，言爲衆馬之最良也。」○朱氏曰：「馬之上者爲上駕，猶史所謂上駟也。」○今曰：「『終日七襄』。」**兩驂鴈行。**音航。○疏曰：「兩驂與服，其首差退，如鴈行之有次序。」**叔在藪，火烈具揚。**《傳》曰：「揚，光也。」○疏曰：「言舉火而揚其光也。」**叔善射忌，**音記。○《傳》曰：「忌，辭也。」**又良御忌。抑磬控忌，**控，空之去。○朱氏曰：「抑，發語辭。」○《傳》曰：「騁馬曰磬，止馬曰控。」○《補傳》曰：「騁馬曰磬，謂使之曲折如磬也；止馬曰控，謂有所控制不逸也。」○今曰：「今人稱馬韁爲磬控。」**抑縱送忌。**朱氏

〔一〕「之所。以」，薈本、復本無，味本、姜本、授本、聽本、仁本作「不教誨」，仁本校云：「上『不教誨』三字恐衍，蓋因下文誤。」顧本、李本作「段以」，從下讀。

〔二〕「見」下，李本、顧本有「莊公」二字。

曰：「舍拔曰縱〔一〕。」拔音跋。

兩服馬皆上駕，其馬最良也；兩驂馬如鴈行，其首差退也。既言叔良御忌，遂言其能罄以騁馬，控以止馬，則馬之進退惟其意，所以實其良御也；既言叔善射忌，遂言其能後手絶而縱，絶音蕝，子悅切。前手攧而送，則矢去勁而有力，所以實其善射也。○縱，放箭也。送，送箭也。今射者云前手攧，後手絶，攧即送也，絶即縱也。舊說從禽曰送，今不用。

叔于田，乘乘鴇。音保，依字作駂。○《釋畜》曰〔二〕：「驪白雜毛曰駂。」○釋曰：「毛色黑白而復有雜毛相錯者名駂，今所謂烏驄。」**兩服齊首，**《傳》曰：「馬首齊也。」**兩驂如手。**《箋》曰：「如人左右手之相佐助也。」**叔在藪，火烈具阜。**《傳》曰：「阜，盛也。」**叔馬慢忌，**《傳》曰：「慢，遲也。」**叔發罕忌。抑釋掤忌，**掤音冰。○《傳》曰：「掤，所以覆矢。」○疏曰：「昭二十五年《左傳》云：『公徒執冰而踞。』字異音義同，箭筩蓋也。」筩音同，箭室也。○今曰：「用矢則舉掤以開筩，既用則納矢筩中，釋下其掤以覆筩也。」**抑鬯弓忌。**鬯音暢。○《傳》曰：「鬯弓，弢弓。」弢音滔，弓衣也。○疏曰：「鬯者，盛弓之器。鬯弓，

〔一〕「縱」下，畲本有「覆彇曰送」四字。

〔二〕「畜」，原作「獸」。按，此實爲《爾雅·釋畜》文，《毛詩正義》卷四之二亦謂「《釋畜》文」，據改。

謂弢弓而納之鬯中。」鬯，韻作韔，注云：「弓衣也。」

田事既畢，則叔馬行遲矣。叔發矢希罕矣，釋掤以覆矢矣，以鬯鬯其弓矣。言其從容得意，如庖丁解牛，提刀而立，爲之四顧，爲之躊躇滿志，善刀而藏之也，亦可想叔段洋洋之意矣。○段有不義之謀，兄弟之間，人所難言。詩人優柔之意，但言段矜能恃勇，暴虎以獻，氣陵其兄，私黨諂事，甘言媚悦，方且踴躍馳騁，不能自已，從容畢事，意氣自得，其氣習輕揚麤暴如此，殆非令終之器，所謂智伯「射御足力則賢，而以不仁行之」者也，公何爲不早禁止之乎？

《大叔于田》三章，章十句。

《清人》，刺文公也。 疏曰：「文公踕，厲公突子。」踕音捷。 **高克好利而不顧其君，** 好去聲。 **文公惡而欲遠之不能，** 惡，烏路反。遠去聲。 **使高克將兵而禦狄于竟，** 將去聲。竟音境。 **陳其師旅，翺翔河上，久而不召，衆散而歸，高克奔陳。公子素惡高克進之不以禮**〔一〕**，** 疏

〔一〕仁本校云：「朱子云：『進之，當作之進。』」

曰：「鄭之公子名素。」**文公退之不以道，危國亡師之本，故作是詩也。**曰：鄭文公詩，惠王時。○疏曰：「《春秋・閔公二年》：『冬十二月，狄入衛，鄭棄其師。』衛在河北，鄭在河南，恐其渡河侵鄭，故使高克將兵於河上禦之。公子素作詩以刺之。」○胡氏曰：「人君擅一國之名寵，殺生予奪，惟我所制耳。使高克不臣之罪已著，按而誅之可也；情狀未明，黜而退之可也〔一〕；愛惜其才，以禮馭之亦可也。烏有假之以兵權，委諸竟上，坐視其卒伍離散，而莫之邺乎？然則棄師者鄭伯，乃以國稱，何也？二三執政，股肱心膂，休戚之所同也，不能進諫于君，協志同力，黜逐小人，而國事至此，是謂危而不持，顛而不扶，則將焉用彼相矣？《春秋》書曰『鄭棄其師』，君臣同責矣。」

《春秋經》書「鄭棄其師」，罪文公也，與《首序》合。

清人在彭，《傳》曰：「清，邑也。彭，衛之河上，鄭之郊也。」○《箋》曰：「清者，高克所帥衆之邑也。」**駟介旁旁。**音絣。○《箋》曰：「駟，四馬也。」○《傳》曰：「介，甲也。」○疏曰：「旁旁然不息。」○今曰：「《北山》『王事傍傍』，字異音義同。」**二矛重英，**重平聲。○《箋》曰：「二矛，酋矛、夷矛也。」○疏曰：「《考工記》云：『酋矛常有四尺，夷矛三尋。』注云：『八尺曰尋，倍尋曰常。』《魯頌》以矛與重弓共文，弓無二等，直是一弓而重之，則知二矛亦一矛而有二。故彼《箋》云：『二矛重弓，備折壞。』直是酋矛有二，無夷

〔一〕「退」，胡安國《春秋胡氏傳》卷十作「遠」。

矛也。」○英，《傳》曰：「矛各有英飾也。」○疏曰：「經言重英，嫌一矛有重飾，故云各有英飾，言其各自有飾，並建而重累。《魯頌》説矛之飾謂之朱英，則以朱染爲英飾。」**河上乎翱翔。**《載驅・傳》曰：「翱翔，猶彷徉也。」彷徉音旁羊。○錢氏曰：「如鳥之翱翔也。」

高克所率清邑之人，在於河上之彭地。狄去無事，乃使四馬被甲驅馳，旁旁然不息，其車之上，建酋矛、夷矛，長短不同，其英飾相重累，翱翔於河上之地，何爲者耶？詩意謂彼既無事，不召之使還，將潰散矣。永嘉鄭氏曰：「夫擁大衆於外而無所事，不爲亂則潰散爾。」

清人在消，《傳》曰：「消，河上地也。」**駟介麃麃。**音標。○《傳》曰：「麃麃，武貌。」**二矛重喬，**毛音橋，鄭音驕。○《傳》曰：「重喬，累荷也。」○《釋文》曰：「荷，舊音何，謂刻矛頭爲荷葉，相重累也。沈胡可反，謂兩矛之飾相負荷也。」○疏釋毛曰：「喬，高也。以矛建於車上，五兵之最高者也。而二矛同高，復有等級〔一〕，故謂之重喬〔二〕。謂此二矛刃有高下，重累而相負揭。」○《箋》曰：「喬，矛矜近上及室題，所以縣毛羽。」縣音玄。○疏釋鄭曰：「矜謂矛柄也，室謂矛之銎孔。襄十年《左傳》云：『舞師題以旌夏。』杜預云：『題，識也。』題者，表識之言。《箋》言喬者，矛之柄近於上頭，及矛之銎室之下，當有物以題識之。」銎音

〔一〕「復」上，《毛詩正義》卷四之二有「其高」。
〔二〕「喬」，《毛詩正義》卷四之二作「高」。

如芎。識音志。**河上乎逍遥。**錢氏曰："逍遥，行樂也。"

清人在軸，音逐。○《傳》曰："軸，河上地也。"○疏曰："彭、消、軸，皆河上之地。久不得歸，師有遷移，三地亦應不甚相遠。"**駟介陶陶。**音導。○《傳》曰："陶陶，驅馳之貌。"**左旋右抽，中軍作好。**去聲。○《箋》曰："左人，謂御者；右，車右也。中軍，將也。"○疏曰："《左傳·成二年》説晉之伐齊，云：『郤克將中軍，解張御，鄭丘緩爲右。郤克傷於矢，流血及屨，未絶鼓音，曰："余病矣。"張侯曰："自始合，而矢貫余手及肘，余折以御。左輪朱殷，豈敢言病？"』張侯即解張也。郤克傷矢，言未絶鼓音，是郤爲將，在鼓下也。張侯傷手，而血染左輪，是御者在左也。此謂將之所乘車耳。兵車之法，左人持弓，右人持矛，中人御，御不在左也。"解音蟹。殷，於閑反。

師久不歸，厭其處則復遷，故自彭而消，自消而軸，翱翔偏於河上之地。既閒暇無所作爲，乃使在左之御者，習旋其車；車右勇力之士，抽兵刃以習擊刺；將居中央爲容好而已，遊戲以自樂也。○一説，好如字。左軍旋而歸，右軍抽而退，皆已逃散，唯中軍高克所自將，雖作好而彊留，亦不能久也。亦通。

《**清人**》三章，章四句。

《羔裘》，刺朝也。朝音潮。**言古之君子以風其朝焉。**風音諷。○曰：鄭莊公詩，在平、桓之間。○《箋》曰：「朝無忠正之臣，故刺之。」

或謂《檜·羔裘》專刺其君，《唐·羔裘》專刺其臣，《鄭·羔裘》兼刺君臣。案此詩言豹飾，止是臣下之服。「舍命不渝」及「邦之司直」「邦之彥兮」，皆臣事也，止當爲刺在朝之臣。

羔裘如濡，疏曰：「緇衣、羔裘，諸侯與其臣服之，以日視朝也。」○《傳》曰：「如濡，潤澤也。」○今曰：「沾濕也[一]。」**洵直且侯。**歐陽氏曰：「洵，信也。」○《韓詩》曰：「侯，美也。」**彼其之子，**其音記。○朱氏曰：「其，語助也[二]。」**舍命不渝。**舍音赦。○《傳》曰：「渝，變也。」

言古之君子服羔裘之衣，其色潤澤，如濡濕之。信其直而且美，謂德稱其服也。美其有德，故謂其裘若有潤澤，喜慕之辭也。直者，大公至正之謂也。充實之謂美，直而且美，則養其剛大，而至於充實矣。命者，天之所以賦予於我者，舍則居之而安也。人惟不安於命，所守不固，故不能剛大充實。彼古之君子能安於命，臨利害而不變，所以直而美也。稱彼所以譏此也。

[一]「沾濕」，諸本作「霑濡」。

[二]「也」，諸本及朱熹《詩集傳》卷四作「辭」。

羔裘豹飾，《傳》曰：「豹飾，緣以豹皮也。」緣去聲。○疏曰：「君用純物，臣下之，故袖飾異皮。」**孔武有力。**《傳》曰：「孔，甚也。」**彼其之子，邦之司直。**《傳》曰：「司，主也。」○今曰：「猶屠蒯言『女爲君耳，將司聰也』之司。」

言古之君子服其羔裘，而豹皮爲袖之緣，其人甚武而有力，然非賁育之謂也。繼言彼其之子，可以司國之直，謂敢行禮義，不畏彊禦，斯以爲孔武有力也。司直，謂直道之宗主。官名多稱司，言主掌之也。

羔裘晏兮，錢氏曰：「晏，安也。」**三英粲兮。**《傳》曰：「三英，三德也。」○《箋》曰：「剛克柔克，正直也。」○朱氏曰：「粲，鮮明貌。」**彼其之子，邦之彦兮。**《傳》曰：「彦，士之美稱。」

羔裘晏兮，言德稱其服，故服之而安，猶云「緇衣之宜兮」；三英粲兮，言三俊爲國光華也。○三英，或以爲裘之英飾，前後有三，如五紽、五緎、五總之類。只是臆度，無文可據。毛氏以爲三德，或疑牽合於三之數。今考《立政》「三俊」，注以爲剛柔正直，英即俊也，毛氏之説有源流矣。此詩每章第二句皆言德美，知三英非言英飾也。

《羔裘》三章，章四句。

《遵大路》，思君子也。莊公失道，君子去之，國人思望焉。曰：鄭莊公詩，在平、桓之間。○《詩記》曰：「武公之朝，蓋多君子矣。至於莊公，尚權謀，專武力，氣象一變。左右前後，無非祭仲、高渠彌、祝聃之徒也，君子安得不去之乎？」○曹氏曰：「莊公殺弟幽母，加兵於天子，其失道多矣。失道之君，胡可與久處？宜君子之去之也。不有君子，其能國乎？是以身死而國亂，至於公子五争，兵甲不息，有由然也。」

鄭莊克段、誓母、交質之事，在平王時；鄭莊前二十四年。交惡、歸祊、繻葛之事，在桓王時。鄭莊後十九年。入春秋首惡也。《羔裘》《遵大路》《女曰雞鳴》三詩之時，無以明之，疑而繫之平、桓之間，毋質也。舊圖列之莊王，誤矣。鄭莊卒於桓之十九年，不及莊王之世。

遵大路兮，《傳》曰：「遵，循也。」**摻執子之祛兮。**摻音糝。祛音驅。○《傳》曰：「摻，擥也。」○今曰：「擥，韻亦作攬，釋云：『擸持也。』祛，袖口也。祛袂之祛，從衣。祛去之祛，從示。祛，解見《唐·羔裘》。」**無我惡兮，**惡，烏路反。**不寁故也。**寁，子感反，從韻。○《傳》曰：「寁，速也。」○今曰：「速，猶言倉卒也。」

莊公失道，君子惡之，遵循大路而去，其國人欲攬持其裾袖以留之，曰：子無惡我而不留，不可倉卒於故舊也，謂棄去之速也。不言其惡莊公，而以爲惡我，婉辭也。言故舊，以先君之義諷之，庶其或留也。此詩止惜賢者之去，而莊公身不行道，爲君子所棄，可見矣。大路非隱僻之所，而君子遵此以去，觀瞻所繫，衆所共惜。莊公不留之，乃使國人欲留之，是可刺也。曹氏曰：「申公、白生彊起穆生，曰：『獨不念先王之德歟？』即此詩欲留君子之意。」

遵大路兮，摻執子之手兮。無我魗兮，魗，毛音讎，鄭音醜。○《傳》曰：「魗，棄也。」○《箋》曰：「亦惡也。」**不寁好也。**好去聲。○蘇氏曰：「好，舊好也。」

《遵大路》二章，章四句。

《女曰雞鳴》，刺不説德也。説音悦。**陳古義以刺今不説德而好色也。**好去聲。○曰：

鄭莊公詩，在平、桓之間。

古者夫婦相警以勤生，又能同心以親賢，是好德而不淫於色也。

女曰雞鳴，士曰昧旦。《詩記》曰：「昧，晦也。旦，明也。昧旦，天欲旦，晦明未辨之時也。《列子》云：『將旦昧爽之交，日夕昏明之際。』」**子興視夜，明星有爛。**《傳》曰：「言小星已不見也。」**將翺將翔，**今曰：「翺翔，雍容和緩之意。」**弋鳧與鴈。**弋音翼。鳧音符。○《箋》曰：「弋，繳射也。」繳音灼。○

疏曰：「謂以繩繫矢而射也。繳謂生絲爲繩也。」○曹氏《鳧鷖》解曰：「鳧，野鷖。」○解見《鳧鷖》。

此詩述夫婦相警之辭。始婦警其夫曰：雞鳴可興矣。夫曰：姑俟昧旦也。婦又警其夫曰：子宜興而視夜之如何？蓋小星已不見，唯明大之星爛然，天將曉矣。方將雍容翱翔而往，弋取鳧鴈而歸，早則從容，晏則怱遽〔一〕，起不可以不早也。○蘇氏以明星爲啓明，蓋今俗所謂曉星也。毛氏謂天將曉，則小星不見，惟明大之星爛然。雖不指爲啓明，然將曉而明大者，惟啓明耳。至《陳·東門之楊》「明星煌煌」，但言夜深則星明，又不必專爲曉星矣。

弋言加之，蘇氏曰：「加，中也。《史記》云：『以弱弓微繳，加諸鳧鴈之上。』」**與子宜之。**朱氏曰：「和其所宜也。《內則》云：『牛宜稌，羊宜黍，豕宜稷，犬宜粱，鴈宜麥，魚宜苽。』」**宜言飲酒，與子偕老。琴瑟在御，莫不靜好。**

婦人謂其夫曰：子弋射鳧鴈，加而中之。我當與子和其滋味之所宜，既和其所宜，以之飲酒相樂，期與子以偕老〔二〕。飲酒之時，琴瑟在於侍御，莫不安靜而和好。言夫

〔一〕「怱」，味本、姜本、畬本作「忽」，李本、顧本作「急」。

〔二〕「與子以」，味本、姜本、仁本作「于子以」，李本、顧本作「于」。

婦相愛之意也。朱氏曰：「射者男子之事，而中饋者婦人之職也。」

知子之來之，雜佩以贈之。《傳》曰：「雜佩者，珩璜琚瑀衝牙之類。」音行黄居禹。○朱氏曰：「珩，佩之上横者也。下垂三道，貫以蠙珠。璜如半璧，繫於兩旁之下端。琚如圭，而兩端正方，在珩、璜之中。瑀如大珠，在中央之中，别以珠貫下，繫於璜，而交貫於瑀，復上繫於珩之兩端。衝牙如牙，兩端皆鋭，横繫於瑀，下與璜齊，行則衝璜出聲也。」○《箋》曰：「贈，送也。」**知子之順之，雜佩以問之。**《傳》曰：「問，遺也。」遺音位。○疏曰：「《曲禮》云：『凡以苞苴簞笥問人者。』《左傳》：『衛侯使人以弓問子貢。』皆遺人物謂之問。」**知子之好之，**好去聲。**雜佩以報之。**

婦語其夫，謂知汝所招來而新相知者，吾將解雜佩以贈送之；知汝所和順而莫逆於心者，吾將解雜佩以遺問之；知汝所好慕而尊敬之者，吾將解雜佩以報答之。雜佩，難得之物，未必常有，特言苟有賢者之至，當有以結其歡心，而無所愛於服玩之物。此由其夫好德，故其妻能奉承其意也。

《女曰雞鳴》三章，章六句。

《有女同車》，尺奢反。**刺忽也。**疏曰：「昭公忽，莊公寤生世子。祭仲逐之而立突。」**鄭人刺**

忽之不昏于齊。太子忽嘗有功于齊，齊侯請妻之。妻音砌。**齊女賢而不取，**音娶。**卒以無大國之助，至於見逐，故國人刺之。**曰：鄭昭公初立詩，桓王時。○疏曰：「桓六年《傳》云：『北戎侵齊，齊侯使乞師於鄭。鄭大子忽帥師救齊。六月，大敗戎師，獲其二帥大良、少良，甲首三百以獻於齊。』是大子忽嘗有功於齊也。《傳》又云：『公之未婚於齊也。齊侯欲以文姜妻鄭太子忽。太子忽辭。人問其故，大子曰：「人各有耦，齊大，非吾耦也。《詩》云：『自求多福。』在我而已，大國何爲？」君子曰：「善自爲謀。」及其敗戎師也，齊侯又請妻之。固辭。人問其故，大子曰：「無事於齊，吾猶不敢。今以君命奔齊之急，而受室以歸，是以師婚也，人其謂我何？」遂辭諸鄭伯。』如《左傳》文，齊侯前欲以文姜妻忽，後復欲以他女妻忽，再請之。此言齊女賢而忽不取，謂復請妻者，非文姜也。」妻音砌。○廣漢張氏曰：「忽之不昏于齊，未爲失也，而詩人追恨其失大國之助者，蓋見忽之弱爲甚，追念其資於大國，或有以自立。此國人之情也。蓋忽者，先君之世子，其立也正，故其始也，國人見其逐而憐其無助耳。」

突挾宋之援以逐忽，故國人惜忽之無援而作此詩也。《春秋》桓十一年〔一〕，經書「鄭忽出奔衛」，以其失國，故不稱子；十五年，經書「鄭世子忽復歸于鄭」，以

〔一〕「十一」，原作「五」，據李本、顧本改。按，《春秋經·桓公十一年》曰：「鄭忽出奔衛。」

其歸國，故稱世子；以其終失國，出入皆不稱鄭伯。此《首序》稱忽，《擊鼓》稱州吁，《墓門》稱陳佗，皆用《春秋》書法，知經聖人之手矣。

有女同車，《傳》曰：「親迎同車也。」○疏曰：「《士婚禮》云：『女始乘車〔一〕，壻御輪三周。』是同車也。」**顏如舜華。**如字。○《傳》曰：「舜，木槿也。」○《釋草》曰：「椵，木槿。櫬，木槿。」椵音假。○樊光曰：「別二名也，其樹如李，其華朝生暮落。」○陸璣曰：「五月始華，故仲夏《月令》云：『木槿榮。』」○山陰陸氏曰：「取瞬之義。」○曹氏曰：「舜華易落而無實，以況有色而德不稱焉。」**將翺將翔，**今曰：「翺翔，雍容和緩之意。」**佩玉瓊琚。**解見《衛・木瓜》。**彼美孟姜，**《傳》曰：「孟姜，齊之長女也。」○疏曰：「他女必幼於文姜，未必實長，假言其長以美之。」**洵美且都。**洵音荀。○《箋》曰：「洵，信也。」○《傳》曰：「都，閑也。」○疏曰：「都者，美好閑習之言。司馬相如《上林賦》云：『妖冶閑都。』」

忽以弱見逐，國人追恨其不取齊女。言忽所取他國之女，行親迎之禮，而與之同車者，特取其色爾。此女色如木槿之華，朝生暮落，不足恃也。而今也且翺且翔於此，佩其瓊琚之玉，徒有威儀服飾之可觀，而無益於事也，曷若彼美好齊國之長女，信美

〔一〕仁本校云：「『女始』以下九字，《鄭箋》文，《士昏禮》不載。」按，此九字爲下章《鄭箋》文，其後又有「御者代婿」一句，孔疏云：「《昏義》文也。」今嚴氏摻《鄭箋》作疏語，又誤《昏義》爲《士昏禮》。

而且閑雅。向來忽若取之，則有大國以爲援，而不至於見逐矣。○舊説以有女即孟姜，其文重複。彼，乃别指之辭。有女同車，指忽所取者；彼美孟姜，指忽所不取者。忽之辭齊婚也，祭仲曰：「君多内寵，子無大援，將不立。」正此詩之意也。

有女同行，錢氏曰：「同以車行也。」**顔如舜英。**《傳》曰：「英，猶華也。」**將翺將翔，佩玉將將。**音鏘。○《釋文》曰：「將將，玉佩聲。」**彼美孟姜，德音不忘。**德音，解見《假樂》。

言齊女有賢譽，至今使人不能忘，恨不取之也。《車舝》「德音來括」，言其有賢譽；此言「德音不忘」，即所謂齊女賢而不取也。《詩記》曰：「不借助於大國而自求多福，忽非奮然誠有是志也。蓋其爲人淺狹而多所拘攣，暗滯而動皆疑畏，浮易而不知審量，孑孑然以文義自喜，而國勢人情與其身之安危，皆懵然莫之察也，適足以取亡而已矣。使忽誠有是志而深求其實，則質之弱固可彊，而所以持國者，固無待於外助也。惟其爲善，有名而無情，所以卒見嗤於祭仲，而爲詩人所閔。此功利之説所以多勝，而信道者所以益寡也。」

《有女同車》二章，章六句。

《山有扶蘇》，刺忽也。所美非美然。今曰：「鄭昭公詩，桓、莊之間。疏以《山有扶蘇》《蘀兮》《狡童》三詩爲忽後立時事，則爲莊王時，然未有以明之。」

爲君在辨君子、小人而已，忽闇於知人，所美之人，非真美也。

山有扶蘇，《傳》曰：「扶蘇，扶胥，小木也。」○疏曰：「《釋木》無文，毛當有以知之，未詳其所出也。」**隰有荷華。**如字。○《傳》曰：「荷華，扶渠也。」○《釋文》曰：「未開曰菡萏，已發曰芙蓉。」菡，酣之上濁，頷、撼同音。萏，談之上濁，禫、髧同音。**不見子都，**《釋文》曰：「都，美也。」○《傳》曰：「子都，世之美好者也。」**乃見狂且。**沮之平。○《傳》曰：「狂，狂人也。且，辭也。」

興也。山有扶蘇之小木，樸樕不足道，喻么麽之小人，此非美也；隰有扶渠之名華，自拔於污泥之中，喻脩絜之君子，此美也。美惡本不難見，忽乃所美非美，用捨倒置，君子去之，在其朝者皆小人耳。故不見都美之賢人，惟見狂人也。○世稱美好之人爲子都，《孟子》所稱子都，以貌之美，此詩所稱子都，以德之美，猶美人之名，或稱美貌，或稱美德。詩「彼姝者子」兩出，一爲賢者，一爲女子也。若以此子都爲美貌，則與「狂且」意義不貫。鄭氏以狂爲醜，其説牽彊。此詩子都、子充，皆指賢人耳。都，美好也。充，充實也。非有人名子都、子充也。○或謂山隰有草木，喻國之有人材耳，不必彊爲分別，此説非也。凡詩言山隰有草木，其草木皆相類，故不必分別；此詩以扶蘇對荷華，以喬松對游龍，皆不相類。荷，名華也；扶蘇，小木，不知其爲何木，其名不顯，其木可知，是荷華與扶蘇非類也。松，名木也，其材可爲棟梁，以喬言之，則又高竦而挺特；龍，凡草也，又以游言之，則枝葉放縱，與喬木亦非類也。周子以蓮有君子之德，夫子稱松有後凋之操，晉人稱和嶠爲千尺松，皆以荷、松喻賢，豈扶蘇、游龍輩所可同日語哉？詩人比並言之，蓋美惡相形矣。

山有喬松，王氏曰：「喬，高也。」**隰有游龍。**《箋》曰：「游，放縱也。」○《傳》曰：「龍，紅草也。」○《釋草》曰：「紅，蘢古，其大者蘬。」蘢音龍。○舍人曰：「紅名蘢古。」○陸璣曰：「一名馬蓼，葉大而赤白色，生水澤中，高丈餘。」**不見子充，**疏曰：「充實忠良者。」**乃見狡童。**今曰：「狡，獪也，從犭，非從亻。」

山有喬高之松木，挺特而秀拔，喻特立之君子，此美也；隰有放縱之龍草，縱橫而亂生，喻縱恣之小人，此非美也。今忽所美非美，故不見充實之賢人，乃見狡獪之小子也。李德裕言「正人如松柏，特立不倚；邪人如藤蘿，非附他物不能自起」。游龍正堪與藤蘿爲伍耳。

《山有扶蘇》二章，章四句。

《蘀兮》，蘀音託。**刺忽也。君弱臣彊，不倡而和也。**倡音唱。和去聲。○曰：鄭昭公詩，桓、莊之間。○《補傳》曰：「後篇權臣擅命，指祭仲，此篇亦指祭仲也。」

此詩小臣願忠於國，而力不能自爲也。《後序》之言，非詩意也。

蘀兮蘀兮，疏曰：「《七月·傳》云：『蘀，落也。』落葉謂之蘀。」○今曰：「槁葉未辭柯，以風所吹而必落，故呼槁葉爲蘀也[一]。」**風其吹女。**音汝。**叔兮伯兮，**錢氏曰：「叔伯，謂諸大夫也。」**倡予和女。**

興也。此小臣有憂國之心，呼諸大夫而告之，言此槁葉在柯，風將吹女，不能久矣。天大風則槁葉無不落，喻國有難則大夫皆不安，禍將及矣，豈可坐視以爲無與於己，而不相與扶持之乎？叔伯諸大夫，其亟圖之，汝倡我，則我和汝矣。謂患無其倡，不患無和之者也。當時卒無倡之者，由忽無忠臣良士也。二「女」字，皆呼諸大夫。

蘀兮蘀兮，風其漂女。漂音飄。○《傳》曰：「漂，猶吹也。」**叔兮伯兮，倡予要女。**要音腰。○《傳》曰：「要，成也。」

成女，謂相與成其事也。

《蘀兮》二章，章四句。

〔一〕「也」下，畬本有「蘀音託」三字。

《狡童》，刺忽也。不能與賢人圖事，權臣擅命也。擅音繕。○《箋》曰：「祭仲專也。」○今曰：「鄭昭公詩，桓、莊之間。」

狡童，或以爲指忽，或以爲指祭仲。《春秋》書忽，乃聖人筆削，以示褒貶；《首序》稱忽，亦國史所題，經聖人之手。忽以世子爲鄭君，其當時國人作詩，義不得目爲狡童也。若指祭仲，則祭仲自莊公時已爲卿，且爲莊公取鄧曼而生昭公，當昭公即位，仲已老矣，不應目爲童也。今考《山有扶蘇》之詩，刺忽所美非美，乃見狂且、狡童，是所用之人，非狂即狡，此詩正指忽所用之人耳。聖人删詩以垂世教，安取目君爲狡童乎？

彼狡童兮，不與我言兮。維子之故，使我不能餐兮。餐，粲之平。

忽所美非美，以狡童爲賢而信用之，不與賢人圖事。賢者憂之，不欲斥忽，而斥其所用之人也。爲告忽言之，故指狡童爲彼，而稱忽爲子，曰：彼狡猶之童，少不更事，恃權寵而侮老成，故不與我言也。彼狡童不足恤，吾惟憂君之故，恐爲所誤，至於不能餐也。○舊説既以狡童指忽，又以子爲指忽，非也。彼以指忽之所用，子以稱忽，則語意抑揚分明矣。彼者，薄之之辭；子者，親之之辭也。權臣擅命，將有他志，惡察察言，故但言憂之而不能餐，微辭也。

彼狡童兮，不與我食兮。維子之故，使我不能息兮。朱氏曰：「息，安也。」

共食，則可以從容謀事耳。不能息，謂不安息也。食息俱廢，憂之深也。○舊説謂不與食天禄，今不從。此詩蓋忽之朝猶有賢人在焉，而忽不與之謀耳，非謂在野之賢也。《詩記》曰：「賢者於忽，懇懇如此，而忽不之察焉，上下可謂不交矣。疏其可親，親其可疏，斯其所以亡也。」

《狡童》二章，章四句。

《褰裳》，褰音愆。**思見正也。狂童恣行，**去聲。○疏曰：「忽是莊公世子，於禮宜立，非詩人所當疾，故知『狂童恣行』謂突也。正，謂正争者之是非，去突而定忽。」**國人思大國之正己也。**

曰：鄭昭公初立詩，桓王時。

鄭人始作《蘀兮》，望大夫相與扶持之；既無其人，則又作《褰裳》，望大國之見正。蓋惓惓於忽也。説者多以狂童指忽，非也。忽以世子嗣位，其立也正。國人憂之，至於不能餐，其情可見。此詩及《有女同車》，皆欲求援大國，以扶植之也。王道既微，小國無所控愬，往往思方伯之拯己，霸圖能無興乎？是可以觀世變矣。

子惠思我，今曰：「惠，言恩惠我也。」**褰裳涉溱。**《釋文》曰：「褰，摳也。摳，挈也。」摳，恪侯反。○《說文》曰：「溱，水名，出鄭。」字作潧。○《補傳》曰：「溱、洧未必褰裳可涉，詩人此言，欲其急於拯亂耳。」**子不我思，豈無他人？狂童之狂也且。**沮之平。○朱氏曰：「且，語助辭也。」突以庶奪嫡，忽位已定而篡之，國人無如之何，故思大國正其孰爲當立、孰爲不當立。子，斥大國之人也。大國有以恩惠而念我鄭國之亂，欲來爲我討正之者，非道遠而難至，但褰揭其裳，涉溱水則至矣。子不我思，則豈無他國思我者乎？何爲皆不來也？望大國之正己，其情甚切，不主一國也。所以告急者，突乃狂童，以庶奪嫡，其狂已甚也。○舊説謂爾不我思，則當有他國思我者，如此則自爲悠緩之辭，非告急之意。

子惠思我，褰裳涉洧。音委。○《傳》曰：「洧，水名。」○李氏曰：「《說文》云：『洧出潁川陽城山，東南入潁。』」**子不我思，豈無他士？**《箋》曰：「他士，猶他人也。」**狂童之狂也且。**

《褰裳》二章，章五句。

《丰》，音峯。**刺亂也。昏姻之道缺，**《箋》曰：「謂嫁取之禮。」**陽倡而陰不和，**倡音唱。和去聲。**男行而女不隨。**曰：昭公詩，桓、莊之間。○疏曰：「《丰》《東門之墠》《風雨》《子衿》，直云刺亂世耳，或當突篡之時，或當忽入之後，其時難知。要之是忽爲主，亦宜繫忽，皆昭公詩。」

忽初立在桓王時，復立在莊王時。《扶蘇》《蘀兮》《狡童》《丰》《東門之墠》《風雨》《子衿》《揚之水》，詩不明何時作，則疑而附之桓、莊之間。疏指《山有扶蘇》至《狡童》爲忽後立時事，唯《丰》以下，其時難知，要之八詩一體，皆難定其時也。

子之丰兮，《傳》曰：「丰，豐滿也。」**俟我乎巷兮，**《傳》曰：「巷，門外也。」○疏曰：「門外之道也。」**悔予不送兮。**

此詩述婦人之辭也。男子親迎，女有他志而不從，其後復思親迎之人，謂子之面貌丰丰然豐滿，出門而待我於門外之巷，悔我當時不送是子而去也。

子之昌兮，《傳》曰：「昌，盛壯貌。」**俟我乎堂兮，**疏曰：「《士昏禮》：『主人揖賓，入于廟。主人升堂，西面。賓升堂，北面，奠鴈，再拜稽首，降，出。婦從，降自西階。』是則士禮受女於廟堂，庶人雖無廟堂，亦受女於寢堂。」**悔予不將兮。**《箋》曰：「將，送也。」

衣錦褧衣，二「衣」皆如字。褧，傾之上，字亦作絅。○解見《衛・碩人》。**裳錦褧裳。**《箋》曰：「庶人之妻嫁服也。」**叔兮伯兮，駕予與行。**今曰：「行，出適也。解見《鄘・蝃蝀》。」女失其配耦，悔前不行，自説衣服之備，望夫更來迎己。言己衣用錦爲之，其上加褧衣，裳用錦爲之，其上加褧裳。衣裳備足，可以行嫁，乃呼迎者之字，云：叔兮伯兮，若復駕車而來，我則與之行矣。

裳錦褧裳，衣錦褧衣。叔兮伯兮，駕予與歸。《葛覃・傳》曰：「婦人謂嫁曰歸。」

《丰》四章，二章章三句，二章章四句。

《東門之墠》，音善，禪之上濁。**刺亂也。男女有不待禮而相奔者也。**曰：昭公詩，桓、莊之間。

《丰》《東門之墠》《溱洧》三詩，皆以鄭亂之故而男女不正，故皆曰「刺亂也」。《出其東門》言「閔亂」，亦此意。

東門之墠，《傳》曰：「城東門也。」○今曰：「東門，鄭要會之地。隱公四年《左傳》：『宋公、陳侯、蔡人、衛人伐鄭，圍其東門。』」○疏曰：「墠，除地去草也。封土爲壇，除地爲墠。」**茹藘在阪。**茹藘音如閭。阪音反。○曰：茹藘者，蒨草也。蒨，韻亦作茜。○《釋草》曰：「茹藘，茅蒐。」○李巡曰：「一名茜，可以染絳。」○疏曰：「陂陀不平而可種者名阪。」**其室則邇，其人甚遠。**

東門有墠，其墠之外有阪，茹藘之草生焉。此男子所居之處也。女欲奔之而未遂，故言其室則近，不難至也，其人甚遠，未得就之也。

東門之栗，疏曰：「栗樹生於路上。」**有踐家室。**《伐柯·傳》曰：「踐，行列貌。」**豈不爾思？子不我即。**

女欲奔而未得，望男之就己也。

《東門之墠》二章，章四句。

《風雨》，思君子也。亂世則思君子，不改其度焉。曰：昭公詩，桓、莊之間。

鄭公子之亂，時事反覆，士之怵於利害，隨勢變遷，失其常度者多矣。故詩人思見君子焉。

風雨凄凄〔一〕**，**音妻。○曰：凄凄，寒涼之意。考見《邶·緑衣》。**雞鳴喈喈。**音皆。○《葛覃·傳》曰：「喈喈，和聲之遠聞。」**既見君子，云胡不夷？**今曰：「《傳》以夷爲悦，心悦則夷平，憂則鬱結也。」

興也。風雨凄凄然寒涼，雞猶守時而鳴，喈喈然其聲之和。興君子雖居亂世，不變改其節度。我得見此人，則我心豈不坦然而平夷哉？感當時無此人，思而不得見之辭也。

風雨瀟瀟，《傳》曰：「瀟瀟，暴疾也。」○朱氏曰：「風雨聲。」**雞鳴膠膠。**錢氏曰：「膠膠，聲雜也。」今曰：「膠膠，擾擾，是雜之意，謂羣雞之聲也。」**既見君子，云胡不瘳？**音抽。○《傳》曰：「瘳，愈也。」○李氏曰：「言如病之瘳愈也。」

風雨如晦，《傳》曰：「晦，昏也。」**雞鳴不已。既見君子，云胡不喜？**

晝而如晦，風雨之甚，而雞晝鳴不已也。

《風雨》三章，章四句。

〔一〕「凄凄」，《毛詩正義》卷四之四作「淒淒」。按，嚴氏於《邶風·緑衣》謂此爲寒涼之意，當從冰作「凄」。下同。

《子衿》，音今。**刺學校廢也。亂世則學校不脩焉**〔一〕。曰：昭公詩，桓、莊之間。

學校興者，治之象也；學校廢者，亂之證也。

青青子衿，《傳》曰：「衿，領也。」○疏曰：「襟，交領也。衿與襟音義同。」**悠悠我心**。程子曰：「悠悠我心，賢者悲傷當時如此。」**縱我不往，子寧不嗣音？**

鄭以國亂，學校不脩，生徒解散，賢者憂之。言汝學子服青青之衿領，宜會聚於學校以講習，今散而何所之乎？使我心悠悠然深長思之，縱我不往見汝，汝寧不繼聲以問我乎？言此者，以學校廢，而朋徒解散，不相聞知。見時之亂也，非要其來見而責望之也。

青青子佩，《傳》曰：「佩，玉也。士佩瓀珉而青組綬。」瓀音軟。○疏曰：「《玉藻》『士佩瓀玟而緼組綬』，此云青組綬者，蓋毛讀《禮記》作青字。」緼音温。○今曰：「《玉藻》『一命緼韍幽衡』，注云：『緼，赤黄之間色。』」幽音酉。**悠悠我思。縱我不往，子寧不來？**

既不繼聲問，亦不來訪。

〔一〕按，「亂世」，陸德明《經典釋文》卷五作「世亂」，曰：「『世亂』，本或以『世』字在下者，誤。」

挑兮達兮，挑音叨，又音恌。達音撻。○朱氏曰：「挑，輕儇跳躍之貌。達，放恣也。」**在城闕兮。一日不見，如三月兮。**

人既廢學，乃挑然輕躍，達然放恣，但好登城上之高闕，以候望爲樂。賢者念之，一日不見，已如三月之久，况非止一日乎？傷時事之至此，念朋會之無從也。

《子衿》三章，章四句。

《揚之水》，閔無臣也。君子閔忽之無忠臣良士，終以死亡，而作是詩也。曰：昭公詩，桓、莊之間。○今曰：「忽時未死亡，終必死亡耳。」

忽非無臣也，臣非忠良，雖有之，如無之。《揚之水》三篇，《王風》言平王不能令諸侯，《唐風》言晉昭不能制沃，此詩言忽不能制權臣，皆興微弱也。忽能用忠臣良士，則轉弱爲彊矣。

揚之水，不流束楚。解見《王風》。○曹氏曰：「此先楚後薪，以見臣之愈彊耳。」**終鮮兄弟，**鮮上聲。**維予與女。**音汝。**無信人之言，人實迋女。**迋，徐音妻之去，本音狂之上濁。○《傳》曰：「迋，誑也。」

興也。楚本浮物，一束之楚，本非不可流轉，而悠揚之水不能流轉之，猶忽之微弱，不能號令其臣也。昭公兄弟甚衆，無與忽同心者，故言今兄弟雖多，終竟是少。謂要其終，必不相助，雖多猶少也。此詩忽兄弟所作，故曰：維予二人，外此無與同心者也。兄弟且如此，況他人乎？故言無信他人之言，他人實欺迂汝耳。見無忠臣也。曹氏曰：「案《左傳》忽、突争國，而子儀、子亹更立，及至莊十四年，忽與子儀、子亹皆已死，而原繁謂厲公曰：『莊公之子，猶有八人。』不得爲鮮。」○《詩記》曰：「『無信人之言』，非教之以不信人言也。忽既微弱，彊公子復多，其臣大抵懷二心而外市，僅有一二人實心向之者，乃暗於情僞，不知所倚，故提耳而告之也。」

揚之水，不流束薪。終鮮兄弟，維予二人。無信人之言，人實不信。

《揚之水》二章，章六句。

《出其東門》，閔亂也。公子五争，兵革不息，男女相棄，民人思保其室家焉。曰：厲公詩，僖王時。○疏曰：「桓十一年《左傳》云：『祭仲爲公取鄧曼，生昭公，故祭仲立之。宋雍氏女於鄭莊公，生厲公。故宋人誘祭仲而執之，曰：「不立突，將死。」祭仲與宋人盟，以厲公歸而立之。秋九月，昭公奔衛。己亥，厲公立。』是一争也。十五年《傳》云：『祭仲專，鄭伯患之，使其壻雍糾殺之。雍姬知之，以告祭仲。祭仲殺雍糾，厲公出奔蔡。六月乙亥，鄭世子忽復歸于鄭。』是二争也。十七年

《傳》云：『初，鄭伯將以高渠彌爲卿。昭公惡之，固諫，不聽。昭公立，懼其殺己也，弑昭公而立公子亹。』是三争也。十八年《傳》云：『齊侯師于首止，子亹會之，高渠彌相。七月，齊人殺子亹而轘高渠彌。祭仲逆鄭子于陳而立之。』服虔云：『鄭子，昭公弟子儀也。』是四争也。莊十四年《傳》云：『鄭厲公自櫟侵鄭，及大陵，獲傅瑕，曰：「苟舍我，吾請納君。」與之盟而舍之。六月，傅瑕殺鄭子而納厲公。』是五争也。忽亦再爲鄭君，前以太子嗣立，不爲争篡，故唯數後爲五争也。」雍平聲。女，尼據反。亹音尾。轘音患。

此詩與《中谷有蓷》皆以世亂之故，而男女不相保，故《序》皆以「閔傷」言之。

出其東門，東門，解見《東門之墠》。**有女如雲。**《傳》曰：「如雲，衆多也。」**雖則如雲，匪我思存。縞衣綦巾，**縞音杲。綦音其。○《傳》曰：「縞衣，白色。綦巾，蒼艾色。」○疏曰：「縞，細繒也。《戰國策》云：『彊弩之末，不能穿魯縞。』然則縞是薄繒，不染，故色白也。綦者，青色之小别。艾謂青而微白，爲艾草之色。《箋》云『綦文』，亦以爲青色，但巾上爲此蒼文，非全用蒼色爲巾也。與毛異。」**聊樂我員。**樂音洛。員音云。○《園有桃·箋》曰：「聊，且略之辭。」○疏曰：「云、員古今字，助語辭也。」

鄭國之亂，男女相棄，有出其東門，見婦人之見棄者，其多如雲。雖如雲之多，皆非我思慮所存也。我心所存，在於服白繒之衣、綦文之巾者，是我之室。且得相樂，幸不相棄，足矣，何暇閔憐他人之室家乎？此感時之亂，自顧其室家，亦恐不能相保也。

縞衣綦巾稱其妻，猶云荆釵布裙也。

出其闉闍，二字音因都。○《傳》曰：「闉，曲城也。闍，城臺也。」○疏曰：「闉是門外之城，即今之門外曲城是也。闍是城上之臺，謂當門臺也。」**有女如荼**。音徒。○曰：此荼，茅草秀出之穗也。○疏曰：「鄭於《地官·掌荼》注及《既夕》注與此《箋》皆云『荼，茅秀』，然則此言如荼，乃是茅草秀出之穗，非苦菜及委葉二種荼草也。茅之秀者，其穗色白，言女皆喪服，色如荼然。《吴語》説『吴王夫差於黄池之會，陳兵以脅晉，萬人爲方陳，皆白常、白旗、素甲、白羽之矰，望之如荼』。韋昭云：『荼，茅秀。』亦以白色爲如荼，與此《傳》意同。女見棄，所以喪服者，王肅云：『見棄，又遭兵革之禍，故皆喪服也。』」矰音增，短矢也。○三荼，考見《邶·谷風》。**雖則如荼，匪我思且**。音徂。○《釋文》曰：「《爾雅》云：『存也。』舊子徐反。」**縞衣茹藘**，音如閭。○《傳》曰：「茹藘，茅蒐之染女服也。」○解見《東門之墠》。**聊可與娱**。《傳》曰：「娱，樂也。」

《出其東門》二章，章六句。

《野有蔓草》，蔓音萬。**思遇時也。君之澤不下流，民窮於兵革，男女失時，思不期而會焉。**曰：厲公詩，僖王時。

思遇時者，厭亂而思治也。不期而會，非詩意。

野有蔓草，《傳》曰：「蔓，延也。」**零露漙兮。**漙音團。○《傳》曰：「漙漙然盛多也。」**有美一人，清揚婉兮。**清揚，考見《鄘・君子偕老》。**邂逅相遇，**邂逅音械候。○陳氏曰：「《綢繆》詩言昏姻，云『見此邂逅』，邂逅正謂昏姻，非淫奔也。」○今曰：「邂逅，謂其議速成，猶『迨其今兮』之意。今人言事之速者，云邂逅而成。」**適我願兮。**今曰：「適意、適興，皆快適之意。」

興也。野有蔓延之草者，由天零落其露，漙漙然盛多以潤澤之，興國有蕃庶之民者，由君下恩澤以養育之。謂民免兵革之禍，男女及時也。有美好之女，其目清明，其眉揚起，婉然而美者，使昏姻之議，邂逅而成，則適我之願也。遭時之亂，昏姻之道，若願之而不可得之辭也。

野有蔓草，零露瀼瀼。音穰。○朱氏曰：「瀼瀼，露多貌。」**有美一人，婉如清揚。邂逅相遇，與子偕臧。**《傳》曰：「臧，善也。」

與子偕臧，猶言各得其所欲也。

《野有蔓草》二章，章六句。

《溱洧》，音臻委。**刺亂也。兵革不息，男女相棄，淫風大行，莫之能救焉。**曰：厲公詩，僖王時。○王氏曰：「羞惡之心，莫不有之，而其爲至於此者，豈其人性之固然哉？兵革不息，男女相棄而無所從歸也，是以至於如此，然則民之失性也爲可哀，君之失道也爲可刺。」

鄭、衛多淫詩，衛由上之化，鄭由時之亂也。《漢・地理志》皆以爲風土之習，固然，若是則教化爲虚言，而《二南》之義誣矣。

溱與洧，《傳》曰：「鄭兩水名。」○解見《褰裳》。○《前漢・地理志》曰：「鄭地右雒左泲，食溱洧焉。土陿而險，山居谷汲，男女亟聚會，故其俗淫。」亟音器。**方涣涣兮。**涣音唤。○《傳》曰：「涣涣，春水盛也。」○《箋》曰：「冰已釋，水則涣涣然。」○李氏曰：「《説文》云：『涣，流散也。』蓋春冰解釋而流散也。《韓詩》注云：『鄭國之俗，三月上巳之辰，往溱、洧兩水之上，招魂續魄，秉蕑草以祓除不祥。』」**士與女，方秉蕑兮。**蕑音艱。○《傳》曰：「蕑，蘭也。」○陸璣曰：「香草也。《楚辭》：『紉秋蘭以爲佩。』」**女曰觀乎？士曰既且。**音徂，徐音沮之平。○《釋文》曰：「且，往也。」**且往觀乎？洧之外，**且如字。**洵訏且樂。**洵音荀。訏音吁。樂音洛。○《箋》曰：「洵，信也。」○《傳》曰：「訏，大也。」**維士與女，伊其相謔，贈之以勺藥。**勺音杓。○《傳》曰：「勺藥，香草。」○陸璣曰：「今藥草勺藥無香氣，未審今何草。」○《詩記》曰：「即今之勺藥。陸璣必指以他物，蓋泥毛公香草之言，欲求香於柯葉，置其花而不論爾。」

鄭國之俗，以上巳出游溱洧之上，男女雜沓。今以淫風既行，有因出游而相挑誘者，言溱洧之間，春冰既泮，方涣涣然流散。有士與女，適野遊行，秉執蘭草。女謂士曰：「盍往觀乎？」邀其偕行也。士曰：「既已觀矣。」未從之也。女又勸男云：「且復更往觀乎？洧水之外，聞其士信訏大而可樂。」士於是從之，因相與戲謔，又以勺藥香草爲贈，所以結恩情之厚也。

溱與洧，瀏其清矣。瀏音留。○《傳》曰：「瀏，深貌。」○《說文》曰：「流清也。」**士與女，殷其盈矣。**《傳》曰：「殷，衆也。」**女曰觀乎？士曰既且。且往觀乎？洧之外，洵訏且樂。維士與女，伊其將謔，**今曰：「將，相將也，方且也，猶將安、將樂之將。」**贈之以勺藥。**

鄭、衛皆淫聲，孔子獨先放鄭，今鄭之淫詩，顧少於衛，何也？詩之見在者，孔子所存以爲世戒也。聖筆所刪多矣，言鄭聲淫者，舉其大體言之，不繫今詩之多寡，不必盡黜國史所題，例目之爲男女之詩，以求合於「鄭聲淫」之說也。

《溱洧》二章，章十二句。

詩緝卷之九

嚴粲述

齊　國風

《譜》曰：「齊者，古少皞之世，爽鳩氏之墟。周武王伐紂，封太師呂望於齊，是謂齊太公，都營丘。後五世，哀公政衰，荒淫怠慢，紀侯譖之於周懿王，使烹焉。齊之變風始作。」○疏曰：「《漢書·地理志》云：『齊郡臨淄縣，師尚父所封也。』臣瓚案：『臨淄即營丘也，今齊之城内有丘，即營丘也。』淄水過其南及東，以丘臨水，謂之臨淄。《齊世家》云：『太公卒，子丁公伋立。卒，子乙公得立。卒，子癸公慈母立。卒，子哀公不辰立。』是爲五世。」○程子曰：「君臣上下之分失，則人倫亂；人倫廢，則入於禽獸。身爲禽獸之行，其風可知，故次以《齊》。」

政令僅行於郊畿，而畿内之鄭亦自爲列國，則王室之微，甚矣。於是乎齊始霸，故《王》《鄭》之後次以《齊》也。子夏言鄭音好濫淫志，衛音趨數煩志，趨數音促速。齊音敖辟喬志，敖辟喬音傲僻驕。皆淫於色而害於德。《齊》亦《二南》之變也。

《雞鳴》，思賢妃也。哀公荒淫怠慢，疏曰：「哀公不辰，癸公慈母子。」**故陳賢妃貞女夙夜警戒相成之道焉。**曰：齊哀公詩，懿王時。

變風自懿王始，《豳》前此矣，其始懿，何也？君臣相疑，則幾於變矣。成王悟而周公歸，於是乎有雅、頌制作之盛，而變風之跡泯矣。由懿以降，變而不復正也。宣號興復，無能改於風之變也。齊哀之荒淫，罪也；受譖而烹之，非政也。上下交失，變之始也。此詩直刺荒淫，《序》言思賢妃者，詩人言外之意也。

雞既鳴矣，朝既盈矣。朝音潮。**匪雞則鳴，蒼蠅之聲。**曹氏曰：「哀公以雞鳴爲蒼蠅之聲。」古者太師奏《雞鳴》，則君當起。今雞已鳴矣，會集於朝中者，已盈滿矣，哀公乃謂此非雞之鳴，是蒼蠅之聲耳。雞鳴與蠅聲不相類，見荒淫昏亂也，哀公無夜氣之存矣。○舊説以爲古之賢妃警戒其夫，欲令早起，誤以蠅聲爲雞聲。蠅以天將明乃飛而有聲，雞未鳴之前，無蠅聲也。

東方明矣，朝既昌矣。《傳》曰：「昌，盛也。」**匪東方則明，月出之光。**曹氏曰：「哀公以東方明爲月出之光。」

蟲飛薨薨，音轟。○朱氏曰：「薨薨，羣飛聲。」**甘與子同夢。會且歸矣，**《傳》曰：「會，會於朝也。」**無庶予子憎。**今曰：「無庶猶庶無，古人辭急倒用也。予子，吾子也。稱其所昵也，愛而稱之之辭也。

《秦風》婦愛其夫，稱『予美』；《大雅》商人愛武王，稱『予侯』。」羽蟲羣飛之聲薨薨然，天既曉，而哀公起已晏矣，猶語其所昵曰：吾方甘與子卧而同夢，迫於視朝而起，吾會朝即歸，庶無爲吾子所憎也。此兒女昵昵恩怨爾汝之辭，持被入直，刺刺顧婢子語之情狀也。刺音辣，語聲也。聖人删詩，著此以見閨門淫昵之私，無隱不顯也，爲戒深矣。

《雞鳴》三章，章四句。

《還》，音旋。**刺荒也。**曹氏曰：「《書》云：『外作禽荒。』《孟子》云：『從獸無厭謂之荒。』則荒者謂以田獵而荒棄政事也。」**哀公好田獵，**好去聲。**從禽獸而無厭。**去、平二音。**國人化之，遂成風俗，習於田獵謂之賢，閑於馳逐謂之好焉。**好如字。○曰：齊哀公詩，懿王時。

齊雍容文雅之俗也，一旦遷染愈下，獵者旁午於道，畢事而歸，猶意氣勃勃，而不自知其非也。習俗之陷溺如此哉！故曰：上之所好惡，不可不謹也。

子之還兮，《傳》曰：「還，便捷之貌。」○曹氏曰：「謂馳逐之便捷。」**遭我乎峱之間兮。**峱音猱，乃刀反。○《傳》曰：「峱，山名。」○董氏曰〔一〕：「在齊之郊。」**並驅從兩肩兮，**《傳》曰：「從，逐也。獸三歲曰肩。」肩亦作豣。○疏曰：「《大司馬》云：『大獸公之。』《七月》云：『獻豣于公。』則肩是大獸，故言三歲也。」**揖我謂我儇兮。**儇音喧，許全反。○《傳》曰：「儇，利也。」○《箋》曰：「譽之者，以報前言還也。」○疏曰：「言其便利馳逐。」○今曰：「《荀子》云：『鄉曲之儇子。』」

國人好田成俗，俱出田獵而相逢〔二〕。既歸而相謂曰：以子之便捷還然，向來遭我於峱山之間，我與子並行驅馬，從逐兩獸。子乃揖我，謂我甚儇利也。以子之能，尚且見推，此自矜於其黨，以氣陵之之辭也。

子之茂兮，《傳》曰：「茂，美也。」○曹氏曰：「謂才藝之茂美也。」**遭我乎峱之道兮。並驅從兩牡兮，揖我謂我好兮。**

子之昌兮，錢氏曰：「昌，盛壯也。」**遭我乎峱之陽兮。**朱氏曰：「山南曰陽。」**並驅從兩狼兮，**《釋獸》曰：「狼，牡貛，牝狼，其子獥，絶有力，迅。」貛音歡。獥音叫。○舍人曰：「狼，牡名貛，牝名狼，其子名獥，絶有力者名迅。」○《說文》曰：「狼，似犬，鋭頭白頰，高前廣後。」○陸璣曰：「其鳴能小能大，善爲小兒

〔一〕「董」，諸本作「曹」。按，吕祖謙《吕氏家塾讀詩記》卷九亦引此文，爲董氏說。

〔二〕「逢」，諸本作「從」。

啼聲以誘人，其猛健者，去之數十步，雖善用兵者，不能免也。」**揖我謂我臧兮。**《傳》曰：「臧，善也。」○《詩記》曰：「齊以游畋成俗，詩人載其馳驅而相遇也，意氣飛動，鬱鬱見於眉睫之間，染其神者深矣，夫豈一朝一夕所能反哉？」

《還》三章，章四句。

《著》，音除，又音住。**刺時也。時不親迎也。**迎去聲。○曰：齊哀公詩，懿王時。禮，唯天子不親迎，使三公迎后。魯哀公曰：「冕而親迎，不已重乎？」孔子曰：「合二姓之好，以繼先聖之後，以爲天地宗廟社稷之主，君何謂已重乎？」是諸侯以下皆當親迎也。當時皆不親迎，此詩言卿大夫士之事，舉其中以明上下也。

俟我於著乎而，《傳》曰：「俟，待也。門屏之間曰著。」○《釋宫》曰：「門屏之間謂之宁。」○疏曰：「孫炎云：『門内屏外，人君視朝所宁立處也。』」著與宁音義同。**充耳以素乎而，**疏曰：「塞耳也，即所謂瑱也。懸當耳，故謂之塞耳。以素絲爲紞也，紞，懸瑱之繩也。紞用雜綵線織之。天子諸侯五色，臣三色。素色分明，目所先見，故先言之。」瑱，天之去聲。紞音膽。**尚之以瓊華乎而。**朱氏曰：「尚，加也。」○張子曰：「充耳非一物，先以纊塞，後以瓊華加之。」○《傳》曰：「瓊華，美石，士之服也。」○《箋》曰：「瓊華，石色似瓊也。」○瓊，解見《衛·木瓜》。○疏曰：「瓊，玉之美名。華，光華也。君以玉爲瑱，臣則不可。」

設爲嫁者之辭，言其夫待我於夫家門屏之間，見其充耳，以素絲爲紞也。其紞之末，加以美石，如瓊之華，謂瑱也。服此服飾，而止俟我於其家門屏之間，而壻往婦家之禮不行矣，是不親迎也。○此詩總言卿大夫士也。於著、於庭、於堂，止是待有先後耳。毛以爲一章述士，二章述卿大夫，三章述人君，今從鄭義。《詩記》曰：「《前漢·地理志》載齊之風俗曰：『俟我於著乎而，此亦其舒緩之體也。』雖非此篇意之所主，然廣谷大川異制，民生其間異俗，剛柔輕重遲速異齊，皆學者所當觀也。詩可以觀，其此類歟？」○《補傳》曰：「齊人廢親迎之禮，安然舒緩，俟我於其家門屏之間。」

俟我於庭乎而，充耳以青乎而，《箋》曰：「青，紞之青。」**尚之以瓊瑩乎而。**瑩音滎。○今曰：「瓊瑩者，美石如瓊之瑩也。瑩，鮮絜也。鄭氏云：『玉色似瓊似瑩〔一〕。』非也。」○曹氏曰：「英、華、瑩，皆光采也。」

俟我於堂乎而，充耳以黄乎而，《箋》曰：「黄，紞之黄。」**尚之以瓊英乎而。**《箋》曰：「瓊英，猶

〔一〕「玉」，《毛詩正義》卷五之一作「石」。

瓊華也。」○《詩記》曰：「昏禮：壻往婦家親迎，既奠鴈御輪，壻乃先往〔一〕，俟于門外。婦至，壻揖婦以入。及寢門，揖入，升自西階。齊人既不親迎，故但行婦至壻家之禮。俟我於著乎而，此昏禮所謂壻俟于門外，婦至，壻揖婦以入之時也；俟我於庭乎而，庭在大門之内、寢門之外，此昏禮所謂及寢門揖入之時也；俟我於堂乎而，升階而後至堂，此昏禮所謂升自西階之時也。壻道婦入，故於著、於庭、於堂，每節皆俟之也。」

《著》三章，章三句。

《東方之日》，刺衰也。君臣失道，男女淫奔，不能以禮化也。曰：齊哀公詩，懿王時。

衰謂政衰民散，淫風肆行而無忌也。

東方之日兮，《傳》曰：「日出東方，人君明盛，無不照察也。」**彼姝者子，**姝音樞。○《箋》曰：「姝，美也。」**在我室兮。在我室兮，履我即兮。**朱氏曰：「履，隨也〔二〕。」○今曰：「履訓踐，踐其迹而從之，故爲隨也。」○《箋》曰：「即，就也。」

〔一〕「往」，薈本、仁本作「歸」。按，《呂氏家塾讀詩記》卷九正作「往」字。然《儀禮·士昏禮》云「婿乘其車先，俟於門外」，意謂婿乘車先歸家以俟婦至。《禮記·昏義》鄭注：「壻御婦車，輪三周，御者代之，壻自乘其車，先道之歸也。」是作「歸」合《士昏禮》之義，今姑從嚴氏引呂說之舊。

〔二〕「隨」，朱熹《詩集傳》卷五作「躡」。按，呂祖謙《呂氏家塾讀詩記》卷九引朱氏說亦作「隨」，蓋朱氏之舊說。

興也。君猶日也，君道明盛，則如日出東方，無不照察。今有姝美之女子，來在我之室。既在我之室，隨我而相就，是君道之昏也。言「我」者，詩人指淫夫，非自我也。

東方之月兮，曹氏曰：「月終魄于東。」**彼姝者子，在我闥兮。**闥音撻。○《傳》曰：「闥，門内也。」**在我闥兮，履我發兮。**《傳》曰：「發，行也。」○朱氏曰：「隨我行去也〔一〕。」

臣猶月也，月生於西，則其明未盛；月出東方，亦望後明盛之時也。

《東方之日》二章，章五句。

《東方未明》，刺無節也。朝廷興居無節，號令不時，《詩記》曰：「此一語贅，蓋見詩中有『自公令之』之文而妄附益之耳。」**挈壺氏不能掌其職焉。**挈，愆之人。○《箋》曰：「挈壺氏，掌漏刻者。」《夏官序》云：「挈壺氏，下士六人。」○曰：齊哀公詩，懿王時。

此詩主刺哀公，非刺挈壺氏也。李氏曰：「觀人之政者，見其一失，則逆料其餘也。」

〔一〕「隨」，原作「隘」，李本、姜本、顧本、畲本、薈本、聽本、仁本、復本及朱熹《詩集傳》卷五作「躡」。按，呂祖謙《呂氏家塾讀詩記》卷九引朱氏説作「隨我而行去也」，與上釋「履」作隨，皆爲朱子舊説，此處嚴氏所引亦當作「隨」。據改。

東方未明，顛倒衣裳。倒音島。**顛之倒之，自公召之。**《箋》曰：「自，從也。」羣臣之朝，辨色始入，今東方猶未明，自可徐徐入朝，而羣臣促遽，至乃顛倒其衣裳者，由朝人從君所來而召之，是興居無節，號令不時也。

東方未晞，音希。○《傳》曰：「晞，明之始升。」○疏曰：「晞是日之光氣。《湛露》『匪陽不晞』，謂見日之光而物乾。《蒹葭》『白露未晞』，亦爲乾義。此言『東方未明』，無取於乾，故言明之始升。」○今曰：「日氣所乾爲晞，未晞，未有日之乾氣，則日未出也。」**顛倒裳衣。倒之顛之，自公令之。**令去聲。○朱氏曰：「令，猶召之也。」

折柳樊圃，《傳》曰：「柳，柔脆之木。樊，藩也。圃，菜園也。折柳以爲藩園，無益於禁矣。」**狂夫瞿瞿。**音句。○《傳》曰：「瞿瞿，無守之貌。」○朱氏曰：「瞿瞿，驚顧之貌。」○曹氏曰：「瞿瞿，左右視也。」○今曰：「《蟋蟀》瞿瞿言良士，則警懼之謂也；此詩瞿瞿言狂夫，則驚愕之謂也。《西漢·吴王濞傳》：『膠西王瞿然駭。』師古云：『瞿然，無守之貌。』又《檀弓》：『曾子聞之瞿然。』」**不能辰夜，**《傳》曰：「辰，時也。」**不夙則莫。**音慕。

哀公興居無節，詩人歸咎於司漏者以諷之。謂柳柔脆之木，折之以藩籬其菜圃，豈足恃以爲内外之限？亦猶瞿瞿然無守之狂夫，不能時節其夜之早晚，不失之早，則失之晚，豈足恃以司晝夜之節？然非專挈壺氏之罪也，所以使之至此者誰歟？杜蕡酌而飲師曠、李調，蕢音快。乃所以規晉平也。

《東方未明》三章，章四句。

《南山》，刺襄公也。疏曰：「襄公諸兒，僖公禄甫子。」**鳥獸之行，**去聲。**淫乎其妹。**《箋》曰：「襄公之妹，魯桓公夫人文姜也。」**大夫遇是惡，作詩而去之。**曰：齊襄公詩，莊王時。

大夫去國，其心蓋有大不得已者。襄公之惡，不可道矣。齊之臣子難言之，故此詩不斥其君之惡，而唯歸咎於魯桓，與《敝笱》意同。《後序》以雄狐爲指齊襄，故云「鳥獸之行」，非也。

南山崔崔，嵟之平，子雖反，韻作嶉。○《傳》曰：「齊南山也。崔崔，高大也。」**雄狐綏綏。**解見《衛·有狐》。**魯道有蕩，**唐之上濁。○《傳》曰：「蕩，平易也。」**齊子由歸。**《傳》曰：「齊子，文姜也。」○《箋》曰：「婦人謂嫁曰歸。」**既曰歸止，曷又懷止？**《傳》曰：「懷，思也。」

興也。魯爲望國，而在齊之南，故指南山以言魯。謂南山崔崔然高大，有雄狐綏綏然遲疑而求其匹，喻魯桓公求婚於齊也。咎其後之不能制，而鄙之之辭，猶《氓》詩怨其夫之見棄，則述其初來誘己，以「氓之蚩蚩」言之也。爾魯桓既求匹於我，我齊國遂以文姜嫁之，適魯之道，蕩然平易，衆所觀瞻，齊子文姜由此道而嫁歸於魯也。既嫁歸於魯矣，何爲又思齊乎？是魯桓不能制之而使至於此也，猶《敝笱》惡魯桓不能防閑之意。蓋齊人不欲斥言其君之惡，而歸咎於魯之辭也。辭雖歸咎於魯，所以刺襄公者深矣。○説者多以前二章刺齊襄，後二章刺魯桓。後二章皆言取妻，其爲刺魯桓明矣。但以前二章爲刺齊襄，而後二章方刺魯桓，上下章辭意不貫，兼齊人以雄狐目其君，於義有害。今解一章以雄狐喻魯桓之求匹，二章以屨緌喻魯桓之得耦，三章、四章以蓺麻、析薪喻魯桓以正禮取文姜，上下章辭意乃歸一，齊人不當以雄狐目其君，以目魯君則無嫌也。

葛屨五兩，屨音句。兩音亮。○今曰：「《天官・屨人》注：『複下曰舄，禪下曰屨。』《士喪禮》云〔一〕：『夏葛屨，冬皮屨〔二〕。』」禪音丹。○曹氏曰：「《屨人》：『辨外内命夫、命婦之命屨、功屨、散屨。』注云：『有繶屨、黄屨、白屨、黑屨。散屨謂去飾也。』所謂『五兩』者，繶、黄、白、黑、散也。」**冠緌雙止。**緌，如誰反。○《説文》曰：「緌，纓也。」**魯道有蕩，齊子庸止。**《傳》曰：「庸，用也。」○朱氏曰：「用此道而嫁

〔一〕「喪」，薈本作「冠」。按，此當爲《儀禮・士喪禮》文，《儀禮・士冠禮》文作「屨，夏用葛，冬用皮」。
〔二〕「皮」，《儀禮・士喪禮》作「白」。

于魯。」**既曰庸止，曷又從止？**朱氏曰：「從，相從也。」葛屨賤而在下，五兩，每兩二隻，言屨之有匹也；冠之纓緌，貴而在上，雙止，言緌之有匹也。屨與屨爲兩，緌與緌爲雙，喻貴賤各有匹偶。魯桓取文姜，是匹敵矣，何爲不能制之而使從齊襄乎？此則非其偶矣。

蓺麻如之何？《傳》曰：「蓺，樹也。」**衡從其畝。**衡從音横蹤。○曹氏曰：「《齊民要術》云：『種麻欲得良田[一]，耕不厭熟，縱横七遍以上，則麻生無葉。』衡從其畝，蓋古法也。取妻，自納采以至親迎，必待六禮備而後成昏，夫豈苟哉？故必告父母，而以蓺麻爲喻也。」**取妻如之何？**取音娶。**必告父母。既曰告止[二]，曷又鞫止？**鞫音菊。○《傳》曰：「鞫，窮也。」欲樹麻者如之何？必縱横耕治其田畝，然後可以得麻；欲取妻者如之何？必先告於父母，然後可以得妻。言其事隆重而不苟合也。今魯桓公之取文姜也，既告而成禮矣，曷爲不能禁止，而使之窮極其惡，以至此也？納之不正，則容有不敢制者。今魯侯既以正禮納文姜，何爲不能裁制之也？○考之《左傳》，惠公生桓公而薨，桓公

[一]「欲」，諸本無。
[二]「止」下，畬本有小字「告音谷」。

母仲子，亦以隱二年薨。桓公三年，文姜乃歸魯。是桓公取妻之時，無父母矣。此言「告父母」，謂正禮取之耳。

析薪如之何？匪斧不克。《傳》曰：「克，能也。」○曹氏曰：「析薪者，斷取於彼，以供我爨事，既析，則於本根不可復合；取妻者，取他姓之女，以供我中饋，既嫁，則於父母兄弟日遠。」**取妻如之何？匪媒不得。既曰得止，曷又極止？**

析薪者必用斧，亦猶取妻者必用媒。文姜之惡極矣，何爲使之至於此極也？

《南山》四章，章六句。

《甫田》，大夫刺襄公也。無禮義而求大功，不脩德而求諸侯，志大心勞，所以求者，非其道也。曰：齊襄公詩，莊王時。

禮義非爲求功，脩德非爲求諸侯。《後序》爲襄公言之耳。

無田甫田，上田音佃，下田如字。○《傳》曰：「甫，大也。」○疏曰：「無田之田，墾耕也；甫田之田，土地也。」**維莠驕驕。**莠音酉。○曰：莠草似苗也。解見《大田》。○朱氏曰：「驕驕，茂盛也。」○今曰：「驕驕、桀桀皆言人力不足，芟夷不及，見其延蔓長茂，無如之何，如有驕縱桀傲之狀。」**無思遠人，**《補傳》曰：

「遠人，諸侯也。」**勞心忉忉。**音刀。○《傳》曰：「忉忉，憂勞也。」

比也。毛氏以爲興，今從朱氏。言人無得耕治大田，耕大田而力不給，則莠草茂盛，有驕傲之狀矣。公無得思遠人，思遠人而不至，則勞心忉忉然憂勞矣。甫田非不可耕，遠人非不可致，今言無田、無思者，蓋言襄公求之者，非其道耳。若謂以若所爲，求若所欲，則必不可得，徒勞其心也。非謂甫田不可田，遠人不可思也。思遠人，謂求諸侯也。

無田甫田，維莠桀桀。音訐。○《傳》曰：「桀桀，猶驕驕也。」**無思遠人，勞心怛怛。**旦末反。○《傳》曰：「怛怛，猶忉忉也。」

婉兮孌兮，《傳》曰：「婉孌，少好貌。」**總角丱兮。**丱音慣。○《傳》曰：「總角，聚兩髦也。丱，幼稚也。」○疏曰：「《内則》云：『男女未冠笄者，總角，衿纓。』言總聚其髦以爲兩角也〔一〕。」衿，琴之去。衿，猶結也。○朱氏曰：「丱，總角貌。」○今曰：「言兩角如丱字之形。」**未幾見兮，**幾上聲。**突而弁兮。**突，屯之入，從韻。○《釋文》曰：「凡卒相見謂之突。」○錢氏曰：「忽見也。」○《傳》曰：「弁，冠也。」○《箋》曰：「加冠爲成人也。」○疏曰：「《周禮》掌冠冕者，其職謂之弁師，則弁者冠之

〔一〕「髦」，原作「髮」，據薈本、復本及《毛詩正義》卷五之二改。

大號。」

有童子婉孌然少好，總聚其髮以爲兩角，如丱字之形，未及幾次見之，突然已加冠弁，猶襄公躐等而躁求也。闕黨童子將命，孔子曰：「非求益者也，欲速成者也。」

《甫田》三章，章四句。

《盧令》，音零。**刺荒也。襄公好田獵畢弋，**好去聲。○疏曰：「畢以掩兔，網小而柄長，形如畢星。」○弋，解見《鄭·女曰雞鳴》。○曹氏曰：「言田獵以及畢弋，則巨細俱舉矣。古者禽獸多而人民少〔一〕，或爲人害，故包犧氏作結繩而爲網罟，以佃以漁，本以爲人除害而已，後世因以寄軍政焉。」包音庖。**而不脩民事。百姓苦之，故陳古以風焉。**風音諷。○曰：齊襄公詩，莊王時。

盧令令，《傳》曰：「盧，田犬也。令令，纓環聲。」○疏曰：「《戰國策》云：『韓國盧，天下之駿犬也；東郭逡，海内之狡兔也。韓盧逐東郭，繞山三，越岡五。兔極於前，犬疲於後，俱爲田父之所獲。』是盧爲田犬也。環在犬之頷下，如人之冠纓然。」**其人美且仁。**

〔一〕「人民」，原作「民人」，據諸本改。按，「古者禽獸多而人民少」，爲《莊子·盜跖》句。

言古之田獵者，其盧犬頷下有環，爲聲令令然。以令令形容其環聲，若親聞而喜之。有聞車馬之音，欣欣喜色之意，非喜其田犬也，以其人之有美德，而且有仁恩也，猶曰：人好，烏亦好也。襄公之爲人，不可道矣。國人素薄之，見其田獵，而陳古以風，謂古之田獵者若而人，今之田獵者若而人，田犬猶古也，其人則非矣。「其人」之辭，雖指古人，其意乃評品襄公之爲人，而深鄙惡之，謂其爲何等人也。

盧重環，重平聲。○《傳》曰：「重環，子母環也。」○疏曰：「謂大環貫一小環也。」**其人美且鬈。**音權。○《傳》曰：「鬈，好貌。」○朱氏曰：「鬚鬢好貌。」

盧重鋂，音梅。○《傳》曰：「一環貫二也。」○疏曰：「一大環貫二小環也。」**其人美且偲。**音猜。○《傳》曰：「偲，才也。」

《盧令》三章，章二句。

《敝笱》，音苟。**刺文姜也。齊人惡魯桓公微弱，不能防閑文姜，使至淫亂，爲二國患焉。**曰：齊襄公詩，莊王時。○《補傳》曰：「文姜之事，齊、魯之醜均也。」

《南山》《敝笱》意同，皆歸咎於魯桓，齊臣子之情也。此詩魯桓身後所作，故《首序》直言刺文姜也。案，《春秋》文姜以桓三年歸魯〔一〕，中間無如齊之事，至十八年桓公會齊侯于濼，音禄，又音洛。遂與文姜如齊。齊侯通于文姜，使彭生殺桓公于車。詩人刺不能防閑，正謂此也。今詩言「齊子歸止，其從如雲」，不言桓公同往，是指桓公身後，文姜獨如齊之事。自莊二年，夫人姜氏會齊侯于禚，音酌。以後不絶書。莊二年會禚，四年享齊侯于祝丘，五年如齊師，七年會防，又會穀。

敝笱在梁，笱、梁，皆解見《邶·谷風》。**其魚魴鰥。**毛音關，鄭音昆。○魴，解見《陳·衡門》。○今曰：「《傳》以鰥爲大魚，蓋據《孔叢子》之説，衛人釣於河，得鰥魚焉，其大盈車，遂以魴、鰥及鱮皆爲大魚。《箋》以魴、鰥魚之易制者，蓋以魴本中魚，與盈車之鰥，小大相遠，遂以鰥爲魚子。諸家或從毛，或從鄭，今魴、鱮皆中魚，則鰥亦中魚也。衛人所釣鰥魚，偶得大者，以爲大而詫之。此詩配魴、鱮言之，則不必便是其大盈車者。入笱中者，必非大魚。」**齊子歸止，其從如雲。**從去聲。○《傳》曰：「言盛也。」

興也。笱能制魚，則魚入而不復可出。今以敝笱施於魚梁，其中有魴、鰥之魚，由笱之敝敗，不能制之，則入而復出，喻魯桓微弱，不能防制文姜，故既嫁而復歸也。此詩作於魯桓身後，追咎前事也。齊子文姜反歸於齊，其從之者如雲之盛，無復愧恥忌

〔一〕「三」，原作「二」，據仁本、復本及《春秋左傳正義》卷六改。

憚也。

敝笱在梁，其魚魴鱮。 音序，徐之上濁。○曰：鱮，鰱也。○今曰：「疏引陸璣云：『鱮似魴，厚而頭大，魚之不美者，故里語云：「網魚得鱮，不如啗茹。」其頭尤大而肥者，徐州人謂之鰱，或謂之鱅。』然今鰱、鱅又相似而小别，鰱頭小，鱅頭大也。」**齊子歸止，其從如雨。**

如雨點之多，言從之者衆，猶衆多如雨也。

敝笱在梁，其魚唯唯。 上聲。○《傳》曰：「唯唯，出入不制。」**齊子歸止，其從如水。**

一魚或出或入，而衆魚隨之，唯然順從，無復限制也。如水，言從之者順，猶《孟子》言「民歸之，如水之就下」也。

《敝笱》三章，章四句。

《載驅》，齊人刺襄公也。無禮義，故盛其車服，疾驅於通道大都，與文姜淫，播其惡於萬民焉。 曰：齊襄公詩，莊王時。

載驅薄薄， 音朴。○《傳》曰：「薄薄，疾驅聲也。」**簟茀朱鞹。** 茀音弗。鞹，苦郭反。○《傳》曰：「簟，方文席。車之蔽曰茀。」○疏曰：「用竹爲席，其文必方。鞹，革也。獸皮治去毛曰革。以韋鞃車也。」鞃音霸。

魯道有蕩，唐之上濁。**齊子發夕。**蘇氏曰：「夕發於魯。」

言有疾驅其車之聲薄薄然，以竹簟爲車之茀蔽，又有朱色之皮革，以鞃車之前後者，乃魯之道路，蕩然平易，而齊子文姜以夕時發於魯而來齊也。其來何爲耶？不必言及襄公，而襄公之惡自見矣。車聲之疾，駭羣聽也；車飾之美，繫衆觀也。道路坦夷，非隱處也，無恥甚矣。○舊説上二句言襄公，下二句言文姜，一章四句之内分作二人，辭意斷續。《碩人》説衛侯夫人云「翟茀以朝」，孔氏於彼疏云：「婦人乘車不露見。車之前後，設障以自隱蔽，謂之茀。」則婦人之車，亦言茀矣。今以四句並言文姜，文意方貫。

四驪濟濟，驪音離。濟，隮之上。○朱氏曰：「驪，馬黑色也。」○曹氏曰：「所謂鐵驪也。」○《傳》曰：「濟濟，美貌。」**垂轡濔濔**〔一〕。泥之上。○《傳》曰：「濔濔，衆也。」○錢氏曰：「濔濔，轡柔貌。」**魯道有蕩，齊子豈弟。**豈音凱。○《傳》曰：「豈，樂也；弟，易也。」

文姜車駕四馬，皆是鐵驪之色，濟濟然而美，其六轡之垂者，濔濔然而衆，樂易安舒，

〔一〕「濔濔」，原作「瀰瀰」，本章章指同，據《毛詩正義》卷五之二改。按，下文嚴氏所引《傳》説、錢氏説即作「濔濔」。

恬然無慙恥之色也。

汶水湯湯，汶音問。湯音商。○曹氏曰：「汶水有二，許氏以爲出琅邪朱虚縣東太山，東至安丘入濰。桑欽以爲出泰山萊蕪縣，西南入濟。班孟堅兩存其説。閔子騫曰：『則吾必在汶上矣。』説者主桑欽義，以爲在齊南魯北。在汶上者，欲如齊也。案，琅邪、泰山二郡皆齊地所有，則汶水在齊竟矣。」○《傳》曰：「湯湯，大貌。」**行人彭彭。**音邦。○《傳》曰：「彭彭，多貌。」○今曰：「經中『彭彭』字，唯此詩音邦，多也；自餘皆無音，並如字，音棚。俗併讀如邦，誤矣。」**魯道有蕩，齊子翶翔。**《傳》曰：「翶翔，猶彷徉也。」彷徉音旁羊。

汶水在齊境，自魯至齊，必渡汶水。言汶水湯湯然大，其處行人彭彭然多。文姜自魯渡汶水而來，其道路蕩然平易，衆庶往來，觀瞻所繫，而文姜翶翔彷徉，無恥甚矣。○舊説謂汶水之上，蓋有都焉。襄公與文姜所會，蓋既以疾驅爲襄公，則道間必有所會之地，以意增之曰：蓋有都焉。其辭疑矣，考《春秋》姜氏會齊侯之地，禚也、祝丘也、防也、穀也，無會汶之事。禚音酌。

汶水滔滔，音叨。○《傳》曰：「滔滔，流貌。」**行人儦儦。**音標。○《傳》曰：「儦儦，衆貌。」**魯道有蕩，齊子遊敖。**朱氏曰：「猶翶翔也。」

《載驅》四章，章四句。

《猗嗟》，猗音伊。**刺魯莊公也。**疏曰：「魯莊公同，桓公允子。」**齊人傷魯莊公有威儀技藝，然而不能以禮防閑其母，失子之道，人以爲齊侯之子焉。**曰：齊襄公詩，莊王時。○陳氏曰：「趙氏《春秋》云：『或曰：子何以制母乎？曰：夫死從子，通乎其下，況國君乎？君者，人神之主也，風教之本也，不能正家，如正國何？若莊公者〔一〕，哀痛以思父，誠敬以事母，威刑以馭下，車馬僕從，莫不俟命。夫人徒往乎？夫人之往也，則公威命之不行，而誠敬之不至耳。』」

文姜之事，齊襄大惡也。《南山》既歸咎於魯桓，《敝笱》又刺魯桓不能防閑其妻，《猗嗟》又刺魯莊不能防閑其母，皆歸咎於他人，蓋不忍斥言其君之惡者，齊臣子之情也。

猗嗟昌兮，《傳》曰：「猗嗟，歎辭。」○疏曰：「傷歎之聲。」○錢氏曰：「昌，盛壯也。」**頎而長兮。**頎音祁。○《傳》曰：「頎，長貌。」**抑若揚兮，**錢氏曰：「若，猶而也。」**美目揚兮。**錢氏曰：「揚，起也，言目峻

〔一〕「者」，原無，據姜本、顧本、薈本、授本、聽本、復本補。仁本校云：「『莊公』下，一本有『者』字。」

也〔一〕。」**巧趨蹌兮，**蹌音鏘。○疏曰：「《曲禮》注云：『行而張足曰趨。』則趨，疾行也。」○《傳》曰：「蹌，巧趨貌。」**射則臧兮。**《箋》曰：「臧，善也。」

齊人傷歎此莊公之貌，甚昌而盛壯矣，又頎然脩長矣。抑而揚，言進退高下，不失其宜也。又美目揚起矣，又巧爲趨步而蹌然矣，又射則臧善矣。威儀技藝，本是可美之事，而傷歎言之，有所不滿，何也？若曰：莊公威儀技藝之美，無一欠闕，所可惜者，蓋有在矣。文姜之事，蓋難言之。首章微寓其意於「猗嗟」之辭，而未遽言之也。

猗嗟名兮，朱氏曰：「名，猶稱也。」**美目清兮。**朱氏曰：「目清明也。」○錢氏曰：「言精神不昏也。」**儀既成兮，**王氏曰：「成，猶備也。」**終日射侯。**射音石，餘如字。**不出正兮，**正音征。○《箋》曰：「正，所以射於侯中者。天子五正，諸侯三正，大夫二正，士一正。外皆居其侯中三分之一焉。」○疏曰：「正者，侯中所射之處。大射則張皮侯而設鵠，賓射則張布侯而畫正。正大如鵠，三分侯廣而正居一焉。侯身長一丈八尺者，正方六尺；侯身一丈四尺者，正方四尺六寸大半寸；侯身一丈者，正方三尺三寸少半寸，正以綵畫爲之。射人有五正、三正、二正。畫五正之侯者，中朱、次白、次蒼、次黄，玄居外；三正者，損玄、黄；二正

〔一〕「峻」，味本、李本、顧本、畬本、薈本、姜本、授本、聽本作「俊」。按，嚴氏于《鄘風·君子偕老》二章章指云：「錢氏『美目揚兮』解云：『揚，目峻也。』」彼處諸本皆作「峻」，無作「俊」者，故此亦應作「峻」爲是。

者，去白、蒼，而畫以朱、綠，其外之廣，皆居侯中三分之一。鄭言中二尺，是中央之采方二尺，以外準其采之多少，正之廣狹，均布之以至於外畔也。正與鵠大小同矣，鵠乃用皮。謂之正者，正者正也。亦鳥名，齊魯之間名題肩爲正。正，鳥之捷黠者，射之難中，以中爲俊，故射取名焉。大射射鵠，賓射射正，此言『不出正兮』，據賓射爲文也。」**展我甥兮。**《箋》曰：「展，誠也。姊妹之子曰甥。」

又傷歎莊公名稱之美，目視之清明，威儀之成備。當賓射之時，終日射所張之侯，不出於侯中之正，誠矣爲我齊侯之甥[一]。人言其爲齊侯之子[二]，故此設爲拒外議之辭，譏之深矣。

猗嗟孌兮，《傳》曰：「孌，壯好貌。」**清揚婉兮。**朱氏曰：「清，目之美；揚，眉之美。」○考見《鄘・君子偕老》。**舞則選兮，**選去聲。○《箋》曰：「選者，謂於倫等最上。」○今曰：「選，猶精也。」**射則貫兮。**今曰：「貫，穿也，如貫革之射。善射者，中物而有力，故能貫之。射不穿札，言不善射也。舊以貫爲中，與上章重複矣。」**四矢反兮，**《箋》曰：「反，復也。」**以禦亂兮。**《詩記》曰：「此詩嗟歎再三，而莊公所大闕者，不言可見矣。」

[一]「誠矣」，味本作「誠也」，畬本作「展誠也，誠」，他本作「展誠也」。

[二]「人」，味本、李本、姜本、顧本、畬本、薈本、授本、聽本作「又」。

又傷歎莊公變然壯好，其目清明，而其眉揚起，婉然而好。舞則甚精，射則穿貫其革，每射四矢，皆復其故處。射藝之精如此，尚足以禦禍亂，乃不能防閑其母乎？莊公弓矢之精，觀其以金僕姑射南宫長萬，則可見矣。始概言其射之臧，下乃詳言其所以爲臧。「不出正兮」，言其中也；「射則貫兮」，言其中而有力也；「四矢反兮」，言其再射又中前處也。三者所以爲臧也。○變風之體，意在言外，有全篇首尾皆託之他辭，乍讀之，茫然不覺所謂，但中間冷下一二語，自然使人默會。如此詩極言其人容貌、威儀、技藝之美，而以歎息之辭發之。是其人所不足者，必有在於容貌、威儀、技藝之外矣。方此詩採得於齊，未有序説，不知所刺何人，所言何事。中間有「展我甥兮」一句，只一「甥」字，便見得是刺魯莊公；只一「展」字，便見得是人以魯莊爲齊侯之子，詩人設爲諱護之辭以譏之。讀者既默會其意，乃再諷詠之，方見得自「猗嗟」而下，句句稱美處，節節是歎息不滿處，辭不急迫而意深切矣。

《猗嗟》三章，章六句。

詩緝卷之十

嚴粲述

魏　國風

《譜》曰：「魏者，舜、禹所都之地，在《禹貢》冀州雷首之北、析城之西，周以封同姓焉。儉約之化，於時猶存。今魏君嗇且褊急，不務廣脩德於民，教以義方。其與秦、晉鄰國，日見侵削，國人憂之。當周平、桓之世，魏之變風始作。至春秋閔公元年，晉獻公竟滅之，以其地賜大夫畢萬，自爾而後，晉有魏氏。」〇《前漢·地理志》曰：「魏在晉之南河曲，故其詩曰『彼汾一曲』『寘之河之側』。」〇《水經注》：「故魏國城南西並去大河可二十餘里，北去首山十餘里，處河山之間，土地迫隘，故《魏風》著《十畝》之詩也。」〇朱氏曰：「魏本姬姓之國，不知其始封之自。」〇程子曰：「魏，舜、禹之都；唐，帝堯之國，久被聖人之化，漸成美厚之俗，歷二叔之世，而遺風尚存，今亦變矣。」

齊始霸也，晉代興也。《齊》之次在《晉》，而魏，晉之所滅也。《魏》而後《唐》，猶《邶》《鄘》先《衛》也。《魏》《唐》無淫詩，蓋猶有先代之風化焉。

《葛屨》，音句。**刺褊也。**褊，邊之上。**魏地陿隘，**陿音洽。隘，挨之去。**其民機巧趨利，其君儉嗇褊急，**嗇音色。**而無德以將之。**案《譜》、《魏風》七篇當平、桓之間。〇廣漢張氏曰：

「儉雖失中，本非惡德，然而儉之過，則至於吝嗇迫隘，計較毫分之間，而謀利之心始急矣。《葛屨》《汾沮洳》《園有桃》三詩，皆言其急迫瑣碎之意。」

《魏風》莫知其世次，而鄭《譜》以平、桓當之。魯閔之元，庚申。晉獻滅魏，實惠王時也。惠十六。前乎惠爲莊、僖，《譜》不以當之，乃越莊、僖而繫之平、桓，豈亦有據而云邪？鄭以《葛屨》等五篇刺儉爲一君，《伐檀》《碩鼠》刺貪爲一君，蓋《魏風》非一世之作。自桓王之時，秦人圍魏，癸酉，魯桓四，桓王十二。其國迫而侵削久矣。故《譜》以爲平、桓之世也。曹氏曰：「魏、晉皆有儉嗇之風，然其詩若作在獻公并吞以後，則其俗漸已荒侈，此詩每刺勤儉，知其在未并於晉以前也。」

糾糾葛屨，糾音九。○《傳》曰：「糾糾，猶繚繚也。」繚音了。○今曰：「疏以爲稀疏之貌，非也。繚，繞纏也；糾，三合繩，亦繞纏之意，故云『猶繚繚』也。」○葛屨，解見《齊·南山》。**可以履霜。摻摻女手，**摻音杉。○《傳》曰：「摻摻，猶纖纖也。」○今曰：「讀者多作纖，非也。」**可以縫裳。要之襋之，**要音䙅。襋音棘。○《傳》曰：「要，䙅也。襋，領也。」**好人服之。**朱氏曰：「好人，猶言大人也。」○今曰：「好人，猶言君子，尊貴者之稱也，今俗稱猶然。」

魏地陿隘，其民窘於衣食，故生機巧之心，而急於趨利。夏當用葛屨，冬當用皮屨，今魏之男子，葛屨既弊，而以繩糾纏之，糾而復糾，謂其可以踐霜，奔走道路，祁寒不休也。未嫁之女，其手纖纖，謂其可以出而爲人縫裳也。要之，謂治裳之䙅；襋之，謂治衣之領。治衣裳之䙅領，以爲好人之服，而利其傭資也，皆急於趨利也。《補傳》曰：「今所至通都大邑，寠人之家，男子則祁寒奔走於道路，以販鬻爲業，女子亦不蔽藏，至出市井，爲人刺繡之類，恬不以爲怪，獨詩人創見魏之民俗，故刺之。」

好人提提，音題。○《傳》曰：「提提，安諦也。」**宛然左辟，**音避。○今曰：「宛，委曲遜順貌。」○蘇氏曰：「讓而避者必左。」**佩其象揥。**音熾，韻又音替。○解見《鄘·君子偕老》。○朱氏曰：「揥，所以擿髮，用象爲之，貴者之飾也。」**維是褊心，是以爲刺。**

上章既言其民機巧趨利，此章言由君之儉嗇褊急所致。尊貴之人，其容止提提然安徐而審諦，其辭讓而左辟也，其儀宛然而遜順，又以象骨爲搔首之揥而佩之。其威儀服飾之美，無可譏者，獨其中之褊急爲可刺耳。好人，泛言尊貴者，不欲斥其君也。

《葛屨》二章，一章六句，一章五句。

《汾沮洳》，沮去聲。洳音孺。**刺儉也。其君儉以能勤，刺不得禮也。**疏曰：「王肅、孫毓皆以爲大夫采菜，崔靈恩《集注序》云：『君子儉以能勤。』案，今定本及諸本《序》直云『其君』，義亦得通。」

或以公行、公路、公族皆晉官，汾水又出於晉，疑《魏風》皆晉詩，猶《邶》《鄘》皆衛詩，非也。季札觀樂，《邶》《鄘》《衛》同爲《衛風》，而《魏》《唐》異譏，知《魏風》非晉矣。《園有桃》《十畝之間》皆言國之侵削，非晉事也。

彼汾沮洳，《說文》曰：「汾水出太原晉陽山，西南入河。」○蘇氏曰：「汾水出於晉，其流入魏。」○朱氏曰：「沮洳，水浸處，下濕之地也。」**言采其莫。**音暮。○《傳》曰：「莫，菜也。」○陸璣曰：「莖大如筯，赤節，葉似柳葉，厚而長，有毛刺。今人繅以取繭緒，其味酢而滑，始生可以爲羹，又可生食。五方通謂之酸迷。」繅音騷〔一〕。酢亦作醋，醶也。○山陰陸氏曰：「其子如楮實而紅，今吴越之人謂之茂子。」**彼其之子，**其音記。**美無度。**疏曰：「非尺寸可量也。」**美無度，殊異乎公路。**錢氏曰：「殊，猶特也。」○疏曰：「公路與公行一也，以其主君路車則謂之公路，以其主兵車之行列則謂之公行。宣二年《左傳》云：『初，麗姬之亂，詛無畜羣公子，自是晉無公族。及晉成公立，乃宦卿之適子，以爲公族，其庶子爲公行。趙

〔一〕「騷」，仁本作「繰」，他本作「繅」。

盾請以括爲公族，公許之。冬，趙盾爲旄車之族。』是其事也。趙盾自以爲庶子，讓公族而爲公行〔一〕。服虔云：『旄車，戎車之倅。』杜預云：『公行之官也。』其公族則適子爲之，掌君宗族。」旄音毛。

魏君儉勤，於彼汾水沮洳下濕之處，采其莫菜以爲蔬。此人之德美，信無限度矣。雖其德美無限度，然采莫之事，特異乎公路之所爲耳，言儉嗇不似貴人也。公路之官，猶不爲此，況於君乎？公儀休爲魯相，猶拔其葵。今魏以國君采莫，逼下甚矣。

彼汾一方，言采其桑。《箋》曰：「采桑，親蠶事也。」**彼其之子，美如英。**今曰：「英，草木之華也。」**美如英，殊異乎公行。**音航。○今考疏，以爲即公路也。

彼汾一曲，朱氏曰：「謂水曲流處。」**言采其藚。**音續。○《傳》曰：「藚，水舄也。」舄音昔。○《釋草》曰：「藚，牛脣。」○郭璞曰：「如續斷，寸寸有節。」○釋曰：「陸璣以爲今澤舄，郭所不取〔二〕。」舄音昔。○曹氏曰：「采藚以治疾。今考《釋草》，别有蕍蕮，釋云：『蕍一名蕮，《本草》作澤瀉。』知藚非澤蕮也。」蕍音俞。**彼其之子，美如玉。美如玉，殊異乎公族。**解見上「公路」。

《汾沮洳》三章，章六句。

〔一〕「讓」，原作「遜」，據《毛詩正義》卷五之三改。按，嚴書作「遜」，乃避宋英宗父濮安懿王允讓之諱。

〔二〕「取」，原作「止」，據諸本及《爾雅注疏》卷八改。

《園有桃》，刺時也。大夫憂其君國小而迫，而儉以嗇，不能用其民，而無德教，日以侵削，故作是詩也。

陳國區區，而《衡門》欲誘掖其君；檜至微矣，而《羔裘》欲其君自彊於政治，與《園有桃》詩意同。蓋國無不可爲，患其君不能爲耳。此孟子告滕文之意也。

園有桃，其實之殽。 音爻。 **心之憂矣，我歌且謠。** 音遥。○《傳》曰：「曲合樂曰歌，徒歌曰謠。」○疏曰：「樂即琴瑟〔一〕。對文如此，散則歌未必合樂也。」○今曰：「此詩所言歌且謠，但謂歌而又歌，謠亦歌也。」**不知我者，謂我士也驕。** 今曰：「此詩大夫所作。士者，人臣之通稱。」**彼人是哉？子曰何其。** 音基。 **心之憂矣，其誰知之？其誰知之？蓋亦勿思。**

桃可以爲核，而不可以爲殽。魏君不能用其民，而愈趨於陋。詩人以爲推此氣象，則園中有桃，將取其實以爲殽矣。「其」者，將然之辭，言其必至於此，憂之之辭也。桃取之自己園囿之内，見不能用其民也。我心憂之，至於歌而又歌，以舒寫其心之抑鬱，而不知我之憂者，謂我乃士也，而爲驕汰。君猶儉，而士乃驕，此見責之辭也。驕

〔一〕「即」，原作「則」，據姜本、授本、聽本、仁本、復本及《毛詩正義》卷五之三改。

與吝對，儉而譏之，則疑於驕汰也。於是答見責者曰：爾以我爲非矣，然則彼魏君之所行，果爲是乎？子之所言，何爲如此也[一]？於是自歎我心之憂，其誰知之。重言「其誰知之」者，深歎舉國之人莫察其心也。然此之可憂，較然易知，彼特未之思耳。朱氏曰：「或云：比也。園有桃則食其實，國有民則用其力。或云：賦也，詩固有一章而三義者，在人觀之如何耳。」○舊説「不知我者」，皆以我爲驕汰，而謂彼魏君所行是矣。「是哉」當爲疑辭，如禹曰「俞哉」之意，不當爲是矣。

園有棘，《傳》曰：「棘，棗也。」○山陰陸氏曰：「酸棗也，於果爲下。」○棘，解見《邶·凱風》。**其實之食。**今曰：「棗亦可以爲核，而不可以爲食。」**心之憂矣，聊以行國。**《箋》曰：「聊，且略之辭也。出行於國，以寫憂。」**不知我者，謂我士也罔極。**今曰：「罔極，言無窮極也[二]，廣之謂猶言責人無已也。考見《衛·氓》。」**彼人是哉？子曰何其。心之憂矣，其誰知之？其誰知之？蓋亦勿思。**

《園有桃》二章，章十二句。

〔一〕「爲」，諸本作「謂」。

〔二〕「也」，原作「莽」，據諸本改。

《陟岵》，音户，胡之上濁。**孝子行役，思念父母也。國迫而數侵削，**數音朔。**役乎大國，父母兄弟離散，而作是詩也。**

觀魏之窘迫如此，能無亡乎？由其無德教，而不能自彊也。

陟彼岵兮，疏曰：「《釋山》云：『多草木，岵；無草木，屺。』《傳》言『無草木，岵；有草木，屺』，與《爾雅》正反，當是傳寫誤也[一]。」○陳氏曰：「岵也、屺也、岡也，皆山之高處而可以瞻望者。詩人各取其一以協韻耳。」**瞻望父兮。父曰：嗟！予子行役，夙夜無已。上慎旃哉！**今曰：「上猶赴也，謂赴役也，如赴官曰上官，赴工曰上工。《七月》『上入執宫功』，以由田野入都邑爲上。此以由家居赴道塗爲上，今俗諺猶云上路也。」○《傳》曰：「旃，之也。」**猶來無止。**李氏曰：「《左傳》莊九年，秦子、梁子以公旗避于下道，是以皆止。古以見獲於敵爲止。」

孝子行役，常念其親，故因登高山而瞻望其父。既瞻望而不可見，則思其將行之戒，云：我欲行之時，父教戒我曰：嗟！我子從軍行役之時，早起夜寐，無得已息，當赴役惟謹，猶可以來歸，無止於彼而不返也。李氏曰：「狄仁傑授邠州法曹，親在河陽。仁傑登太行山，顧見白雲飛，謂左右曰：『吾親舍其下。』瞻悵久之，雲移方得去。」

[一]「傳」，《毛詩正義》卷五之三作「轉」。

陟彼屺兮，屺音起。**瞻望母兮。母曰：嗟！予季行役，**《傳》曰：「季，少子也。」〇王氏曰：「尤憐少子，婦人之情也。」〇《補傳》曰：「兄不行而弟行，故母之命己實季子也。」**夙夜無寐。**今曰：「無寐，猶今人言醒睡也。」**上慎旃哉！猶來無棄。**《詩記》曰：「母尚恩，言無棄母而不歸也。」

陟彼岡兮，岡，解見《卷耳》。**瞻望兄兮。兄曰：嗟！予弟行役，夙夜必偕。**《傳》曰：「偕，俱也。」〇今曰：「必與同役者俱，無失伍也。」**上慎旃哉！猶來無死。**

《**陟岵**》三章，章六句。

《**十畝之間**》，**刺時也。言其國削小，**句。**民無所居焉。**疏曰：「謂土田陿隘，不足耕墾，非謂無居宅也。」

十畝之間兮，疏曰：「魏雖削小，未必即然，舉十畝以喻其陿隘耳。」**桑者閒閒兮**〔一〕，閒音閑，本亦作閑。**行與子還兮。**還音旋，本亦作旋。

場圃之地〔二〕，止有十畝，甚言其削小也。地狹民稠，故采桑者無所可采，徒閒閒然往

〔一〕「閒閒」，原作「間間」，據諸本及《詩經》定本改。下同。

〔二〕「圃」，畲本同，他本作「囿」。葉校云：「苑囿以域禽獸，園圃以毓草木，二地各不相同也。」作「圃」是。

來閒暇，相呼行與俱歸。言無所得桑而空歸也。○舊説一夫百畝，今止十畝，然古者百畝以爲田，田中安得植桑。或謂井廬、邑居各二畝半，合爲五畝之宅，合八家則在井者二十畝，在邑者亦二十畝。一處本共有二十畝之桑，今止有十畝，是削其半。要之，詩人情性之言，特甚言之，未必盡拘名數也。若屑屑求合，則意味索然矣。以十畝言之，猶言彈丸黑誌之地也。後世言郡之小者，云得州如斗大，皆甚言其小也。

十畝之外兮，桑者泄泄兮，泄音曳。○今曰：「舒而不迫，亦閒暇之貌。」**行與子逝兮。**

十畝之外，他處亦然也。或相與還而歸，或相與逝而往，皆見閒暇無所事也。

《十畝之間》二章，章三句。

《伐檀》，刺貪也。在位貪鄙，無功而受禄，君子不得進仕爾。

坎坎伐檀兮，坎，苦感反。○《傳》曰：「坎坎，伐檀聲。」○朱氏曰：「用力之聲。檀木性堅，可爲車。」○曹氏曰：「《四牡》『檀車幝幝』，檀木堅忍〔一〕，故伐之之聲坎坎然，非若丁丁之易也。」**寘之河之干兮，**寘

〔一〕「忍」，李本、姜本、顧本、畬本、薈本、授本、聽本、復本作「韌」。

音至。○《傳》曰：「寘，置也。干，厓也。」**河水清且漣猗。**音連伊。○《傳》曰：「風行水成文曰漣。」○疏曰：「《釋水》云：『大波爲瀾。』漣、瀾義同。」○朱氏曰：「猗義與兮同，《書》『斷斷猗』，《大學》作『兮』。」○《莊子》亦云『我猶爲人猗』。」○《詩記》曰：「河水清且漣猗，悠然於河之干，阨窮而不閔者也。」**不稼不穡，**《傳》曰：「種之曰稼，斂之曰穡。」○疏曰：「以稼、穡相對，皆先稼後穡，故知種之曰稼，斂之曰穡。若散則相通。」**胡取禾三百廛兮？**《箋》曰：「胡，何也。」○《傳》曰：「一夫之居曰廛。」○疏曰：「謂田百畝也。」**不狩不獵，**《箋》曰：「冬獵曰狩，宵田曰獵。」**胡瞻爾庭有縣貆兮？**縣貆音玄喧。○《說文》曰：「縣，繫也。」○《箋》曰：「貉子曰貆。」貉音鶴。**彼君子兮，**《箋》曰：「君子，斥伐檀之人。」**不素餐兮。**《傳》曰：「素，空也。」○今曰：「朱氏《孟子解》云：『無功而食禄，謂之素餐。』謂空食其禄而無補也。」餐，七丹反。

君子不得進仕，自伐檀木，其用力之聲坎坎然，寘之河之干厓，欲以爲車之輪輻而自給也。伐檀則躬勞賤之役〔一〕，河干則在寂寞之濱，賢者不得其所矣。然其心無入而不自得，故當伐檀寘河干之時，見河水既清，又且風行吹水成文而爲漣。翫而樂之，悠然成趣，不戚戚於得喪也。蓋其心休休自得，則隨寓之景，皆見其可樂。此其長往無悶，豈復以窮達嬰懷者？國人惜君子之在野，憤小人之尸位，自不能無臧否之論，

〔一〕「躬」，味本作「功」，他本作「供」。

謂人而有功於國，則不耕而食，不獵而獲，可也；汝小人何功，乃不稼穡而取三百夫之田穀，不狩獵而庭有縣繫之貆，是素餐矣。彼河干之君子，若用於時，必有事焉，以稱其禄，不如是之素餐也。○《詩記》以君子親伐檀爲義，不素餐。今不從。公孫丑曰：「《詩》曰『不素餐兮』，君子之不耕而食，何也？」孟子曰：「其君用之，則安富尊榮；其子弟從之，則孝弟忠信。『不素餐兮』，孰大於是？」

坎坎伐輻兮，輻音福。○疏曰：「伐檀爲車之輻。」○今曰：「輻，輪轑也〔一〕。《冬官》輪人爲輪，云：『輻也者，以爲直指也〔二〕。』《老子》云：『三十輻共一轂。』」轑音老。**寘之河之側兮，河水清且直猗。**《傳》曰：「直，波也。」○蘇氏曰：「水平則流直。」**不稼不穡，胡取禾三百億兮？**《箋》曰：「十萬曰億。三百億謂刈禾之把數。」○今曰：「《傳》云：『萬萬曰億。』《楚茨·傳》同，《豐年·傳》云：『數萬至萬曰億。』與《箋》不同，姑兩存之。」**不狩不獵，胡瞻爾庭有縣特兮？**《傳》曰：「獸三歲曰特。」○疏曰：「毛氏當有所據，不知出何書。」**彼君子兮，不素食兮。**

〔一〕「輪」，原作「車」，仁本校云：「車轑之車，蓋輪訛，《説文》可徵。」據改。按，《正月》十章嚴氏釋「員于爾輻」，引《説文》曰：「輪轑也。」亦可證。

〔二〕「以」上，原有「所」字，衍，據《周禮注疏》卷三十九删。

坎坎伐輪兮，疏曰：「伐檀爲車之輪。」**寘之河之漘兮，**漘音脣。○《傳》曰：「漘，厓也。」**河水清且淪猗。**淪音倫。○《釋水》曰：「小波爲淪。」○《傳》曰：「小風水成文，轉如輪也。」**不稼不穡，胡取禾三百囷兮？**囷，丘倫反。○《傳》曰：「圓者爲囷。」○疏曰：「方者爲倉。」**不狩不獵，胡瞻爾庭有縣鶉兮？**鶉音純。○鶉，解見《鶉之奔奔》。**彼君子兮，不素飧兮。**飧音孫。○《傳》曰：「熟食曰飧。」○《釋文》曰〔一〕：「水澆飯也。」

《伐檀》三章，章九句。

《碩鼠》，刺重斂也。斂去聲。**國人刺其君重斂，蠶食於民，不修其政，貪而畏人，若大鼠也。**《解頤新語》曰：「蠶之食桑，無時而厭，食盡而後已，喻重斂者，莫切於此；鼠食物且食且驚，四顧不寧，喻貪畏者，莫切於此。」

碩鼠指聚斂之臣，即《伐檀·序》所言在位貪鄙者也。此輩奉承其君，以重斂於民，故曰「三歲貫女」，謂其君任用此人，而吾事之已三歲矣。國史題

〔一〕「釋」，原作「說」，据仁本改。按，陸德明《經典釋文》卷五引《字林》云：「水澆飯也。」

其事於篇端，但曰「刺重斂」耳，其後説詩者乃以爲刺其君若大鼠。程子謂《序》有失詩之意者，此類是也。臣之奉行，由君政使然，謂刺其君重斂可也，便以碩鼠爲稱其君，不可也。

碩鼠碩鼠，《箋》曰：「碩，大也。」○疏曰：「《釋獸》於鼠屬有鼫鼠，孫炎云：『五技鼠。』郭璞云：『大鼠，頭似兔，尾有毛，青黄色，好在田中食粟豆。關西呼鼩鼠〔一〕。』舍人、樊光同引此詩，以碩鼠爲彼五技之鼠也。許慎云：『碩鼠五技〔二〕，能飛，不能上屋；能游，不能渡谷；能緣，不能窮木；能走，不能先人；能穴，不能覆身。』陸璣《疏》云：『今河東有大鼠，能人立，食人禾苗，人逐則走入樹空中，亦有五技，或謂之雀鼠，其形大。故《序》云大鼠也。魏國，今河北縣是也。言其方物，宜謂此鼠，非鼫鼠也。』案，此經作碩鼠，訓之爲大，不作鼫鼠之字，其義或如陸所言也。」鼫音石。鼩音衢。**無食我黍。三歲貫女，**音汝。○《釋詁》曰：「貫，事也。」**莫我肯顧。逝將去女，**今考《唐風·有杕之杜》「噬肯來遊」，朱氏云：「發語辭。」蘇氏云：「噬、逝通。」**適彼樂土。**樂音洛。**樂土樂土，爰得我所。**

〔一〕「西」，原作「中」，據萫本、授本、聽本、仁本、復本改。萫本校云：「刊本『關西』訛『關中』，據《毛詩疏》及《爾雅注》改。」

〔二〕「碩」，畲本、仁本作「鼫」。按，畲本、仁本與《説文解字》卷十合，然《毛詩正義》卷五之三引許説仍作「碩」。

呼聚斂之臣爲大鼠，言汝無食我黍矣。我三歲事汝，汝不肯眷顧於我。言魏國用此重斂之人，已三歲矣。我今將去汝而適彼樂土，謂適有道之國也。彼樂土樂土，我得其所也。連稱樂土者，喜談樂道於彼，以見其厭苦於此也。

碩鼠碩鼠，無食我麥。三歲貫女，莫我肯德。今曰：「不肯德惠我也。」**逝將去女，適彼樂國。樂國樂國，爰得我直。**

爾不肯德惠於我，則我將求伸於他國。直猶伸也，謂得伸其志也。受抑於此，而欲求伸於彼也。

碩鼠碩鼠，無食我苗。《傳》曰：「苗，嘉穀也。」○疏曰：「苗之莖葉，非鼠所食，故云嘉穀。穀生於苗，言苗以協韻〔一〕。」**三歲貫女，莫我肯勞。**范氏曰：「不肯以我爲勤勞也。」**逝將去女，適彼樂郊。樂郊樂郊，誰之永號？**音毫。○《傳》曰：「號，呼也。」

魏人爲爾重斂所迫，至於長號。彼樂郊則誰長號乎？謂無歎息愁恨之聲也。

《碩鼠》三章，章八句。

〔一〕「言苗」，諸本無。又，「協韻」，《毛詩正義》卷五之三作「韻句」。

詩緝卷之十一

嚴粲述

唐　國風

《譜》曰：「唐者，帝堯舊都之地，今曰太原晉陽，是堯始居此，後乃遷河東平陽。成王封母弟叔虞於堯之故墟，曰唐侯。南有晉水，至子燮，改爲晉侯。其封域在《禹貢》冀州太行、恒山之西，太原、太岳之野。至曾孫成侯，南徙居曲沃，近平陽焉。當周公、召公共和之時，成侯曾孫僖侯甚嗇愛物，儉不中禮，國人閔之，唐之變風始作。其孫穆侯〔一〕，又徙於絳云。」〇朱氏曰：「唐叔所都，在今太原府。曲沃及絳，皆在今絳州。」

堯都有四：《地理志》太原晉陽，太原郡晉陽縣〔二〕。注云：「故《詩》唐國，晉水所出。」一也。河東平陽，河東郡平陽縣。注云〔三〕：「堯都也，在平河之陽。」二也。中山唐縣，中山國。張晏注云：「堯爲唐侯，國於此。」三也。河東彘縣，順帝改曰永安，臣瓚於晉

〔一〕「侯」，原作「叔」，據薈本、仁本、復本改。薈本校云：「刊本『侯』訛『叔』，據《詩譜》改。」按，下云「八世至穆侯」，可知作此處「叔」應作「侯」。

〔二〕「晉」，李本、姜本、顧本、畬本、薈本、授本、聽本作「平」。

〔三〕薈本校云：「案此注係應劭語，非班固原注，『注』字上疑脱『應劭』二字。」

陽下注云：「所謂唐，今河東永安是也，去晉四百里。」師古云：「瓚説是也。」四也。《詩》之唐國，其説有三：《詩譜》以爲堯始居晉陽，後乃遷平陽，於《詩》唐國爲晉陽；皇甫謐以爲堯始封於中山唐縣，後徙晉陽，及爲天子，都平陽，於《詩》唐國爲平陽；臣瓚又以唐國爲永安。今考堯都雖有四，而《詩》之唐國當從《詩譜》爲晉陽，何以明之？蓋成王封弟叔虞於堯之故墟，曰唐侯。其子燮以晉水所出，改爲晉侯。晉陽實晉水所出，則唐叔虞之始封在晉陽矣。唐以堯得名，晉以水得名，其地一也。晉之遷徙不一，歷歷可考：自叔虞始封於晉陽，其後三世至成侯，叔虞曾孫。自晉陽徙曲沃。即河東聞喜縣。《蟋蟀》刺成侯之曾孫僖公，則都曲沃時詩也。八世至穆侯，僖侯之孫。自曲沃徙絳。即河東絳縣。前都絳時無詩。十世至昭侯，穆叔之孫。自絳徙翼。在平陽絳邑縣東。《山有樞》《揚之水》《椒聊》《綢繆》《杕杜》《羔裘》刺昭公，《鴇羽》刺大亂，五世皆都翼時詩也。自昭公以曲沃封桓叔，至其孫武公并晉，又自曲沃徙絳。《無衣》美武公，《有杕之杜》刺之，《葛生》《采苓》刺獻公，則皆後都絳時詩也。

《蟋蟀》，音悉率。**刺晉僖公也。**疏曰：「僖公司徒，靖侯宜臼子。」**儉不中禮，**中去聲。**故作是詩以閔之，欲其及時以禮自虞樂也。**樂音洛。**此晉也，而謂之唐，本其風俗，憂深思遠。**思去聲。**儉而用禮，乃有堯之遺風焉。**曰：晉僖公詩，都曲沃，當共和之間。○疏曰：「此實晉詩，而編詩者名之爲唐，蓋推本其民俗，所以能憂深思遠，儉而用禮者，皆唐堯之遺化，故謂之唐也。言堯之遺化使然，非晉君之化能然也。晉君自儉不中禮，安能使民知禮？觀《蟋蟀》之詩，言『職思其憂』，是憂深思遠；言『好樂無荒』，是能儉而用禮，其風俗可見。《唐風》諸詩皆然。」○曹氏曰：「班孟堅云：『參爲晉星。』其民有先王之遺教，君子深思，小人儉陋，故《唐》詩《蟋蟀》《山有樞》《葛生》之篇，皆思奢儉之中，念死生之慮。季札聞唐之歌，云：『思深哉！其有陶唐氏之遺民乎？不然，何其憂之遠也？』」

僖公之病，在於鄙陋局促，而無深遠之慮。此詩欲開廣其志意，提策其精神，以爲圖回國事之地，非欲其自虞樂而已也。廣漢張氏曰：「夫人有以自樂，則庶幾舒泰和豫，而無拘迫之患。樂而無荒，則斯能周旋四顧，而所憂者必得訓〔一〕。夫政之所當務，與夫患之所當防者，斯可以次而理矣。」

〔一〕「訓」，姜本、薈本同，李本、顧本作「則」，授本、聽本、仁本、復本作「凡」，從下讀。畬本「得訓」作「能計」。

蟋蟀在堂，郭璞曰：「蟋蟀，促織也。」〇《釋蟲》曰：「蟋蟀，蛬。」蛬音拱，又音笻。〇陸璣曰：「似蝗而小，一名蜻蛚。里語云：『促織鳴，懶婦驚。』」蜻蛚音精列。〇《傳》曰：「九月在堂。」〇疏曰：「九月在户，堂即室户之外也。」**歲聿其莫。**音暮。〇《傳》曰：「聿，遂也。」〇疏曰：「莫，晚也。當九月則歲未莫，過此月則歲將莫〔一〕。是歲實未莫，而云聿莫，故知聿爲遂。遂者，從始嚮末之言也。」**今我不樂，**音洛。**日月其除。**音箸。〇《傳》曰：「除，去也。」**無已大康，**大音泰。〇《傳》曰：「已，甚也。」〇朱氏曰：「大康，過於樂也。」**職思其居。**協韻音據。〇《傳》曰：「職〔二〕，主也。」〇廣漢張氏曰：「居，謂其位也。」**好樂無荒，**好去聲。樂音洛。〇《箋》曰：「荒，廢亂也。」**良士瞿瞿。**音句。〇朱氏曰：「瞿瞿，驚懼之貌。」

〇解見《齊·東方未明》。

此詩欲僖公意氣舒泰，然後思慮開闊，故先言九月蟋蟀入在於堂，以附近於人，則寒氣漸至，而歲遂將莫矣。今我僖公若不自樂，則日月遂去矣。所謂樂者，非甚太樂，當主思其所居之位。居國君之位，則一國之事，皆吾精神念慮之所當及。好樂而無至於荒廢，當如彼良士，瞿瞿然長慮却顧也。職思其居，啓其憂也；好樂無荒，作其

〔一〕「則」，李本、顧本、薈本同，仁本作「後」，他本作「在」。

〔二〕「職」，原作「我」，味本同，據他本及《毛詩正義》卷六之一改。

勤也〔一〕，良士瞿瞿，儆其懼也。三言而君國之道盡矣。詩人之言及此，豈非堯之遺風乎？○十月以後至十二月，皆可稱歲莫。《采薇》言「歲亦莫止」，又言「歲亦陽止」，十月爲陽，是以十月爲歲莫也。此蟋蟀在堂之户〔二〕，止是九月，過此方是十月，故云「聿其莫」。或曰：周建子，故以十月爲歲莫也。

蟋蟀在堂，歲聿其逝。朱氏曰：「逝〔三〕，去也。」**今我不樂，日月其邁。**《傳》曰：「邁，行也。」**無已大康，職思其外。好樂無荒，良士蹶蹶。**音貴。○《傳》曰：「蹶蹶，動而敏於事。」前言思所居之位，則在内之事，皆入於念慮矣。至於在外之事，亦不可不慮也。後來如昭公不能思其外，則四鄰謀取其國家而不知矣。

蟋蟀在堂，役車其休。疏曰：「役車方箱，可載任器以供役，收納禾稼〔四〕。役車休〔五〕，是農功畢而無事也。」**今我不樂，日月其慆。**音叨。○《傳》曰：「慆，過也。」**無已大康，職思其憂。好樂無**

〔一〕「作」，淡本作「化」。
〔二〕葉校云：「『之户』無義，當是『之月』之誤。」
〔三〕「逝」，原作「述」，據諸本及朱熹《詩集傳》卷六改。
〔四〕按，據《毛詩正義》卷六之一，此句下當尚有「亦用此車」一句，文義方足。
〔五〕「休」下，《毛詩正義》卷六之一有「息」字。

荒，良士休休。朱氏曰：「休休，安閑之貌。樂而有節，不至於淫，所以安也。」農事畢而役車休，民猶休息，人君可以娛樂之時也。既思内事，又思外事，内外無遺慮矣。然憂患之來，又有出於非常者，亦不可不思慮也。惟瞿瞿然警懼，故能蹶蹶然勤敏。既警懼而勤敏，則事事有備，可以從容應之，故休休然安閑也。

《蟋蟀》三章，章八句。

《山有樞》，音謳。**刺晉昭公也。**疏曰：「昭公伯，文侯仇之子。」○桓二年《左傳》曰：「初，晉穆侯之夫人姜氏，以條之役生太子，命之曰仇。其弟以千畝之戰生，命之曰成師。師服曰：『異哉！君之名子也，始兆亂矣，兄其替乎？』惠之二十四年，晉始亂。故封桓叔于曲沃，師服曰：『本既弱矣，其能久乎？』惠之三十年，晉潘父弑昭侯而納桓叔，不克。晉人立孝侯。」**不能脩道以正其國，有財不能用，有鐘鼓不能以自樂，有朝廷不能洒埽。**洒，鰓之上。埽音噪。**政荒民散，將以危亡，四鄰謀取其國家而不知，國人作詩以刺之也。**曰：晉昭公詩，都翼，平王時。

周以岐、豐賜襄公，秦崛興而周遂微；晉以曲沃封桓叔，曲沃强而晉不支矣。《唐風》自《山有樞》至《鴇羽》，皆都翼時詩也。僖公病在鄙陋，故《蟋蟀》欲開廣之。昭公死亡已迫，此詩言與其坐待死亡，不若爲樂，欲激發之，使知戒懼。二詩之意，所主不同，皆非勸其君以虞樂也。《後序》所謂「有財不能用，有鐘鼓不能自樂」，其辭衍矣。

山有樞，《釋木》曰：「樞，荎。」荎音迭。○郭璞曰：「樞，今之刺榆也。」○陸璣曰：「其針刺如柘，其葉如榆，爲茹美於白榆也。」**隰有榆。**音俞。○曰：榆者，總言諸榆也。榆之種多，不知所指也。○今曰：「《釋木》云：『榆，白枌。』孫炎云：『榆白者名枌。』毛於《東門之枌》以枌爲白榆，是也。』陸璣釋榆云：『白枌也。』誤矣。《爾雅》謂榆白爲枌，璣誤謂榆爲白枌也。枌乃榆之白者，無緣榆又爲枌之白者。陸璣又云：『榆之類有十餘種，葉皆相似，皮及理異耳。』然則此言『隰有榆』，總言榆耳。」**子有衣裳，**疏曰：「子，昭公也。」**弗曳弗婁。**音閭。○疏曰：「衣裳在身，行必曳之。」○《傳》曰：「婁，亦曳也。」○今曰：「《漢文帝贊》：『衣不曳地。』曳婁有優游娛適之意。」○《補傳》曰：「婁者，曳而至於弊壞也。南楚，凡人貧衣破，謂之褸裂。古人用字多從省，故省衣作婁。」**子有車馬，弗馳弗驅。**疏曰：「走馬謂之馳，策馬謂之驅，驅馳俱是乘車之事。」**宛其死矣，**《秦·蒹葭·箋》曰：「宛，坐見貌。」**他人是愉。**音俞。○《傳》曰：「愉，樂也。」

興也。桓叔有伐晉之謀，昭公禍在朝夕而不悟，國人難察察言之，故但言山則有樞，隰則有榆，不待外求，猶國之有衣裳車馬也。今昭公有衣裳而不曳婁之，以優游娛適:,有車馬而不馳驅之,以快意肆志。宛然坐見其死,則他人取之,以爲愉樂矣。此非勸昭公爲樂也,謂可惜此衣裳車馬之物,將爲他人所有,將以喚醒昭公,使之覺悟,託言何不曳婁馳驅耳。昭公若會其言外之意,必瞿然知懼,汲汲然思所以爲防患之計,何暇曳衣裳、驅車馬、事鐘鼓琴瑟以爲樂乎?

山有栲,音考。○《釋木》曰:「栲,山樗。」樗音攄。○疏曰:「郭璞云:『栲似樗,色小白,生山中,亦類漆樹。俗語:櫄樗栲漆,相似如一。』」○陸璣曰:「山樗生山中,與下田樗大略無異,葉似差狹耳。方俗無名此爲栲者〔一〕,似誤也。今所云爲栲者,葉如櫟木,皮厚數寸,可爲車輻,或謂之栲櫟〔二〕。」○今曰:「姑兩存之。」**隰有杻。**音狃。○《釋木》曰:「杻,檍。」檍音憶。○陸璣曰:「葉似杏葉而尖,白色,皮正赤,爲木多曲少直,枝葉茂盛〔三〕。二月中,葉疏,開花似練而細〔四〕,蘂正白,蓋樹。今官園種之,正名曰萬歲。既取名於億萬,其葉又好,故種之。共汲山下,人或謂之牛筋,或謂之檍。材可爲弓弩榦。」郭云似棣細葉,葉新

〔一〕「俗」,原作「士」,顧本作「土」,畬本作「言」,據薈本、授本、聽本、仁本、復本改。薈本校云:「刊本『俗』訛『士』,據《毛詩疏》改。」

〔二〕「櫟」,原無,據顧本、授本、聽本、復本及《毛詩正義》卷六之一引陸璣《毛詩草木鳥獸蟲魚疏》補。

〔三〕「盛」,仁本及《毛詩正義》卷六之一引陸璣《毛詩草木鳥獸蟲魚疏》作「好」。

〔四〕「開」,《毛詩正義》卷六之一引陸璣《毛詩草木鳥獸蟲魚疏》無。

生可飼牛。簕音斤。**子有廷內，弗洒弗埽。**《傳》曰：「洒，灑也。」○疏曰：「以水灑地而掃之。」**子有鐘鼓，弗鼓弗考。**今曰：「鼓，動其聲也。解見《鹿鳴》。」○《傳》曰：「考，擊也。」**宛其死矣，他人是保。**疏曰：「保，居而有之。」

山有漆，音七。**隰有栗。**漆、栗，並解見《定之方中》。**子有酒食，何不日鼓瑟。且以喜樂，且以永日。**《傳》曰：「永，引也。」**宛其死矣，他人入室。**

言死亡迫矣，不及爲樂，則有倉卒之恨。是來日已短，宜及今爲樂，以延引此日也。《詩記》曰：「詩人豈真欲昭公馳驅飲樂者哉？其激發感切之者深矣。吕禄棄軍，其姑吕嬃悉出珠玉寶器，散堂下，曰：『毋爲他人守也。』乃此詩之意也。」嬃音須。或說人多憂則日短，飲食作樂，可以引長此日，然愁當覺日長，作樂當覺日短，不應反言之。

《山有樞》三章，章八句。

《揚之水》，刺晉昭公也。昭公分國以封沃，今曰：「封叔父成師，即桓叔。」**沃盛彊，昭公微弱。國人將叛而歸沃焉。**曰：晉昭公詩，都翼，平王時。○疏曰：「《左傳》惠公二十四年，晉始亂，故封桓叔於曲沃。河東聞喜縣，故曲沃也。武帝於此聞南越破，改曰聞喜。」

將叛者，潘父之徒而已。國人拳拳於昭公，無叛心也。《後序》言過矣。異時，潘父弒昭公，迎桓叔，晉人發兵攻桓叔。桓叔敗，還歸曲沃。此可以見國人之心矣，亦《唐風》之厚也。

揚之水，解見《王風》。**白石鑿鑿。**音作。○《傳》曰：「鑿鑿然鮮明貌。」○曹氏曰：「石非浮物，終無可轉徙之理。」○今曰：「石以白言，又稱鑿鑿然鮮明，皓皓然潔白，蓋石在水中，爲水所蕩滌，故其白如此。末章言粼粼，亦謂水清石見。」**素衣朱襮，**音博。○曰：素絲也。以素爲衣者，謂中衣也。中衣者，朝服、祭服之裏衣也。大夫以上，祭服中衣用素也。曰：朱，朱緣也，謂染繒爲赤色，爲中衣之緣也。曰：襮，領也，謂繡黼領也，繡刺白黑文，以褗領也。緣去聲。褗音偃，衣領也。○疏曰：「士祭以朝服，中衣以布矣。《郊特牲》云：『繡黼丹朱中衣，大夫之僭禮也。』大夫服之則爲僭，知諸侯當服之也。」○今曰：「《玉藻》云：『以帛裏布，非禮也。』注云：『中外宜相稱也。』冕服，絲衣也。中衣用素。皮弁服、朝服、玄端，麻衣也。中衣用布。』又疏云：『凡服先以明衣親身，次加中衣。冬則次加裘，裘上加裼衣，裼衣上加朝服。』中衣，其制如深衣，但中衣之袖小長耳。此以素爲衣，是以絲爲之，謂冕及爵弁之中衣也。朝燕之中衣，皆以布爲之。朝服以布爲之，則中衣亦用布矣。公之孤及天子大夫四命，皆爵弁自祭，大夫、士助祭於君，亦服爵弁以上，則中衣亦用素，但不得用朱襮也。」○《箋》曰：「國人欲進此服，去從桓叔。」**從子于沃。**今曰：「下文君子既指桓叔，則此言子者，設言欲叛之人如潘父之徒也。于，往也。」**既見君子，**《箋》曰：「君子謂桓叔。」

云何不樂？音洛。

興也。水喻昭公，石喻桓叔，悠揚之水淺弱，豈能流動水中之石？徒見其石在水中，鑿鑿然鮮明耳，喻昭公微弱，不能去桓叔之彊也。又設爲國人相語之辭，言以素絲爲中衣，以丹朱爲緣，以繡黼爲襮〔一〕，此諸侯之服也。今子欲奉此服於桓叔，我將從子往沃，以見此桓叔，則如何不樂乎？謂從之則可免禍而無憂也。子，指叛者，設言其人，其意謂國中有相與爲叛以應曲沃者矣。此微辭以泄其謀，欲昭公聞之而戒懼，早爲之備也。○時沃有簒宗國之謀，而潘父陰主之，將爲内應，而昭公不知，故此詩深警之，謂昭公勿以沃爲患之在外而猶緩也。今國内有謀應之者，欲奉沃以爲君，而簒汝之位，腹心作難，而外患乘之，禍已迫矣。此正發潘父之謀，其忠告於昭公者，可謂切至。若真欲從沃，則是潘父之黨，必不作此詩，以泄漏其事，且自取敗也。

揚之水，白石皓皓。音鎬，豪之上濁。○《傳》曰：「皓皓，潔白也。」**素衣朱繡，**疏曰〔二〕：「謂於繒之上，繡刺以爲黼。」**從子于鵠。**音斛。○《傳》曰：「鵠，曲沃之邑。」**既見君子，云何其憂？**《傳》

〔一〕「襮」，味本作「䳺」，他本作「領」。

〔二〕「疏曰」上，畲本有「曰繡崔靈恩集注本作綃○」。

曰：「言無憂也。」

揚之水，白石粼粼。音鄰，本又作磷。○今曰：「巜音澮，巛音川，粼粼從澮，非從川也，俗從川，非。」○《傳》曰：「粼粼，清澈也。」○朱氏曰：「水清石見之貌。」**我聞有命，**蘇氏曰：「命，桓叔之命也。」**不敢以告人。**

命，謂桓叔簒晉之謀已定，命其徒以舉事，禍將作矣。我聞其事，而不敢以告人也。言「有命」者，迫切之辭。言「不敢告人」，乃所以深告昭公也。○昭公諸詩，皆以沃彊爲憂。《山有樞》言死亡之迫最激切，而微辭深意，未若此詩末章之云，蓋反辭以見意。故泄其謀，欲昭公知之，忠之至也。諸家皆謂國人助之而匿其情，且引陽生夜至於齊，國人知之而不言爲比。晉人之心異於齊也，自桓叔至武公，屢得志矣，而晉人終不服，相與攻而去之。其後更六世，逾六七十載，迫於王命，而後不敢不聽。在昭公之初，晉人之心，豈從沃哉？若助桓叔而匿其情，則此詩不作可也。亦既聲之於詩，使采詩者颺之以諷其君矣，安在其爲匿之也？故言「不敢告人」者，乃所以告昭公。言「我聞有命」者，又以見其事已成，禍至甚迫，所以激發昭公者，至切切也。執詩之辭而不能以意逆志，固哉說詩，風人之旨遠矣。

《揚之水》三章，二章章六句，一章四句。

《椒聊》，刺晉昭公也。君子見沃之盛彊，能脩其政，知其蕃衍盛大，蕃音煩。衍，延之上濁。**子孫將有晉國焉。**曰：晉昭公詩，都翼，平王時。

此詩言桓叔之强而不及昭公，其意則憂昭公之弱，而非主桓叔。言在此而意在彼也。説詩不用《首序》，則以此詩爲美桓叔，亦可矣。

椒聊之實，《釋木》曰：「椴，大椒。」椴音毀。○郭璞曰：「今椒樹叢生，實大者名爲椴。」○曹氏曰：「聊，薄略也。薄略之實而盈升、盈匊，蕃衍之至也。」**蕃衍盈升。**今曰：「蕃，茂也。衍，廣也。古者爲升，上徑一寸，下徑六分，其深八分。龠二爲合[二]，合十爲升。升、匊皆言椒之蕃衍而已，不必較升、匊之小大。」**彼其之子，**其音記。**碩大無朋。**李氏曰：「碩即大也，即《序》所謂盛彊也。」○《傳》曰：「朋，比也。」**椒聊且，**沮之平。**遠條且。**錢氏曰：「木枝之新長曰條。」

興也。椒實蕃衍，采之盈升，喻桓叔子孫衆多也。彼桓叔以子孫衆多之故，其勢碩大

[二]「二」，原作「十」，據薈本改。薈本校云：「刊本『二』訛『十』，據《漢書·律志》『合龠爲合』改。」

盛彊〔一〕，無與倫比矣。然方興未艾，將不止於今日之所觀，故復嘆是椒也，其新長之條，日益遠矣。條益遠，則實益蕃，喻桓叔他日之子孫，將日益衆多也。桓叔日彊，昭公其危哉！爲告昭公，故稱桓叔爲彼也。○舊説「蕃衍」「碩大」「遠條」之意重複，今分別之，以見詩人紆餘之旨。

椒聊之實，蕃衍盈匊。音菊。○《傳》曰：「兩手爲匊。」**彼其之子，碩大且篤。**且，七野反。○《傳》曰：「篤，厚也。」○今曰：「篤，如『篤公劉』之篤。篤厚則福慶未艾也。」**椒聊且，遠條且。**

《椒聊》二章，章六句。

《綢繆》，綢音儔。繆，莫彪反，從韻。**刺晉亂也。國亂則昏姻不得其時焉。**曰：晉昭公詩，都翼，平王時。○《補傳》曰：「國亂則征役無時，賦斂無節，民既不得安居，且乏貨財，不能講禮，此昏姻所以失時也。」

此詩言刺晉亂，亦猶《鄭·丰》《東門之墠》《溱洧》言刺亂也，然鄭因亂而淫，晉雖亂而否，可以見其篤厚純固之俗，而聖人風教猶存矣。

〔一〕「勢」，諸本無。

綢繆束薪，《傳》曰：「綢繆，猶纏緜也。」○疏曰：「綢繆是束薪之狀。」○曹氏曰：「詩人每以薪喻婚姻，如『翹翹錯薪』『析薪如之何』是也。束薪者，析於彼而合於此，有昏姻之義焉。」○《補傳》曰：「昏姻必有禮以綢繆之。」**三星在天。**《傳》曰：「三星，參也。在天，謂始見東方也。」○參，解見《召·小星》。○王肅曰：「謂十月也。」**今夕何夕？見此良人。**朱氏曰：「良人，夫稱也。」○《補傳》曰：「《秦風》云『厭厭良人』。」**子兮子兮，如此良人何？**王氏曰：「言女子之失時。」

興也。傷女子之失時，言薪析而散於地，必用物以綢繆之，乃得合而成束。男女異姓不相知，亦必用禮以綢繆之，乃得合而成昏。昏禮自納采、問名，禮節不一，是綢繆纏緜之意也。二十八宿，半隱半見，故以始見東方爲在天。參之三星，昏見東方，已在天矣。今夕是何月之夕乎？是十月嫁娶之時也。爾女子可以嫁而見此良人矣，然國亂民散，不能備禮，猶未得嫁。故又歎此女子，汝當如此良人何？言欲從良人而未遂，無可奈何也。處亂世而必待禮之綢繆，不肯苟合，斯其謂之《唐風》也。○毛以秋冬爲婚時，則以三星爲參。十月參星始見東方，於禮可以昏矣。鄭以嫁取用仲春，則以三星爲心。三月心星見，則時已晚矣。今從毛義，一章言「見此良人」，則「子兮子兮」指女子也。

綢繆束芻，今曰：「朱氏《孟子解》云：『芻，草也。蕘，薪也。』」**三星在隅。**《傳》曰：「東南隅也。」○疏曰：「謂十一月、十二月也。」**今夕何夕？見此邂逅。**音械候。○邂逅，解見《鄭·野有蔓草》。**子兮子兮，如此邂逅何？**

參星在天之東南隅，是十一月、十二月，昬姻之時已晚矣。邂逅，謂欲其議速成，「迨其今兮」之意，非欲不期而會也。二章言「見此邂逅」，則「子兮子兮」，指男子及女子也。

綢繆束楚，三星在户。《傳》曰：「參星正月中直户也〔一〕。」○疏曰：「《月令》孟春之月，昬參中。」○曹氏曰：「户，正南也。」**今夕何夕？見此粲者。**李氏曰：「《國語》雖曰『女三爲粲』，而又曰『粲，美物也』，是言美女也。」**子兮子兮，如此粲者何？**王氏曰：「言男子之失時。」

三章言「見此粲者」，則「子兮子兮」指男子也。

《綢繆》三章，章六句。

《杕杜》，杕音第。**刺時也。君不能親其宗族，骨肉離散，獨居而無兄弟，將爲沃所并**

〔一〕「月」，原無，據《毛詩正義》卷六之二補。

爾。并音併。〇曰：晉昭公詩，都翼，平王時。〇《補傳》曰：「曲沃之爲晉禍，六七十年間，簒逆者四五，其寡助也至矣。寡助之至，親戚畔之，晉爲曲沃所并，寡助之驗也。」

《唐風》刺時者三，《杕杜》《羔裘》《鴇羽》。皆爲昭公，以時事可憂也。

有杕之杜，《傳》曰：「杕，特生貌。」〇《釋木》曰：「杜，赤棠。」〇樊光曰：「赤者爲杜，白者爲棠。」赤棠、白棠，解見《甘棠》。〇山陰陸氏曰：「赤棠，木理堅韌，亦可作弓弩幹。」**其葉湑湑。**須之上。〇王氏曰：「湑湑〔一〕，潤澤也。」〇李氏曰：「昭公欲去羣公子，欒豫云：『公族，公室之枝葉也。』《葛藟》猶能芘其本根。』」**獨行踽踽，**音矩。〇《傳》曰：「踽踽，無所親也。」〇今曰：「朱氏《孟子解》云：『踽踽，獨行不進之貌。』」**豈無他人？不如我同父。嗟行之人，胡不比焉？**比音備。〇范氏曰：「比，親也。」**人無兄弟，胡不佽焉？**佽音次。〇《傳》曰：「佽，助也。」

興也。木無枝葉，則日燥其根上之土，而其木易枯，有杕然特生之杜，其葉湑湑然潤澤，雖無旁木之蔭，而葉獨足以芘其本根〔二〕。昭公不親其兄弟，則如道路獨行之人，踽踽然無所親，曾杕杜之不如也。豈無他人乎？不如我同父之人，言他人不足恃

〔一〕「湑湑」，原作「湑」，仁本校云：「《詩記》作『湑湑，潤澤也』。」據改。

〔二〕「獨」，李本、顧本作「盛」。

也。昭公既如道路獨行之人，遂以同路之行人曉諭之。嗟彼行路之人，何不相親比乎？必不相親也。人之無兄弟者，何不外求佽助乎？必不相助也，信他人不如同父也。

有杕之杜，其葉菁菁。音精。○《傳》曰：「菁菁，葉盛也。」**獨行睘睘，**音瓊。○《傳》曰：「睘睘，無所依也。」○曹氏曰：「《說文》云：『睘睘，驚視也。』獨行多懼，故睘睘也。」**豈無他人？不如我同姓。**王氏曰：「同姓雖非同父，猶愈於他人耳。」**嗟行之人，胡不比焉？人無兄弟，胡不佽焉？**

同姓亦謂兄弟，變文成章耳。

《杕杜》二章，章九句。

《羔裘》，刺時也。晉人刺其在位不恤其民也。曰：晉昭公詩，都翼，平王時。

昭公有曲沃之偪，孤危將亡，而其臣又不爲保障之謀，時事大可憂也，故曰刺時。

羔裘豹袪，羔裘，解見《召・羔裘》。○曰：袪者，袖口也〔一〕。○疏曰：「袪是袖之大名，袪是袖頭

〔一〕「袖」，味本、姜本、仁本作「袪」，薈本作「袂」。

之小稱。」**自我人居居。**如字，又音據。○《箋》曰：「我人，我人民也。」○今曰：「自，從也。舊以爲用，今不從。」○《釋訓》曰：「居居，惡也。」○《傳》曰：「懷惡不相親比之貌。」**豈無他人？維子之故。**

羔裘，上下通服，君純羔，大夫間之，以羔皮爲裘，以豹皮飾袖口也。在位者不恤其民，故民呼服是羔裘豹袪之人，謂之曰：爾但從我衆人處，居居然傲狠，而無相親之意，無奈他人何也。意謂在位不能禦曲沃，但能虐我民耳。爾既不恤我，我非無他人可以往歸也，以子之故舊，而不忍去耳。《唐風》之厚可見矣。

羔裘豹褎，音袖。**自我人究究。**《釋訓》曰：「究究，惡也。」○孫炎曰：「窮極人之惡。」○今曰：「究究，言察察也。」**豈無他人？維子之好。**今曰：「故舊之好也。」

爾但從我衆人處，究究然苛察，他人有逆亂之謀，則不能察也。

《**羔裘**》二章，章四句。

《鴇羽》，鴇音保。**刺時也。昭公之後，大亂五世，**《箋》曰：「大亂五世者，昭公、孝侯、鄂侯、哀侯、小子侯。」○疏曰：「《左傳》桓二年稱『魯惠公三十年，晉潘父弒昭侯而納桓叔，不克。晉人立孝侯』。

惠之四十五年，曲沃莊伯伐翼，殺孝侯〔一〕。翼人立其弟鄂侯。隱五年，《傳》稱『曲沃莊伯伐翼，翼侯奔隨。秋，王命虢公伐曲沃，而立哀侯于翼』。隱六年，《傳》稱『翼人逆晉侯于隨，納諸鄂，晉人謂之鄂侯』。桓二年，《傳》『鄂侯生哀侯，哀侯侵陘庭之田。陘庭南鄙啓曲沃伐翼』。三年，『曲沃武公伐翼侯于汾隰，夜獲之』。桓七年，《傳》『冬，曲沃伯誘晉小子侯，殺之』。八年，『春，滅翼』。是大亂五世之事。」**君子下從征役，不得養其父母。**養音樣。**而作是詩也。**今曰：「晉小子侯詩，都翼，桓王時。」

古者親老而無兄弟，當免征役，況其君子乎？晉亂而不暇恤，故刺之。

肅肅鴇羽，《傳》曰：「肅肅，鴇羽聲也。」○陳氏曰：「其羽急疾。」○《釋文》曰：「鴇似鴈而大，無後指。」○疏曰〔二〕：「鴇連蹄，性不樹止，樹止則爲苦〔三〕。」**集于苞栩。**音許。○《傳》曰：「集，止也。」○《釋木》曰：「苞，稹。」又曰：「栩，杼。」稹音軫。○孫炎曰：「物叢生曰苞，齊人名曰稹。」○曰：栩，柞也，櫟也，杼也。櫟音歷。杼，舒之上。○郭璞曰：「柞樹也。」○陸璣曰：「栩，今柞櫟也，徐州人謂櫟爲杼，或謂之爲

〔一〕「殺」，畲本、仁本、復本及《毛詩正義》卷六之二作「弒」。

〔二〕「疏曰」，味本、仁本、復本作「蘇氏曰」，他本作「孔氏曰」。按，此爲孔疏語，唯《毛詩正義》卷六之二「鴇」下有「鳥」字。又，薈本、授本作「孔氏曰」。按，嚴氏引孔疏語，例稱「疏曰」，不作「孔氏曰」。

〔三〕「苦」，李本、顧本、畲本同，他本作「枯」。仁本校云：「『爲枯』當作『爲苦』。」按，據《毛詩正義》卷六之二孔疏言鴇樹止則極爲危苦，以喻君子从征役爲危苦也，非樹枯之謂。故以作「苦」爲是。

栩，其子爲皂，或言皂斗，其殼爲汁，可以染皂。謂櫟爲杼，五方通語。」○今曰：「《緜》『柞棫拔矣』，疏云：『《釋木》不言櫟是柞，陸璣云：「周秦人謂柞爲櫟。」蓋據時人所名而言之。』二柞櫟，考見《秦·晨風》。」**王事靡盬，**音古。○《傳》曰：「盬，不攻緻也。」緻音治，密也。○疏曰：「盬與蠱，字異義同。蠱害器敗穀皆謂之蠱〔一〕，是爲不攻牢、不堅緻之意也。」**不能蓺稷黍，**《箋》曰：「蓺，樹也。」○稷黍，解見《王·黍離》。**父母何怙？**胡之上濁。○《傳》曰：「怙，恃也。」**悠悠蒼天，曷其有所？**

興也。鴇連蹄不樹止，今鴇羽之聲，肅肅然急疾，其飛既勞，又集止于叢生之栩木，失其所矣，如君子不當下從征役也。君子以王事不可不堅固，不遺餘力，遂不能種蓺稷黍，父母將何所怙恃乎？乃呼天而愬之，歎其悠遠而不聞〔二〕，曰：何時使我得其所乎？《補傳》曰：「語意雖切，不敢怨其上，詩人之忠厚也。」諸侯爲天子牧民，公家之事皆王事也。或謂哀侯與緡之立，皆有王命，故稱「王事」，狹矣。

肅肅鴇翼，集于苞棘。棘，解見《邶·凱風》。**王事靡盬，不能蓺黍稷，父母何食？悠悠蒼天，曷其有極？**蘇氏曰：「極，止也。」

〔一〕「蠱」，原作「蟲」，據復本及《毛詩正義》卷六之二改。

〔二〕「悠」下，畬本有「悠然」二字，他本有「悠」字。

肅肅鴇行，音航。○蘇氏曰：「行，列也。」**集于苞桑。王事靡盬，不能蓺稻粱，**《釋草》曰：「稌，稻。」又曰：「虋，赤苗。芑，白苗。」○釋曰：「案《説文》云：『沛國謂稻爲糯。秔，稻屬也。』《本草》以秔米、稻米爲二物，秔、糯甚相類，黏不黏異耳。依《説文》，稌稻即糯也。」秔音庚，粳同，俗作粳。黏，尼占反。○郭璞云：「赤苗，今之赤粱粟；白苗，今之白粱粟。」○朱氏曰：「稻，即今南方所食稻米。粱，粟類也，有數色。」○錢氏曰：「粱似粟而大。」**父母何嘗？**朱氏曰：「嘗，食也。」**悠悠蒼天，曷其有常？**范氏曰：「思得休息，以反其常，厭亂之甚也。」

《鴇羽》三章，章七句。

《無衣》，美晉武公也。曰：桓叔成師始封曲沃。莊伯鱓，桓叔子也。武公稱，莊伯子也。鱓音善。**武公始并晉國，**并音倂。**其大夫爲之請命乎天子之使，**爲、使皆去聲。○《補傳》曰：「魯莊十六年，王使虢公命曲沃伯以一軍爲晉侯。天子之使，其虢公乎？」**而作是詩也。**曰：晉武公詩，都絳，僖王時。○疏曰：「《左傳》桓八年，王使立緡于晉。至莊十六年，乃云『王使虢公命曲沃伯爲晉侯』，不言滅晉之事，《晉世家》云：『晉侯緡立。二十八年，曲沃武公伐晉，滅之，盡以其寶器賂周僖王。僖王命曲沃武公爲晉君。』計緡以桓八年立，至莊十八年，乃得二十八年，然則虢公命晉侯之年，始并晉也。虢公未命晉之前，有使適晉，晉大夫就之請命。」

武公之事，國人所不與。《序》言美之者，特武公大夫之意耳。《山有樞》《揚之水》《椒聊》《杕杜》諸詩，國人每以沃彊爲憂，而拳拳願忠於昭公。以《晉世家》考之，初潘父弑昭侯而迎桓叔，欲入晉，晉人發兵攻桓叔。桓叔敗，還歸曲沃。晉人共立昭侯子平，是爲孝侯。此桓叔初舉，而國人不與也，其後曲沃莊伯弑孝侯于翼，晉人又攻莊伯。莊伯復入曲沃，晉人復立孝侯子郤，音隙。是爲鄂侯。此莊伯再舉，而國人又不與也。及鄂侯卒，莊伯伐晉，晉人共立鄂侯子光，是爲哀侯。此莊伯三舉，而國人又不與也。至武公虜哀侯，晉人復立哀侯子小子，是爲小子侯。此武公四舉，而國人又不與也。及武公誘小子侯，殺之，晉復立哀侯弟緡。此武公五舉，而國人終不與也。最後武公伐晉侯緡，滅之，盡以其寶器賂周僖王，王命武公爲諸侯，然後晉人力不能討，無如之何，然則武公之得國，晉人特迫於王命，不得已而從之耳，豈以武公爲可美哉？且武公有無王之心，而後動於惡，篡弑大惡也，王法之所不容誅也。彼其請命于天子之使，豈真知有王哉？正以人心所不與，非假王靈則終不能定晉也。夫王不命焉而請之，非禮也；不聞朝王，而請命于其使，尤非禮也。此正與唐藩鎮戕其主帥而代之，以坐邀旌節者無以異。又以賂王而得之，烏取其爲美也？聖人致嚴於名分之際，征伐不出天子，政逮於大夫，蓋屢歎之。陳成子之事，至沐浴而請討，蓋以人倫之大變，天理之所不容，人人得而誅之，其亦必不與武公也已。《無衣》之詩不删者，所以著世變之窮，而傷周之衰也。武公之初弑小子侯也，桓王猶能命虢仲立緡于晉，又命虢仲、芮伯、梁伯、荀侯、賈伯伐曲沃，是則周雖微而名分猶存也。至僖王受武公之賂而命之爲諸侯，則紀綱蕩然矣。他日三家分晉，周王又移其命武公者命三家矣。嗚呼！王者代天爵人，而賄以行之，君子是以知周之不復振也。司馬温公論三家之事，以爲晉大夫暴蔑其君，剖分其地，天子既不能討，又寵秩之，是區區之名分，復不能守而并棄之也。君臣之禮既壞，將使生民之類糜滅幾盡，遂特著以爲《通鑑》之首。愚於武公亦云，故曰《無衣》美武公者，特其大夫之意耳。

豈曰無衣七兮？今曰：「《春官·司服》注：『鷩冕七章，衣三章：一曰華蟲，畫以雉，即鷩也；二曰火，三曰宗彝，皆畫爲繢。裳四章：一曰藻，二曰粉米，三曰黼，四曰黻，皆絺以爲綉。』」鷩音鼈。○疏曰：「《春官·巾車》云：『金路，鉤，樊纓九就，建大旂，以賓，同姓以封。』注云：『同姓以封，謂王子母弟率以功德出封。雖爲侯伯，其車服猶如上公，若魯、衛之屬。』然則唐叔是王之母弟，車服猶如上公。上公之服九章，此大夫不請九章之服而請七章者，王子母弟車服得如上公，無正文，正以周之建國，唯二王之後稱公，其餘雖大，皆侯伯也。彼云『同姓以封』，必是封爲侯伯。侯伯以七爲節，而金路樊纓九就，則知王子母弟初出封者，車服猶如上公，故得以九爲節〔一〕。如上公者，唯王子母弟一身，若唐叔耳。其後世子孫，自依爵命之數，故請七章之衣也。」**不如子之衣，**今曰：「子者，指天子之使言之。」**安且吉兮。**

此述請命之辭。侯伯七命，其車旗衣服皆以七爲節。言我非不能造此衣之七章，然不如子之賜我者，爲安且吉也。就天子之使請衣，故云子之衣。諸侯非有天子之命，則人得而討之。曲沃自桓叔以來，屢得志矣，晉人不服，每攻而去之，故以請於天子者爲安吉。然曰我非無之，雖曰不要君，吾不信也。○劉仁恭謂使者曰：「旄節，吾自有之，但要長安本色耳。」與「豈曰無衣」之言一也。武公之請命，特迫於利害之計耳。舊説以爲武公天理未盡滅，非也。曲沃自桓叔以來，弒逆屢矣。武公踵父祖之惡，卒滅其宗國而自立，豈復顧天理耶？

豈曰無衣六兮？朱氏曰：「天子之卿六命，變七言六者，謙也，不敢必當侯伯七命之服，得受六命之服，列於天子之卿，猶愈於無天子之命也。」**不如子之衣，安且燠兮。**燠音欲。○《傳》曰：「燠，煖也。」

言「六」者，變文成章耳。燠煖亦謂安也。

〔一〕「得」，原作「特」，據仁本、復本及《毛詩正義》卷六之二改。

《無衣》二章，章三句。

《有杕之杜》，刺晉武公也。武公寡特，兼其宗族，而不求賢以自輔焉。曰：晉武公詩，都絳，僖王時。

有杕之杜，解見上《杕杜》。生于道左。《箋》曰：「道左，道東也。」○今曰：「以南爲正，則左爲東。」彼君子兮，噬肯適我？蘇氏曰：「噬、逝通。」○朱氏曰：「發語辭也。」中心好之，好去聲。曷飲食之？飲食音蔭嗣。

興也。有杕然特生之杜，生於道東，猶武公之寡特而無輔也。賢者隱伏山林，武公不能招徠之，國人於是自致其愛慕之意，曰：彼賢者其肯暫過我乎？若肯過我，我中心愛之，將何以飲食之乎？猶《丘中有麻》「將其來食」、《白駒》「縶之維之，於焉逍遥」之意也。國人自欲飲食之，見君不能養賢矣。○舊説特生之杜，其陰至寡，不足爲往來之芘，故賢者去之，於義爲贅。但説孤然之杜，便見得是不能求賢以自輔矣。

有杕之杜，生于道周。《傳》曰：「周，曲也。」彼君子兮，噬肯來遊？中心好之，曷飲食之？

《有杕之杜》二章，章六句。

《葛生》，刺晉獻公也。疏曰：「獻公詭諸，武公稱子。」**好攻戰則國人多喪矣。**好、喪皆去聲。○曰：晉獻公詩，都絳，惠王時。○疏曰：「國人或死行陳，或見囚虜，是以多喪。」○曹氏曰：「《左傳》莊二十八年，晉伐驪戎。閔元年，作二軍，以滅耿，滅霍，滅魏。二年，使太子申生伐東山皋落氏。僖二年，晉師滅下陽。五年，使寺人披伐蒲。冬，滅虢。又襲虞，執虞公。六年，使賈華伐屈。八年，使里克敗狄于采桑。二十三年之間，凡十一戰，宜其喪亡者多也。兵猶火也，弗戢必自焚〔一〕。獻公嗜殺而不已，反禍其子，與秦皇、漢武略同，可不戒哉？」

葛生蒙楚，曰：楚，木名。解見《漢廣》。**蘝蔓于野。**蘝音廉。○陸璣《疏》曰：「蘝似栝樓，葉盛而細，其子正黑，如燕薁，不可食也。幽州人謂之烏服。其莖葉煮以哺牛，除熱。」**予美亡此，**《箋》曰：「所美之人，謂其君子也。」○今曰：「亡，死也〔二〕。」**誰與獨處？**

興也。婦人指其夫征役所死之地，言葛生而蒙覆於楚木，蘝生而蔓延於野，猶婦人依託於夫之義也。今我所美之人，死於此地，不得卒於牖下，我其誰與乎？獨處而已，煢然無所依矣。○下章變「野」言「域」，域，塋域也，謂墓域也。知爲征夫所死之地。

〔一〕「必」，畲本作「將」。按，此句爲《左傳·隱公四年》衆仲語，作「將」。

〔二〕「死」，原作「此」，據李本、姜本、顧本、薈本、授本、聽本、仁本、復本改。

《陳・防有鵲巢》云「誰侜予美」，國人指賢者，此詩「予美亡此」，婦人指其夫。

葛生蒙棘，棘，解見《邶・凱風》。**蘞蔓于域。**《傳》曰：「塋，域也。」塋音營，墓域也。**予美亡此，誰與獨息？**《傳》曰：「息，止也。」

角枕粲兮，朱氏曰：「粲，華美之貌。」**錦衾爛兮。**錢氏曰：「爛，鮮明也。」**予美亡此，誰與獨旦？**

枕華衾鮮，思始嫁之具，而歎今之獨宿也。獨旦，獨宿至旦也，猶王仲宣詩言「獨夜」也。思者苦夜長而難旦，「長夜漫漫何時旦」與「秋天不肯明」之意也。

夏之日，冬之夜。朱氏曰：「夏之日，日永之時也；冬之夜，夜永之時也。」**百歲之後，歸于其居。**《箋》曰：「居，墳墓也。」

晝夜長時，憂思者難度。百歲之後，死乃同歸于丘，猶後山所謂「百年何當窮」也，亦誓死無他志，見唐風之厚矣。○舊説以爲思存者，味「百歲之後，歸于其居」之辭，及上章言塋墓，知爲悼亡矣。

冬之夜，夏之日。百歲之後，歸于其室。《箋》曰：「室，猶塚壙。」

《葛生》五章，章四句。

《采苓》，音零。**刺晉獻公也。獻公好聽讒焉。**好去聲。○曰：晉獻公詩，都絳，惠王時。○朱氏曰：「獻公好聽讒，觀驪姬譖殺太子及逐羣公子，可見矣。」

采苓采苓，曰：苓，甘草也。解見《邶・簡兮》。**首陽之巔。**《傳》曰：「首陽，山名也。」○《箋》曰：「首陽之上信有苓。」○疏曰：「首陽之山，在河東蒲坂縣南。」○曹氏曰：「即雷首山也。夷齊居於其陽，因謂首陽。」○今曰：「巔，山頂也。」**人之爲言，苟亦無信。**《箋》曰：「苟，且也。」**舍旃舍旃，**舍音捨。○《釋文》曰：「旃，之也。」**苟亦無然。**今曰：「然，如此也。」**人之爲言，胡得焉？**

興也〔一〕。雷首山在晉境，興所見也。其山有苓，見采苓者，問其何從得之，必得於首陽之上，喻聽言者，必問其所自來也。凡人之言語，且未可信，將舍之而不聽乎？亦且不可如此〔二〕。但當考其言何從而得之，推其所自來，則虛實盡見矣。讒言之得行，由不問其所由來而遽信之耳。漢昭帝悟燕王上書之詐，蓋察其書所由來也。

采苦采苦，曰：苦，荼也。○解見《邶・谷風》。**首陽之下。人之爲言，苟亦無與。**朱氏曰：「與，許也。」**舍旃舍旃，苟亦無然。人之爲言，胡得焉？**

〔一〕「且不」，李本、顧本作「未」。
〔二〕「興也」以下至卷末，底本缺頁，據復本配補。

采葑采葑，曰：葑，蔓菁也。解見《邶·谷風》。首陽之東。人之爲言，苟亦無從。舍旃舍旃，苟亦無然。人之爲言，胡得焉？

《采苓》三章，章八句。